新 潮 文 庫

三匹のおっさん　ふたたび

有 川 　浩 著

新 潮 社 版

10149

目次

第一話 15

第二話 93

第三話 167

第四話 229

第五話 295

第六話 365

bonus track
好きだよと言えずに初恋は、 435

あとがき 470

解説 北大路欣也 472

清田剣道教室
酔いどれ
鯨

三匹のおっさん Returns!!!

須藤真澄

キヨ
シゲ
ノリ
祐希（キヨの孫）
早苗（ノリの娘）

しゃん
しゃん
これ 祐希くんに クリスマス プレゼント
え
あ 俺 すげえ 好きな 感じー
どこの?
ごめん 手編みなのっ
お父さんには あたしからもらったって 言わないで
お父さんにも 手袋 編んだんだけど
……そっちには 模様入ってないの

……お父さん
絶対
壮絶に
拗ねるから
しゃん しゃん ♪ しゃん
……だよなあ
しゃん……
貴子さん
鳥のモモ焼きは
あなたのところで
取り置いてもらう
はずだったわよね？
はい
温めます？
どういうこと？
母さん この前から
パート始めてな
商店街の
肉屋
親父…
はあ!?
あの有閑マダム
ぶりっ子が
パートぉ？
バサッ
いろいろ
あったんだっ
……あれ
ジーサン
そのシャツ

てか お下がり
オレが前に やったやつ… 今の時期には ちと寒くね？
バサ バサ バサ
余計な お世話だ たんすの 一番上に 入ってただけだ
よく言うわ しまって あったのに わざわざ…
うるさい！ 余計なことを 言うな！
プ プ
バサッ
オレのは 新品だけど 色合い的には ちょっと お揃いっ ぽいよな？

……まあな
清田剣道教室
ミョキ
ミョキ
ミョキ
やっぱり庭の手入れはお父さんじゃないとねえ
うんうん
……
ご精が出ますね
カンカンカン
あらおはよう
貴子さんはこれからお仕事？
ええ…
行ってきます

They get along as always,

Turn to the next page!!

三匹のおっさん ふたたび

第一話

＊

寒さのせいでしばらくかまってやっていなかった植木の枝振りが悪くなっていたので、清一《きよかず》は久しぶりに植木鋏《うえきばさみ》を持ち出して庭に出ていた。

道場側も含めて清田《きよた》家の庭には昔から木が多く、ちょっとした剪定《せんてい》くらいは清一がやっつけることになっている。倹約《しまっ》な質の芳江《よしえ》が年に一度しか植木屋を呼ばないからだ。

「それにしたって何で暮れに呼ばなかったんだ」

清一は鋏を操りながらこぼした。年に一度の「散髪」は、毎年暮れに呼ぶのが倣《なら》いである。暮れの散髪で春先までは保《も》つので、考えてみれば冬のまっただ中に鋏を持ったことはなかった。寒の厳しい時期の庭仕事はなかなかに億劫だ。

芳江はといえば縁側から立ったままあっちを切れのここを刈れのと気楽に指令を出しながら、

「だって年末は予約が混み合っちゃったのよ」としれっと言い抜けした。

「やっぱり庭もキレイさっぱりして新年を迎えたい人は多いのね。予約に出遅れちゃった」

「だったら今呼べばいい。一月もそろそろおしまいなんだし、空いてるだろう」

「年末年始が物入りでねぇ。お父さんも定年して嘱託暮らしだし、年金が支給されるまでの間は切り詰めていかないと」

うっかり上手く刈ったら、次から植木屋の予算は恒久的に削減されそうだ。仕上がりを少し不格好にしたほうがいいだろうかと清一は真剣に悩んだ。

「寒い時期の庭仕事なんか健児《けんじ》にやらせたらいいんだ」

そう言うと芳江が「駄目ですよ」と目を怒らせた。

「一度やらせたとき、どうなったか忘れたの」

十年近く前だったか、清一になかなか暇がなく、芳江が息子の健児に庭木を刈らせたことがある。そのときは結果的に数年ほど植木屋を呼ぶ必要がなくなった。枝振りなどおかまいなしで枝という枝を幹の際まで切り詰め、「刈り貯め」をしたのである。

本人は切れるだけ切っておけば面倒がないじゃないかというつもりだったようだが、すべての庭木が枝を失い、地面から幹だけがにょっきり生えている図はかなり異様だった。

「あんなみっともないことは二度とごめんですよ。暮らすのも面倒になるし」

適度に繁った庭木が往来からの目隠しにもなっていたのだが、枝を丸坊主にされては目隠しも何もあったものではない。再び枝が伸びるまではカーテンを引かないとうっかり窓を開けることもできず、芳江が当時ぶつぶつ文句を言っていた。

「どうして健児って子はああ無精なのかしらねぇ」

縁側から立ったまま亭主をこき使うお前も大概だろう——なんてことは、うっかり口に出すと百倍言い返されること確実である。

清一は黙々といびつに膨れたマメツゲを丸く刈り込んだ。

「ご精が出ますね。健児さんがどうかしました？」

表玄関のほうから声をかけてきたのは、二世帯住宅の二階から降りてきた息子の嫁である。これから出かけるところか、普段着だが鞄を提げている。

「あら、貴子《たかこ》さんおはよう」

芳江が答えて「大したことじゃないのよ」と手を振る。

「ほら、前の刈り貯め事件」

貴子も「ああ」と頷いたので、この二人の間ではその呼び方で通じるらしい。

「あのときは大変でしたねぇ。特にうちは二階だから、近所から丸見えになっちゃって。後で健児さんと大喧嘩になりました」

「そうそう、うちは一階だからまだ塀が少しは目隠しになるけどねえ。あなたのところは大変だったでしょう」

気の強い芳江と、しおらしく見せてなかなかどうして図太い貴子は、嫁姑として仲睦まじいわけでは決してないのだが、日頃は意外とうまくやっているようにも見える。非戦闘協定でも結んでいるのかもしれない。女同士でギスギスされると居心地が悪くなるのでありがたいことではある。たまに小競り合いがあるくらいはご愛敬だ。

「あのとき、レースのカーテンを全部厚手のものに替えたんですよ。それまでのは夜になったら透けちゃって」

「ねえ。だから庭の手入れはお父さんじゃないとねぇ」

「そうそう、お義父《とう》さんとってもお上手だから助かりますわ」

なるほど、そういう協定か。清一はむっつりと鋏を鳴らした。――これだから女ってやつは。

「貴子さんはこれからお仕事？」

「ええ。十時から調理の手伝いなので。すみませんけど、祐希《ゆうき》が降りてきたら、お昼ごはんをお願いできます？　あの子、うちで食べるかどうか分からないから用意してないんです」

学校が土曜休みなので祐希はまだ朝寝坊中らしい。

いいわよ、と芳江は鷹揚《おうよう》に引き受けて貴子を送り出した。

「貴子さんは続きそうなのか」

昨年暮れから知り合いの肉屋で始めたパートである。週に三、四日ほどだが、お嬢さん育ちで甘ったれの貴子は今まで働いた経験がなく、正直なところ清一は続くと思っていなかった。

「まだ続けるつもりのようよ。どこまで保つかは知らないけど」

芳江は突っ放した口調だが、貴子がパートのときは細々《こまごま》と用事を引き受けているようなので、一応は応援しているらしい。

「すぐ音《ね》を上げると思ってたがなぁ」

「そう思われるのが癪《しゃく》なんでしょうよ。意外と負けず嫌いですからね、あの子は」

何だかんだと言いながら、芳江は貴子のことをそれなりに分かっている様子である。ふうん、と頷きながら少し面白くない。

「おい、携帯」

清一は植木鋏を置いて芳江に手を突き出した。

「何ですか、まだ植木屋さん終わってないでしょ。お友達と約束を作って逃げ出そうったって駄目ですよ」

「祐希が上にいるなら健児の代わりに手伝ってもらおう」

「手伝いますかねぇ、あの子が」

「ぶつくさ言うことは言うだろうが、意外と素直だからな」

するとと芳江は「そんなに鼻の穴を膨らませなくたって」とにやにや笑いながら携帯を持ってきた。うるさい、と口の中だけで呟いて祐希の携帯に電話をかける。

コールが粘りに粘った末――もしかしたら、このまま無視されるか電源を切られるかな、と思ったタイミングで「うるせぇな！」と繋がった。

「何時だと思ってんだよ！」

「九時をとっくに回っとる。いつまで寝てるんだ、そっちこそ」

「休みの日くらい寝坊させろよ！」

一頻《ひとしき》りギャーギャー喚いた祐希が、最後に「そんで何の用だよ！」と嚙みつくように訊いた。

よしよし、かわいげがある、と清一は内心にやついた。

「庭仕事をしてるからお前も手伝え」

「何で俺が⁉」

祐希はまた激しいブーイングを鳴らしたが、

「この家に住んでるんだろうが、子供じゃあるまいし家の手入れくらい手伝わんか」

清一がそう一喝すると、渋々の態《てい》で沈黙した。祐希が子供扱いを嫌うことは読めている。

「朝飯用意しとけよな！」

負け惜しみのように怒鳴ってガチャ切りだ。

経過はともあれ、引っ張り出せたので面目は保てた。

「おい芳江、祐希におにぎりでも握ってやれ」

嬉しそうな顔しちゃって、と芳江は肩をすくめながら台所に立った。

＊

貴子が『永田《ながた》精肉店』でパートを始めてから一ヶ月ほど経つ。

きっかけは去年の年末、マルチ販売で一台七十万円也の高価な空気清浄機を買ってしまったことだ。クーリング・オフをしたが相手の業者に自宅に乗り込まれ、金を払えと凄まれた。夫婦そろって竦《すく》み上がっていたところ、日頃煙たく思っている舅《しゅうと》がそれを追い払ってくれたのだが、業者が退散してから矛先は夫婦に回ってきた。

健児に鉄拳、貴子には平手を見舞い、そして説教である。親には一度も手を上げられたことがない。何故これくらいのことで叩かれなくてはならないのかという反感はとっさに閃《ひらめ》いたが、もし清一が不在だったらと考えると、その反発もぺちゃんと潰れた。ヤクザまがいの男たちを夫婦二人だけで撃退できたとは到底思えない。

本当は、業者の男が乗り込んでくるまで、クーリング・オフした空気清浄機のことも完全には疑っていなかった。あんなに高いお金を取るのだからいいものに違いない、それが家族には理解できないのだと意固地になっている部分があった。

別に騙されたわけじゃない、自分が間違ったわけじゃないとクーリング・オフも渋々だったが、業者が家に押しかけてきて瞬時に騙されていたことを思い知った。

貴子がこれまでの人生で経験したことのないような恫喝《どうかつ》だった。こんなことはテレビドラマの中でしかあり得ないと思っていた。

これほど恐い思いをしたことは今までなかった。自分が立っていた地面が俄《にわか》に荒海に浮いた戸板に変わってしまったようだった。

自分の人生にこんな恐ろしいことが起こるわけがない——とどうして何の根拠もなく今まで信じていられたのだろう。

健児はどうにか応対していたが、貴子と同じく怯えていることが筒抜けで、男たちにも完全に舐められていた。

もし、あの場に清一が来てくれなかったら。助かった、という圧倒的な安堵は、反感を相殺して余りあった。健児に促されて二人揃って頭を下げた。

いつも煙たく思っていたが、あんな恐ろしい男たちをあっさり追い返せるなんて——とそのとき初めて一目置いた。

そうして清一の説教は耳に痛いものとして残った。

金を稼ぐ苦労も知らずにいつまでも娘気分で浮かれおって。祐希でもバイトをして金の重みを知ってるのに。――食らった説教の中で、その部分が何度も痛くリピートする。

それまで祐希が生意気で親に（特に母親である自分に）反発してばかりなのは、単なる反抗期だとしか思っていなかった。だが、もしかすると祐希は「金を稼ぐ苦労も知らずにいつまでも娘気分で浮かれている」自分を嫌っているのではないか――

思い返してみると祐希は金銭で親に介入されることを嫌う。特に高校に上がってアルバイトを始めてからは、欲しいものを買ってあげるから家族で買い物に行こうと誘っても「バイト代で買うからいい」とついてきたことがない。誕生日やクリスマスに何かねだることもめっきりなくなった。

それは祐希くんが親孝行だからよ、しっかりしてるのよ――と主婦仲間に誉められていい気になっていたが、しっかりしている祐希がしっかりしていない母親を嫌って線を引こうとしているというのはあり得る話のように思われた。

我が子に突き放されているかもしれない、という疑惑はさすがに貴子を打ちのめした。

どうすれば祐希との溝を埋められるのかと悩み、働きに出てお金を稼げば見直してもらえるのではないかと思いついてその考えに飛びついた。

幸い、友人の親戚がやっていた永田精肉店ですぐ雇ってもらえることになったはいいものの、初めてのパートはあまり順調ではなかった。

「ちょっと、清田さん！」

尖った声に、貴子はびくっと肩を竦めた。声をかけたのは同じパートの克恵《かつえ》である。五十代半ばのベテランで、五人いるパートのボス的な存在だ。

パートは貴子のように家事の合間の時間をやりくりしてシフトに入っている者が大半だが、克恵は定休日以外ほとんど毎日シフトを入れている。急なシフトが入っても断らないので店長からの信頼も厚い。他のパートが休みを増やしたりするときも、大抵克恵が穴を埋めるので、パートは克恵には頭が上がらない。シフトの相談を店長や奥さんより先に克恵に持ちかける者もいるほどである。

その克恵が鬼瓦のようなご面相で貴子を睨《にら》んでいるのだ、竦み上がらないわけがない。

「はい、何か……」

おどおどしながら応じると、克恵が顎で貴子の手元をしゃくった。

「何をもたもたしてんのさ、それは」

貴子は、自分が剝いていたジャガイモに目を落とした。店の商品である肉じゃがコロッケのタネとなる肉じゃが用のジャガイモだ。永田精肉店は、精肉と一緒に扱っている豊富な総菜が売りで、そろそろ「お総菜の永田」と看板を掛け替えるべきではないかと言われるほど総菜の売れ行きが良い。肉じゃがコロッケは揚げ物ではナンバー1の人気商品だ。

「あの……肉じゃがコロッケ用のジャガイモを剝いてるんですけど」

貴子が肉じゃがコロッケの調理に入るのはこれが初めてである。特に説明はされなかったが、何か特別な剝き方でもあるのだろうか。

「だから何でそんなちまちま削ってんのかって言ってんの！」

「あの、ジャガイモの面取りを」

早く火が通るように、剝いたジャガイモは二つに割ることになっているが、切り口が鋭角なままでは煮崩れる。切り口が丸くなるように角を薄く削るのは調理の基礎だ。

と、克恵は目を怒らせた。

「必要ないだろ、そんなもん！」

「え、でも煮崩れるので」

「どうせ全部潰してコロッケにするんだろ！」

あっと気づいて俯くと、周囲のパートが聞こえよがしに鼻で笑った。悔しくて情けなくて身が縮む。

「すみません……」

「これだからお上品な奥様は！　料理がご自慢なのはいいけどちょっとは頭使っとくれ！」

面接のとき、履歴書の「趣味・特技」の欄に料理と書いたので事あるごとにあげつらわれる。

「すみません」

また口の中で呟いて面取りをしていたジャガイモをボウルの中に放り込む。次のジャガイモを取り上げようとすると、一緒にジャガイモ係だった隣のパートに止められた。

「ジャガイモはあたしがやるから奥様はタマネギをやってくれる？　手早くね」

厭味たらしい奥様呼ばわりに腹の中が煮えたぎったが、こらえてタマネギを手に取る。二つに割って皮を剥き、くし形にざくざく切ると「何やってんのよ！」と隣から咎《とが》められた。

「何って……」

手早くと言われたので包丁を大きく入れて分厚いくし切りにしたのだが、隣のパートはここぞとばかり顔をしかめた。

「肉じゃがコロッケに入れるのよ、分厚いタマネギだったら口当たりが悪いでしょ！　あんた、ここの肉じゃがコロッケ食べたことないの⁉」

「……すみません」

何度も食べたことはあるがそこまで考えが回らなかった。厚いくし切りを薄くしようと後追いで包丁を入れるが、一度切ってしまったものを手でまとめながら切るのでどうしてももたつく。

周囲が次々と剣呑な溜息をつき、針のむしろだ。ますます手元が怪しくなる。

「もういいわ」――と口を開いたのは克恵だ。

「奥さんと替わってきてちょうだい」

店の奥さんは店頭で販売中である。降板宣告にまた屈辱が煽《あお》られたが、どうしようもない。

「すみません……」

パート中、すみませんばかり言っているのは毎度のことだ。他のパートたちの冷たい眼差しから逃げるように目を伏せ、調理場を出た。

奥さんは店長と一緒にショーケースの内側で接客中で、手が空くのを待って「すみません」と声をかける。ここでも「すみません」だ。

「あの、克恵さんが調理場を奥さんと替わるようにと……」

奥さんが一瞬険のある表情になった。すぐに「はいはい」と笑って売り場を離れる。

「お、清田さんが売り場か！　華やかでいいねえ！」

店長がそんなお調子を言うが、それも貴子を店の女性たちから孤立させる一因になっている。世のオジサンの例に漏れず、女性は若ければ若いほうが、不細工よりかわいいほうが望ましい、という何の気なしの選《え》り好みに忠実なだけなのだが、女性だけの職場でそういう扱いを受けるのは、ボディタッチのような分かりやすいセクハラよりも実害が大きい。――ということは、この職場で初めて知った。

人が振り返るほどの美人という訳ではないが、学生時代の合コンでは男から必ず「当たり」と判断されるほうだった。当時は男にちやほやされて女子から反感を買っても、モテない奴の僻《ひが》みだと鼻で笑っていられたが、仕事となるとそうはいかない。一人だけちやほやされると、これほど居心地が悪くなるものなのかと愕然とした。

貴子も最初のころは店長に調子を合わせ、愛想よく喋っていたが、それがまたよくなかったらしい。あれっと思うと奥さんや克恵以下、女性陣に爪弾きにされていた。貴子としては店長があれこれ話しかけてくるから応じているつもりだったが、女性の目からは男の上司に媚びているということになるのだ。

そしてこの店に「モテない女の僻みよねぇ」と一緒に笑ってくれる仲間はいない。

店長との話し方を意識して事務的にしてみたが、そんな軌道修正も効果は今さら空しいだけだった。

「いらっしゃいませ、本日はチキンカツがお買い得になっております！」

総菜のショーケースを覗く客に声をかける。店頭で客に声を張るのも、最初は恥ずかしくて全くできなかった。克恵に睨まれてやっとの思いで蚊の鳴くような声を出していた。

昼までまだ間があるが、アーケードに面してショーケースを並べた店先はそろそろ混み合いつつある。土曜日なので、買い物ついでに昼ご飯に家族のおかずを買って帰る客が多いのだ。平日だと夕方のほうが総菜の売れ行きはいい。

次から次に——というには若干もたついていたがどうにか客を捌《さば》き、一瞬客が途切れて一息つくとすぐにまた「すみません」と声がかかった。

なんでこんなにいっぱい客が来るんだろう、少しは休ませてくれたらどうなの、と苛立って目を上げると、若い女の子が驚いたように首を竦めた。ちょうど、睨むような形で目が合ってしまったらしい。慌てて「いらっしゃいませ」と笑顔を取り繕う。

祐希と同じ年頃のその娘には見覚えがあった。今日は私服だが、平日の夕方などよく制服姿で買い物に立ち寄っている。市内の栄女子高の制服だ。

主婦が圧倒的に多い客層の中、学校帰りの風情で買い物に寄るこの娘は日頃からよく目立ち、客あしらいに余裕のない貴子も比較的早く顔を覚えた常連の一人である。

親にお使いを頼まれているのか、週に二、三回は制服姿で買い物に来るが、今どきこれほど家の手伝いをよくする娘というのも珍しいのではないだろうか。

「ご注文はいかがいたしましょう」

出会い頭に睨んでしまったのを取り繕うように促すと、娘はショーケースを覗き込んだ。

「肉じゃがコロッケを二つと、牛コマを百五十g」

永田精肉店は、国産牛がお買い得なことで有名で、牛肉だけは永田精肉店で買うという客も多い。そういえばこの娘も精肉の注文は牛コマが多いなと思い出した。

肉じゃがコロッケはちょうど二つ残っている。貴子は総菜のパックを取り、残ったコロッケを二つまとめてトングで挟んだ。――と、

「あっ」

声はショーケースのこちらとあちらで同時に上がった。トングからコロッケが一つ滑って床に落ちたのだ。

しまった、と貴子は首を竦めた。ちょうどこれで品切れのところで落とすなんて。新しいのは揚がっているだろうか、でも不注意で落としたとばれたらまた叱られる。

調理場で役に立たないと交替させられたのに、販売でもこんな失敗をするなんて、どれだけバカにされ冷たく当たられるだろう。

思わず客の娘にすがるような視線を投げていた。

「あの……新しいのが」

まだ揚がっていなくて、と言い訳しようとしたのは、調理場で自分の失敗を説明したくない一心だった。

すると娘は「いいですよ」と笑った。

「一つは男爵コロッケにしてください」

助かった――と内心でほっとした。コロッケを落としたことは怒られるが、客を待たせたという失敗からは逃げ切れた。克恵は客に粗相があることを一番怒る。

「ごめんなさい、ありがとうございます」

会釈しながら落とした肉じゃがコロッケの代わりに、男爵コロッケをパックに詰める。

それから精肉のケースで牛コマを量ったが、デジタル秤で精算を出してからほんの一つまみだけおまけを盛った。他のパートならこんなときもっとおまけしているが、貴子はみそっかすの下っ端なのであまり気前よくできない。

気づいた娘が「ありがとうございます、得しちゃった」と笑った。本当にちょっぴりなのにと逆に申し訳なくなる。

職場で孤立しているので穏やかなやり取りが身に染みる。

次の客からチキンカツの注文を受け、今度は落とさないように重たいカツをしっかり挟んだ。

昼を挟んで三時までのシフトなので、昼食には弁当を持参している。休憩の場所は更衣室で、店の合間を見ながら数人ずつ交替だ。誰と一緒になっても貴子には気まずい。

今日は貴子を含めて三人で休憩に入ったが、貴子だけが会話に入れず曖昧に笑っているのは毎度のことだ。本当は昼をまたぐシフトには入りたくないが、毎回逃げるわけにもいかない。

会話は主に昨日のテレビや自分の家族のことで、貴子が自発的にあれこれ喋れる雰囲気ではないので見てもいないドラマの話を聞きながらせいぜい興味深そうに頷いておく。休憩時間は三十分だが、こんなに長い三十分は他に知らない。気心の知れた友達とのお喋りなら一時間や二時間はあっという間に過ぎるのに。

ようやく長い休憩時間がほぼ過ぎ去った。まだ五分ほど残っているが、先に席を立つ。

調理場のほうへ戻り、中へ入ろうとすると「あの清田さんって……」とドア越しに克恵の声が聞こえた。

ドアノブに手をかけたまま体が固まる。

「何でうちに来たんですか、鈍くさいし気も利かないし」

「別に採りたかったわけじゃないけどねぇ」

答えた声は奥さんだ。

「姪の紹介なのよ、友達らしくて。あたしたちも姪はかわいいもんだから」

凍りついたままその場を動けず、貴子は息を詰めて自分がお荷物扱いにされているあけすけな会話を聞いた。

「ま、いいとこの奥さんが気まぐれでちょっと働きたいだけみたいだし、どうせそんなに長くは続かないだろうからもうちょっと我慢してちょうだい」

更衣室のほうから一緒に休憩を取ったパートがやってくる気配がして、貴子はやっとその場を離れた。別に行きたくもないトイレに駆け込む。

個室に入ると、辛くて悔しくて涙がにじんだ。懸命にこらえて目元をトイレットペーパーで拭う。

今すぐにでも辞めたい――という気持ちがこみ上げるが、その一方で辞めてたまるかという負けん気もこみ上げる。

どうせ長くは続かない。――家族にもそう思われている。周りはみんな、貴子が働くことを単なる気まぐれだと笑っている。

そんなふうに思われる自分なのだということを突きつけられる。そのことが悔しい。

他人から馬鹿にされるのは昔から大嫌いだ。

辞めたらそれ見たことかと皆笑う。それを思うと早々に尻尾を巻くのはことさらに悔しい。涙の跡を気づかれるのも。

懸命に涙を飲み込み、貴子はトイレを出た。

*

辞めてたまるか。馬鹿にされてたまるか――という意地だけで貴子のパートは続いていたが、居心地の悪さは如何ともしがたい。

三時休憩のたった十五分も身の置き所がないような状態で、ちょっと郵便局に、などと理由をつけて本当は何の用事もないのに外へ出たりする。

その日もそうだった。意味もなく銀行への道をたどる。口座を持っている銀行でもないのに。

一応銀行の前まで行くと、ちょうど出てきた利用客と目が合った。

「あっ」

声を上げたのは、こちらとあちらで同時。「あちら」は今日は栄女子高の制服を着ている。

先日、貴子が肉じゃがコロッケを落とした常連の女子高生だ。

「この前、どうもでした」

娘はにこりと笑って会釈した。顔を覚えているというよりも、貴子が制服のエプロンをしたままだったので分かったのだろう。

「ATM、今空いてますよ」

その何の気なしの優しい声に涙腺が壊れた。——職場ではこんな声は絶対かけてもらえない。

え、と娘は驚いたように立ちすくんだ。行きつけた店の店員に挨拶したら泣かれた、戸惑うのも無理はないシチュエーションだ。

「ごめんなさい、違うの。ちょっと……」

ぱたぱたと落ちる涙を拭おうとハンカチを探していると、娘がタオルハンカチを差し出してくれた。

「あの、なんか……あの」

事情が分からないので具体的な言葉はかけあぐねているらしい。ごめんなさいと呟いて貴子はありがたくハンカチを借りた。自分のは置いてきてしまったようだ。

目元を忙《せわ》しなく拭って「もう戻らなくちゃ」と返そうとすると、首を横に振られた。

「戻るまでに引っ込めてなくちゃたいへん」

涙を、ということだろう。そして「使ってください」と言い残してぱっと立ち去ってしまう。

追いかけようかと思ったが、そろそろ戻らないと休憩時間が過ぎてしまう。貴子は諦めて店へ戻った。道すがら、残されたハンカチで目元を整える。

次にお店に来たときに洗って返さなくちゃ、とそのパステルカラーのハンカチをポケットに大事にしまった。


その日の帰り、事務所でタイムカードを押すと、奥さんに呼び止められた。

「はい、これ」

渡されたのは給料袋である。そういえば今日は二十日で、永田精肉店の給料日だった。

「ありがとうございます」

「来月も頑張ってちょうだいね」

さっさと辞めてくれないかと思ってるくせに、と気持ちがひねくれる。

ありがとうございますと給料袋を受け取らないといけないことも癪の種だ。銀行振込なら、ありがとうございますなんて言わなくていいのに。

一ヶ月フルで働いた給料をもらうのは初めてだ。前回は数日働いただけで給料日だったので、一万円にも届いていない。

今回は少しまとまった収入になるはずだから、お義父さんとお義母《かあ》さんになにかプレゼントでも買おうかしら——と思い立った。あの二人も「長くは続かない」と思っている筆頭に違いないので、ちょっと見返してやりたい。

鞄の中に入れたまま給料袋をこじ開けて、明細を引っ張り出す。細長い帳票に青いカーボンの文字で書かれた支払金額欄を見て「えっ」と思わず声が上がった。

三万六七五〇円。

時給七百円かける五二・五時間。

たったこれだけ？　と呆気に取られた。週に数日とはいえ一ヶ月も働いたのに。前回は三日かそこらで一万円近くいったから、もっとたくさん入っていると思っていた。

お正月休みでシフトが減ったからかとも思ったが、年末はその分忙しくて長時間入っている。だとするとこの金額が相場なのだ。

あんなに居心地の悪い職場を我慢して、これっぽっち——目の前が暗くなるようだった。

芳江にはセーター、清一にはマフラーでも、と思っていたが、スーパーでも見映えのする品を買うと五、六千円飛んでしまう。この給料からその出費はいかにも大きくて痛い。特売品で色柄を選ばなければもっと安いものがあるだろうが、それは貴子のプライドが許さない。

結局、芳江も好きなケーキ屋でケーキを買って、お茶を濁すことにした。

ケーキを二つだけぶら下げていくのは寂しいが、そこそこ値の張る店なので数を買うと勘定がかさむ。割安だが味が数種類あるシュークリームをいくつか買って賑やかした。

家に帰って二階の自宅に上がる前に一階の清一宅に寄る。芳江は夕飯の支度中だったらしく、エプロンで手を拭きながら出てきた。

「あの……今日、初めてお給料が満額で出たので。ほんのお一つですけど」

いつもちくちく意地悪な芳江のことだ、安く上げたなと思われるかなと警戒して待ち受ける。芳江は「あらまあ」と手を叩いた。

「悪いわね、あたしたちにまで気を遣ってくれて」

嬉しそうな様子に面食らった。これはあながち上っ面だけでもなさそうだ。

「好きなのよ、ここのケーキ。モンブラン入ってるかしら」

「あ、はい。お義父さんがお好きなので」

「そうなのよ。あの人、栗のお菓子だけは好きなの」

ケーキボックスを受け取った芳江がにこにこ笑う。

「自分たちの分は買ったの？」

「いえ、それは……」

自宅に買って帰ることは思いつかなかった。

「健児さんも別に私の稼ぎは当てにしてないと思いますし……お給料なんて言っても、ほんのちょっぴりですし」

卑下するように漏らすと、芳江は「あらまあ」と今度は顔をしかめた。

「そういうことじゃないのよ、気持ちだから。これ、いくつあるの?」言いつつ芳江がその場で箱を開けた。

「何だ、六つもあるじゃないの」

とはいえ、四つは百二十円かそこらのシュークリームだ。

「お夕飯終わったら降りてらっしゃい。みんなで食べましょう」

そんな大袈裟な、と両手を振る。

「珍しくもないものだし」

「そんなことないわ、健児だって嬉しいはずよ」

降りてこないと食べてあげないわよ、と脅されて食後のお茶を承諾させられた。

健児はともかく祐希は付き合うだろうか。かったるいとイヤな顔をされるかもしれない――と後ろ向きになっていたので、祐希が学校から帰ってきてからもお茶の話は言いそびれていた。

切り出したのは健児が帰ってきて夕食を終えてからだ。

「あのね、食後にお義母さんがお茶を飲みにいらっしゃいって」

「へえ、平日の晩にわざわざ珍しいな。お袋、何か用でもあるのかい?」

二世帯住宅とはいえ同居なので、それなりに交流を持っているが、平日に親の世帯が誘いをかけることはあまりない。特に清一が定年してからは、清田家で唯一の勤め人となった健児を気遣っているらしい。

「そうじゃないんだけど……今日、私のお給料日だったからケーキを買ったの。そうしたら、一緒に食べましょうって」

「そうか、給料祝いか。そりゃ行かなきゃな」

給料祝いなどと言われるといかにもご大層な感じで「でもほんのおしるし程度よ」と慌てて予防線を張る。

すると健児は「いいんだよ、こういうのは気持ちなんだから」と芳江と同じことを言った。

「ほら、祐希」

健児に促されて、祐希が「えぇー」とふて腐れた。

「俺、明日の数学当たるんだよ」

ぞんざいな口調に貴子の肩は縮んだ。忙しかったらいいのよ、と執り成そうとすると、祐希はダイニングの椅子を立った。

「何でうちの分はうちの分で買ってこねーんだよ、降りンのめんどくせーじゃん」

ぶつぶつ言いながらも一緒についてくる。お袋の給料祝いなんか別に要らない、ということではないらしい。

自分たちの分は買ったの？　と芳江に訊かれたことを思い出した。——やっぱり、うちの分もちゃんと買えばよかったかしら。

階下に降りると芳江がさっそくお茶とケーキを出してきた。が、そのお茶が湯飲みで出てきたので祐希がブーイングを鳴らす。

「ちょ、何でケーキに番茶なんだよ！」

「番茶じゃないわよ、とっときのお煎茶よ」

「つか、ケーキだったらコーヒーか紅茶だろ⁉」

「うちは年寄り世帯だから日本茶のほうが落ち着くの。文句あるなら自分で淹れなさい」

芳江は素っ気なく突っ放したが、貴子にはどうして煎茶が出てきたのか分かった。日本茶が好きなのも本当だが、日本茶好みなだけに芳江はコーヒーや紅茶はありふれたインスタントの銘柄しか置いていない。

いいお茶を出そうとしたらこの家では自動的に煎茶になるのである。

祐希がケーキの箱を覗いてまた文句を垂れる。

「えー、モンブラン一つしかないのかよ」

「別にお前が食べたらいいだろう」

「ジジイの好物横取りしたら寝覚め悪いじゃん、老い先短いんだし」

清一に憎まれ口を叩きながら、祐希が薄茶色の敷き紙を敷いたシュークリームを取り上げる。この店のシュークリームの敷き紙は味によって色を変えてあり、茶色はマロンクリームの目印だ。最近メタボ気味な健児は白い敷き紙の生クリーム。

生クリームはカスタードクリームよりカロリーが高いと教えてあるのに！　と貴子は憤然としてクリーム色の敷き紙のカスタードと取り替えた。健児の恨みがましい眼差しは気づかないふりで黙殺する。

いただきます、と食べはじめた途端、祐希がシュークリームをほとんど一口で飲み込んだ。そして煎茶を申し訳程度に一口すする。

「じゃ、俺、予習あるから上行くわ」

言いつつさっさと立ち上がり、「お袋、ごっそさん」と軽く手を上げる。

名指しでごちそうさまを言われて気づいた。——さっきの何の気なしの「いただきます」は、今日は貴子に向けた意味合いもあったのだ。

何だかひどく面映《おもは》ゆい。

給料祝いというものが、そもそも貴子にとっては初めての経験だった。大学在学中に出来婚《できこん》したので、貴子はそのままなし崩しに就職していない。

もしも大学を卒業して就職していたら、という思いがよぎった。

やっぱり、初めての給料日にこうして両親におみやげを買って帰っただろうか。そうしたら両親もこんなふうに喜んでくれただろうか。

それを経験しなかったのは少し惜しいことをしたかもしれない、と今さら思った。

貴子が風呂から上がると、祐希が台所を漁《あさ》っていた。

「何やってるの」

「カップ麺か何かねーかなって……勉強してたら腹減った」

「袋ラーメンならあるわよ。味噌ラーメン」

「えー、めんどくせ」

どうして男は鍋でラーメンを作る程度のことをこれほど面倒くさがるのか。お湯を注ぐだけのカップラーメンを好むのは父親の健児も同じである。同じインスタントでも鍋で火を入れて作るほうがよほどおいしいじゃないかと貴子などは思うのだが、男たちにとっては手抜きも味のうちらしい。

「作ってあげるわよ、待ってなさい」

んー、と祐希がリビングのソファに座った。

「へえ、給料手渡しなんだ」

見ると祐希が手に取っているのは、テーブルの上に置いてあった貴子の給料袋である。表に印鑑を押す欄が十二ヶ月分あり、給料をもらったら該当月に印鑑を押して次のパートのときに持っていくことになっている。

「『エレクトリック・ゾーン』は違うの？」

祐希のバイト先であり、清一の嘱託先であるアミューズメントパークである。

「うち、バイトも全員振り込み。人数多いしさ」

「いいわねぇ、面倒じゃなくて」

「お、明細。見ていい？」

返事を聞く前に祐希は給料袋に入れてあった明細を引っ張り出している。

「少ないでしょ」

「時給七百円だしこんなもんじゃねえ？　シフト増やす気ないんだろ？」

「そうねえ、これ以上時間を増やすのはちょっとねえ」

職場のストレスで潰れてしまう。

「やっぱりお父さんは偉いのねえ、毎日ちゃんとお勤めして」

そのうえ、家族がそこそこ贅沢できるくらいは稼いでくる。

祐希が意地悪そうににやりと笑った。

「七十万の空気清浄機なんてもう買えねえだろ」

「もう言わないでよ、それは」

自分のパート代なら一年働いても買えやしない。健児に怒鳴られたときは、確かに少し高い買い物だがそこまで怒らなくても、と不満に思うばかりだった。今では健児があれほど怒った理由がよく分かる。何しろ、冬のボーナスが丸ごと吹っ飛ぶお値段だ。

出来上がったラーメンに解凍した茹で置きのほうれん草を載せ、卵を落として出すと、祐希は「野菜いらねえよ」とブツブツ言った。男どもが野菜を嫌がるのも毎度のことである。

何かと貴子の干渉をうるさがる祐希とたわいのない話が続いたことが嬉しくて、貴子もお茶を淹れてリビングに座った。

「祐希はバイトが嫌になることはないの？」

話が続いたのは仕事の話題だったからのような気がしたので、バイトの話を振ってみる。

「んー、別に。シフト入れたら入れただけちゃんと金になるし。人間関係もそんな悪くないし。

年上の女のバイトとかたまに鬱陶《うっとう》しいけど、我慢できねーほどじゃないし」

「鬱陶しいってどんな?」

思わず尋ねてしまったのは、自分はパート先で鬱陶しがられているほうだからだ。

「からかってくるんだよ、色々。恋バナとか振ってきたり、年下の男バイトにベタベタ絡んで焦らせたり」

釣られてまともに答えた祐希が途中で目を怒らせた。

「ってそんなんお袋に関係ねーだろ!」

「ごめんね、何か参考にならないかと思ってつい」

すると祐希はラーメンをすすっていた手を止めた。

「……あんま上手くいってねーの?」

「それほど深刻なことじゃないけど。上手くいかない人っていうのもやっぱりいるじゃない?」

そこはとっさに小さく見栄を張ってしまう。上手くいかない人がいるなどというレベルではなく、総スカンを食っている状態だ。

「どうしたらそういう人と上手くいくのかしら、と思っただけ」

「何でその人とは上手くいってねーの?」

ラーメンをすすりながらの問いかけに焦った。まさか話を聞いてくれるなんて思わなかった。

下手なことを言うと小さな見栄がばれてしまう。

「その……お母さんがもたもたしてたり手際が悪かったりするのがイライラするみたい」

「周り見てないんじゃね？」

え、と首を傾げると、祐希は丼から顔を上げた。

「働くの初めてでテンパってんのかもしれないけどさ、こう……」と右手には箸を挟んだままで両目の脇に遮眼帯のように手のひらを添える。

「自分の手元しか見えてないんじゃねえ？　一緒に働いてたらさ、自分のことしか見えてない奴ってけっこうイラッとするんだよな。今はこっち手伝えよ！　とか、もーちょい後先考えて動けよ！　とか。自分の仕事終わったらぼーっとしてる奴とかも」

自分のことしか見えていない、というのは思い当たる節がなくもない。余裕がないので自分が今やっている仕事だけに集中してしまう。「ちょっと、こっち！」と苛立った声で呼ばれるのはよくあることだ。周りのことを気にかける余裕などまったくない。

以前、肉じゃがコロッケ用のジャガイモを面取りして怒られたのも同じことだ。肉じゃがにするジャガイモは面取りするものだという自分の習慣を考えなしに優先した。

「だけどまあ、ちゃんとやってても性格が合わないっていうのはあるしな。そういうのは仕方ないけど」

もしかしてこれは祐希なりのフォローだろうか。

「どうしても合わないなら辞めたらいいんじゃね？　別にバイトなんだし」

「うん、でも……お友達に紹介してもらったパート先だし。お母さん、もうちょっと頑張ってみるわね」

「無理すんなよ、お嬢さん育ちが」

憎まれ口を叩いた祐希はまたラーメンをすすり込みはじめた。

*

下校時間が合うときは、祐希は早苗《さなえ》と待ち合わせて家に帰ることにしている。落ち合う場所は祐希が通う緑ヶ丘高校のそばの大型スーパーだ。

早苗が軍隊ばりに厳しい家庭科部に入っているので、一緒に帰れるのは週に二回ほどだし、早苗の買い物に付き合うくらいでそれほど寄り道できるわけでもないが、祐希にとっては貴重な時間である。亡くなった母親に代わって家事を切り盛りする早苗は、バイトをこまめに詰め込む祐希以上に多忙だ。一緒に買い物をして帰るだけの待ち合わせもご近所デートに数えたいくらいには嬉しいイベントである。

スーパー入り口の待合いコーナーで待っていると、早苗は祐希に十分ほど遅れて現れた。

「ごめんね、帰りに先生に捕まっちゃって」

それだけ聞くと祐希などは小言でも食らってたのかなという発想に直結するが、早苗は職員室に荷物を運ぶのを手伝わされたという。学校での生活態度の差だろう。

「行こっか」

「買い物しないの？」

「今朝のチラシ見たけどあんまりそそられなかった」

大型スーパーと商店街をこまめに使い分けている早苗は、毎朝の新聞に入っているチラシのチェックも怠りないらしい。

「セール品以外はけっこう高いんだよね、ここのスーパー。意外と高級志向みたいで。商店街はチラシが入らないから行ってみないと分かんないいんだけど……」

経験上、比較的安く上がるということらしい。

「祐希くん、別に付き合わなくていいよ。お母さんに見つかるの恥ずかしいんでしょ？」

「恥ずかしいっていうかさぁ……めんどくさそうなんだよな、見つかると」

貴子が商店街でパートを始めてから、早苗と二人で商店街を通るのは避けている。見つかると詮索がうるさいのが目に見えているからだ。そうでなくとも過干渉気味の母親である貴子に彼女の存在がばれるのはかなり鬱陶しい。しかも貴子は祐希の見た限り、息子の彼女に寛大なタイプではないので過干渉が悪化しそうで恐い。

「ちょっと待ってて」

二人で自転車置き場に向かいつつ、祐希は携帯で自宅に電話をかけた。「もしもし」と貴子がすぐに出る。よし、自宅。

「ああもしもし？　お袋、これから出かけたりする？」

「もう出ないけど……どうしたの？」

訊き返されて一瞬言葉に詰まる。

「……今、スーパーだから。何か要るもんあったら買ってってやろうかと思ってさ」

珍しいわね、どういう風の吹き回しなの——と言いつつ、貴子は手放しで嬉しそうだ。貴子が家にいれば安心だと探りを入れただけなので、罪悪感が疼く。そういえばパートでちょっと上手くいってないとか言ってたな、と同情もちょっぴり。

「祐希は自転車だから大きいものは無理よねえ」

「あー、別に……荷掛け紐とか持ってるし」

「そう？　じゃあトイレットペーパー買ってきてくれる？　十二ロールでダブルの」

「んー、分かった」

電話を切って早苗を振り返るとくすくす笑っている。多少気まずい。

「お使い、何になったの？」

「トイレットペーパー。ダブルの十二ロール」

「それなら商店街の中の薬局が安いよ。寄ろっか」

「お願い」

二人で自転車を漕ぎながら、途中で早苗が尋ねた。

「祐希くんのお母さんが働いてるのってどのお店？　教えてよ」

「やだ」

祐希は顔をしかめた。

「言ったら早苗ちゃん、誰かな～って探すだろ」

「だって興味あるもん、祐希くんのお母さんてどんな人かなって」

「子離れできてないから会わすのやだ」

「そりゃあ、会うのはあたしもちょっと恐いけど」

清一と重雄《しげお》と則夫《のりお》、昔からの悪友三匹がつるんだおっさんトリオが集まる場所は、重雄の家が営む居酒屋『酔いどれ鯨』が主だ。早苗を一人で留守番させるのが心配なときなどには有村《ありむら》家になることもあるが、清田家は集合場所にならない。『鯨』を清一や則夫が被保護者連れで訪ねることはあっても、三匹に連れられて早苗が清田家を訪れることはこれからもないだろう。

祐希としては親に早苗の面が割れずに済むので一安心である。祖母の芳江は清一の悪友たちと面識があり、早苗の顔も知っているらしいが、祐希が女連れで歩いていたからといって貴子とわいわい盛り上がるタイプではないという信頼感がある。

もっとも同じ町内なので、ばれるときはばれるだろうが、積極的に親にばらしたいとは思わないし、ばれる可能性が高いところは避けて歩きたい——というのが高校生男子としてはごく当たり前の心情ではなかろうか。

商店街に着き、自転車を押してアーケードの中を歩きはじめると、時節の看板が目についた。まだ一月の末だが、既に節分とバレンタインが混在である。

早苗と付き合うようになって初めての二月を迎えるので、ついついバレンタインのほうに気を取られるが、話題にすると物欲しそうなので言及は避けた。

トイレットペーパーは嵩張《かさば》るので後回しにして、先に早苗の買い物に付き合う。

「ここでちょっとおかず買うね」

言いつつ早苗が自転車を駐めたのは、永田精肉店の前である。貴子のパート先なのでぎくりとしたが、うっかり態度に出したら早苗に気づかれるので平静を保つ。貴子が自宅なのは確認済みだし別段焦る必要もない。

店頭には精肉のショーケースと総菜のショーケースがあり、どちらも程よく賑わっている。早苗は店員に声をかけるタイミングを少し迷っているようだったが、すぐ総菜側で手の空いた店員を摑まえて慣れた様子で注文をしはじめた。迷う素振りがないのはもう主なラインナップを覚えているのだろう。

早苗の注文を捌いた強面《こわもて》のおばさん店員が「いつもありがとうね」などと挨拶しているので、やはりそれなりの頻度で利用しているらしい。

てきぱきと立ち働いている店員を見ながら、この中の誰かが貴子と折り合いが悪いのかな、と少し気にかかった。

職場で人間関係がこじれる居心地の悪さは、自分もバイトをしているだけにかなりリアルに思い浮かぶ。祐希がバイト先で一番気を遣うのも人間関係だ。

困ったところはたくさんあるし、あまりかまってほしくはないが、一応親は親である。肩身の狭い思いをしながら働いているとすればいたたまれない。

……そんでまた、こういう職場で浮きそうなことも想像ついちゃうんだよな。

祐希は売り場を眺めて顔をしかめた。客を捌く店員たちは皆てきぱきしており、悠長な質《たち》の貴子がこのテンポに馴染むとは思えない。

「お待たせ！」

早苗が会計を済ませて戻ってきた。

「何買ったの？」

尋ねると、「肉じゃがコロッケ！」と嬉しそうなお返事である。

「あー、うちのお袋もときどき買ってくるよ。けっこう旨いよな」

「でしょう？　ここで一番人気なんだよね。こないだ来たとき一個しか買えなくて食べそびれてたの」

きっと則夫の好物なのだろう、一つしか買えなかったものを父親に譲るのも早苗らしい。

「明日のお弁当の分も買っちゃった」

弁当を自分で作るなんてすごいな、と素直に思ったが口には出さない。お母さんが生きてたらきっとふつうに甘えてるよ、といじけてしまうのが目に見えている。

父子家庭で家を健気に手伝ういい子というラベリングを早苗は自分では気に入っていない。

その後、八百屋に寄ってからドラッグストアでトイレットペーパーを買い、早苗を送って家に帰った。

貴子に買ってきたトイレットペーパーを渡すと、「あら」と首を傾げられた。

「商店街に寄ったの？　スーパーって言ってたのに」

ぎくりとして「何で」と訊き返すと、貴子は「シールが薬局のだから」と事もなげに答えた。店で貼られたおしるしのテープだ。店名が入っている。

「ハンドルにトイレットペーパーぶら下げるのもカッコ悪いし、できるだけ家の近くで買おうと思って」

あら、そう、と貴子は納得した様子だが、祐希としては冷や汗である。案外目敏《めざと》い。

「いくらだった？」

「いいよ、これくらい」

たかが二百円そこそこだが、奢《おご》ってやる気になったのは貴子のパート先に立ち寄ったせいかもしれない。

「あら、そう？」

今度は律儀に嬉しそうな口ぶりである。前はこんなことがあっても軽く流していたような気がするが、パートを始めてから金に対する無頓着さは少しはマシになったかもしれない。

まぁ、ちょっとくらいバイト先でこじれてもお袋の場合は社会勉強かな——と内心で我が子を千尋《せんじん》の谷へ突き落とすライオンの気分になった。

＊

「貴子さんのパート、続いてるみたいだねぇ」

則夫がふと思い出したようにそんなことを言ったのは『酔いどれ鯨』で軽く一杯やっていたときである。席は例によって三匹指定席の奥まった座敷だ。

「うん、まあ、ぼちぼちな」

清一が答えると、「へえ、まだ続いてたのか」と重雄が意外そうな顔をした。

「すぐ飽きるかと思ってたけどなぁ」

正直なところ清一もそう思っていたが「ああ見えて意外と負けず嫌いだからな」と芳江からの受け売りでそう返してみる。

「しばらく前だけど、買い物で寄ったら貴子さんがレジを打ってくれてね」

「どうだった」

清一などでは立ち寄る機会のない店なので、働いている貴子に接したことはない。

「ちょっと危なっかしかったけど、まあ概ね一生懸命やってるんじゃないかね」

「危なっかしいっていうのはどういうふうにだ?」

思わず食い下がると、重雄がヒヒッと低く笑った。

「舅は舅で意外と過保護だな」

うるさいと剣突《けんつく》を食らわせて則夫に続きを促すと「大したことじゃないけどね」と前置いて返事があった。

「テンポが周りと合ってない……いや、店のテンポとそもそも合ってないんだろうなぁ」

「というのは?」

「総菜が繁盛してる店だから夕方はかなり混み合うんだけど、どうもおっとりしてるんだな。お客やほかの店員をイライラさせちゃっててね。そんで、周りを苛つかせてることに気がつくのもワンテンポ遅いんだ」

「確かにのんびりしたところはあるが……」

周りを苛つかせるほどだろうかと清一は首を傾げた。家では芳江がかなりせっかちな質だが、貴子と二人で家の用事をやっているときに芳江がそれほど貴子に苛立っていることはないような気がする。

「そりゃあお前、芳江ちゃんはきついけど一応身内なんだから優しくなれるだろうよ」

重雄は人のかみさんを摑まえて無遠慮にきつい呼ばわりだが、清一としてはその説も違和感がある。

「身内だからって容赦するタマじゃないぞ、あれは。ぼさっとしてたら亭主の尻でも蹴飛ばすような女なのに」

重雄は想像したのかぶるっと胴震いをして「恐い恐い」とコップ酒をすすった。

「あんまり余裕がなさそうだったから、家と同じようには動けてないんじゃないかねぇ。働くのは初めてなんだろ？　緊張して周りが見えてないのかもしれんよ」

則夫の意見のほうが腑に落ちた。とはいえ、それで何か解決がつくわけでもない。

考えが足りなかったりいろいろ無神経なところもあるが、一応身内である。よそで疎まれているとすればそれはいたたまれなかった。

「もうちょっとピークがゆったりした店のほうが貴子さんには向いてると思うけどね」

「しかし、まだ辞める気はないようだしなぁ……」

どうしたもんかな、と唸ると則夫が苦笑した。

「どうしても居づらくなったら辞めるだろうさ。キヨちゃんが心配することでもないだろう」

「いや、まぁ、それはそうなんだが……」

言外に過保護をたしなめられて居心地悪く身じろぎすると、重雄が「そうは言うけどおめえ」と則夫をつついた。

「もし早苗ちゃんがバイトをしてつらい目に遭ったらどうなんだよ」

「放っておくものかね！」

娘が絡む想定だと過保護はどっこいである。

「早苗みたいな気働きの利く子が辛い思いをするなんて理不尽なイジメに決まってる！　即刻バイト先に乗り込んで辞めさせるとも！」

確かに則夫ならそれくらいやりそうだ。

「まぁ、貴子さんは大人だしな。俺が心配する筋合いもないだろうが……」

そうは言いつつ、世間知らずなままそろそろ四十路《よそじ》を迎えようとしている嫁である。筋合いはなくても気にかかってしまうことはどうしようもない。

「あれかな、ちょっと悩みを聞いたりアドバイスしたほうが……」

「おいおい」

重雄が呆れたように口を挟んだ。

「それこそ余計なお世話だろうが。貴子さんは家ではなにも言ってないんだろ？　負けず嫌いならプライドも高《たけ》ぇだろうよ、触ってやるな」

「シゲちゃんの言うとおりだね。これが子供でイジメなら捨て置けないだろうけど、貴子さんは大人だよ。パートだって家計を背負ってるって訳じゃないんだし、仮に居心地が悪くなったとしても潮時は自分で決めるだろうさ」

む、と清一は思わず黙り込んだ。自分はこういうところがよくないのかもしれない、と我が身を省みる。身内が困っているとなるとついつい過保護になってしまう。健児と貴子の結婚のとき、若いうちは買ってでも苦労をしろと突き放せなかったこともそうだ。

「息子夫婦より祐希くんのほうがよっぽど一人前扱いだねぇ」

「祐希はあれでしっかりしたところがあるから……」

うにゃうにゃ言い訳しようとすると、重雄がからかうように笑った。

「その祐希を育てたのはおめぇの息子夫婦だぜ？　こと子育てに関しては向こうが上手かったんじゃねえのか」

ぐうの音も出ず黙り込むと「親父」とたしなめるような声がかかった。見ると『酔いどれ鯨』の跡取り息子、康生《こうせい》である。頼んであったスルメ天を持ってきたらしい。

「祐希くんを育てたのは健ちゃんと奥さんだけど、健ちゃんを育てたのはキヨさんと芳江さんですよ」

今度はぐっときて黙り込む。

「立花《たちばな》家は息子のほうが人間が出来てるねぇ」

則夫がつつくと、重雄は「その息子を育てたのは俺だよ」と大いばりでふんぞり返った。

重雄のこういうところには勝てない。清一は思わず吹き出した。

＊

パート先での風向きはほんの少しだけ変わった。

周りが見えてないいんじゃないかという祐希のアドバイスに、意識して周囲を気にかけるようにしたところ、一度言いつけられた作業以外にも先回りして手伝ったほうがいいようなことが分かってきたのである。

要するに、周りがみんなお義母さんだと思えばいいんだわ——と貴子は結論づけた。辛口な部類の姑である芳江とたまに家の作業をするときは、ぼんやりとしていると「あらあら、何をのんびりしてるの」とすかさず皮肉が飛んでくる。言われると悔しいので芳江の小言が入る隙を与えないように立ち回るが、ここでも同じようにすればいいのだ。

仕事というものは何をするにも誰かの許可が要るような気がして、また、余計なことをしたせいで怒られたらどうしようと不安でずっと受け身だったが、そのせいで「清田さんは言われないと何もやらない」と陰口を言われていた。

芳江に皮肉を言われない基準を想定したら、他の者と同じようにというわけにはいかないが、少しは自分の判断で動けるようになってきた。ボスの克恵に睨まれる回数も減った。

接客のほうはまだまだで周囲をイライラさせることも多いが――

「すみません、焼き鳥を五本と牛コマ百五十gください」

その注文に顔を上げると、よく来る栄女子の女子高生が貴子に笑いかけていた。

先日、銀行の前で行き会ってうっかり泣いてしまった。それからこの娘は意識して貴子に声をかけてくれているような気がする。

「ごめんなさいね。ハンカチ、いつも持ってきてるんだけど……」

注文をパックに詰めながら、ちらりと他のパートの様子を窺う。貸してもらったハンカチは、きれいに洗ってパート先へ欠かさず持ってきているが、立て込んでいる時間帯なのでちょっと抜け出してロッカーへ、なんてことは許されそうにない。

作業中に持っているのは汚してしまいそうで、ハンカチを返すのはいつも空振りだ。

「気にしないでください、ハンカチいっぱい持ってるし」

娘のささやかな厚意にいつも慰められる。

前は長くても精々四時間のシフトが苦痛で仕方なかったが、最近はそれほどでもない。昼食をまたいだシフトでも、食事中の会話に相槌くらいは打たせてもらえるようになった。

たったこれだけのことでこんなに居心地が変わるなら、最初から立ち回りに気を遣っていたら今頃もっと快適に働けていたのに、とそれだけは惜しい。

「お先に失礼します」

着替えて更衣室を出ようとすると、同じ時間で上がるパートに声をかけられた。

「清田さん、帰りどうするの？」

休憩中などよく話しかけてくれる小島育代《こじまいくよ》だ。年が近いので貴子のほうも話しやすい。

「商店街で買い物をして帰りますけど……」

「じゃあ一緒に帰りましょうよ、あたしも買い物するから」

他のパートが帰りがけにお茶をしたり買い物をしたり小さく交流していることは知っていたが、貴子が誘われたのはこれが初めてだ。

自分が誘ってもらえるのかと俄には信じられなかった。

「小島さんが嫌じゃなかったら……」

どぎまぎしながら答えると「嫌だったら誘わないわよぉ」とケラケラ笑われた。——まるで他のパート同士が冗談口を叩き合っているみたいに。

たわいのない話をしながら一緒に商店街を買い回るだけのことが驚くほど嬉しかった。

「あらー、せっかく安いのにそれしか買わないの？」

八百屋で特売していた一盛り百円のジャガイモである。貴子は一盛り買ったが、育代は豪快に三盛り買った。

「持って帰るのも重いし……小島さんこそ重くない？」

育代は他にもニンジンにタマネギにキャベツと持ち重りのする野菜を大量に買い込んで、肩からかけたエコバッグが既にぱんぱんだ。

「あたしはバイク通勤だから。重いったって買い物中だけだもの」

乗っている五十㏄のスクーターは店の裏手に駐めさせてもらっているという。

「すごいわねぇ、バイクに乗れるなんて」

「清田さんはいつも歩き？」

「家が近いから……」

ダイエットも兼ねて外出は少々遠くてもほとんど歩きである。食べ物にも気を遣っているし、週に二回は友達とスポーツジムにも通っている。おかげで貴子は今のところ中年太りとは無縁だ。健児も年より若く見える妻を自慢にしている。

「でもバイクだとやっぱり楽よぉ、行動範囲広がるし」

そうねぇ、便利そうねぇ、と無難に相槌を打っていたら「清田さんも乗ればいいじゃない」とお勧めされてしまった。

「私、免許を持ってないから」

「車の免許で乗れるわよ」

「その……車の免許を持ってなくって……」

別に誰に迷惑をかけているわけでもないのだが、何となく肩身が狭くて縮こまる。

「あら、どうして？」

そこはあまり触れてほしくなかったが、育代は悪気なく踏み込んできた。

大学四年のときに教習所に通っていたが、飲み込みが悪くてなかなか卒検までたどり着けず、そうこうしているうちに妊娠して車の免許は取らずじまいだ。祐希が生まれてからも車が必要なときには健児や義父母が運転してくれたので、特に不便もないまま今に至っている。

「若い頃、教習所で合格できないまま期限が切れちゃって……結局そのままなの」

あまり言いたくない部分を割愛した説明に、育代はあっけらかんと笑った。

「そっか、若い頃からちょっと鈍くさかったのね」

じんわり傷ついたが、パート仲間がこんなふうに無遠慮な軽口を叩いてくれる嬉しさのほうが大きい。

「ね、時間があったらちょっとお茶でも飲まない？」

出がけに干してきた洗濯物が少し気にかかったが、買い物だけでなくお茶まで誘われたことが嬉しくて一も二もなく頷いた。

「じゃあ、その辺で……」

手近にあった喫茶店を指差すと、「駄目よ、あそこは」と育代が却下した。

「すっごく高いのよ、コーヒー一杯千円もするんだから」

「そうなの？　私、お店をあまり知らないものだから」

友達とはいつもそれぞれの家を行き来してお茶会をするほうが多い。

「アーケードから出てちょっと歩いたところにドーナツ屋さんがあるでしょ。パートのみんなでお茶するときはいつもそこなのよ」

そのパート付き合いに自分も今日から混ぜてもらえるのだろうかと胸が高鳴った。

「バイクも持っていくからちょっとお店に寄ってね」

永田精肉店に立ち寄って、育代はスクーターを押しながらドーナツ屋まで歩いた。

「先に行ってくれてもいいのに。重いでしょう?」

「見かけほど重くないのよ。それに同じ店にバラバラに行くのも寂しいじゃない、何か」

何ていい人なんだろう、とますます嬉しくなった。今まではチクチク厭味を言われたこともあるが、それは貴子も気が利かなかったのでお互い様だ。

トレイにドーナツをそれぞれ選び、イートインで飲み物をつけて会計をする。

「あらやだ、大きいのしかないわ」

先に会計をした育代が財布を開けて顔をしかめた。

「よかったら一緒に払っておきましょうか」

会計は三百円そこそこで、そのために大きな札を崩すことは億劫だろうと申し出る。

「悪いわね。すぐ返すから」

「いつでもいいわよ」

小銭を貸し借りするのも気安くなったしるしのような気がして嬉しい。

「清田さんにはいつか謝らなきゃと思ってたのよね」

席についてから育代は申し訳なさそうな顔でそう切り出した。

「謝るって、何を?」

今まで気が利かず迷惑をかけてばかりだったので、貴子には自分が謝られる理由などとんと思い浮かばない。

「鬼瓦よ、鬼瓦」

しらばっくれようと思ったが叶わず吹き出してしまった。パート仲間周辺で鬼瓦と言われると、強面な克恵のことしか思い浮かばない。育代も「そうそう」と頷いた。

「恐いし一番の古株だから誰も逆らわないけど、みんな嫌ってるわよ。威張り散らしてさ」

恐いことは確かだし、未だに克恵の一挙手一投足にびくびくはしているが、威張り散らしているというのは、微妙に貴子の持っているイメージと合わなかった。厳しいし怒りっぽいが、威張っていると思ったことはない。

だが、せっかく仲良くなれそうなのにわざわざ異を唱えることもないと曖昧に頷く。

「実は、清田さんが来る前はあたしが目をつけられていじめられてたのよね。だから清田さんが来て助かったっていうか……」

思いがけないカミングアウトに釣り込まれた。職場で孤立するあの心細さを知っているのだと思うと、一気に気持ちが寄り添った。

「清田さんが怒られててかわいそうだなって思うこともあったけど、下手に庇《かば》ってまたあたしに矛先が回ってきたらと思うと何も言えなくて。だから、清田さんにもみんなと一緒になってきついこと言っちゃったり……ごめんね」

「いいのよ、そんな」

仕事中に冷たく当たられる辛さはよく分かる。自分がそうなりたくないと思うのは当然だ。

「私だって小島さんと同じ立場だったら周りと調子を合わせると思うし……」

「清田さんっていい人ね」

単純な賛辞が素直に心地好かった。

それからしばらく世間話をして、最後にお互いの携帯番号を交換して別れた。家に帰り着くともう五時を回っていて、あわてて取り込んだ洗濯物はすっかり冷たくなってしまっていたが、そんなことはちっとも気にならなかった。

畳んだ洗濯物を家族ごとに分け、祐希の分を部屋に持っていく。散らかし放題の部屋を少し片付けてやろうと床に散らばった雑誌や漫画を整えていると、ちょうど祐希が帰ってきた。

「ちょ、何してるんだよ！」

祐希が泡を食って貴子の手から雑誌を取り上げる。

「散らかってるから片付けてあげてるんじゃないの」

「よけーなことすんなよ、掃除くらい自分でやるよ！」

「やるやるって口だけじゃないの、いつも」

放っておくと、月に一度も掃除をしない。貴子にとっては許し難い暴挙である。布団だけは強制的に干しているので、結局そのときに貴子がさっと掃除機をかけてしまう。

「やりゃいいんだろ！」

祐希がぶつぶつ言いながら床に散らばったものを拾いはじめた。

「洗濯物しまっておきなさいね」

そう言い残して部屋を出ようとして、ふと思いつく。

「ねえ、祐希」

「何だよ」

祐希はうるさそうに振り返ったが、かまわず続ける。

「お母さん、パート先でお友達ができたのよ」

すると祐希の口元が少しほころんだ。

「――へえ。よかったじゃん」

その相槌に貴子は上機嫌で居間に戻った。

＊

早苗にとって初めて本命チョコを用意するバレンタインである。

葛藤はチョコレートを手作りするかどうかから始まった。

料理の腕にはそれなりに自信があるし、父親の則夫にも毎年チョコレート菓子を作っているが、同年代の男子にとって手作りチョコというのはどうなのか、重すぎて引かれはしないか、とまずはそこから悩みが回る。

しかし、クリスマスにプレゼントした手編みの手袋は喜んでもらえたようだし、祐希はその手袋を普通に使ってくれている。手編みが大丈夫なら、食べてなくなる消え物はもっと大丈夫だろうと踏ん切りをつける。

何を作るかがまた悩ましい。いかにもなハート型のチョコレートは気恥ずかしいし、自分が上手くできたと思うものと則夫から評判のよかったものがまた微妙に食い違う。則夫は何でもおいしいと喜ぶが、そこは親子なので微妙な機微が分かるのである。去年作ったトリュフは、自分ではかなり高評価だし、いかにもバレンタインという感じで作る側の気分も盛り上がるのだが、則夫は小学生の頃から何度か作ったことのあるブラウニーのほうが好きらしい。

則夫はチョコレートをあまり食べないので焼き菓子のほうが食べやすいだけかもしれないが、その嗜好が個人的なものなのか年齢的なものなのか、はたまた性別的なものなのか、早苗にはとんと判断がつかない。幼い頃から祖父に近い年齢の父と二人暮らしのうえに女子高なので、若い男性の標準的なデータがないのである。

男の人は甘い物が苦手、という通説はもっともらしく聞こえるが、その一方で甘い物が好きな男性も普通にいるよという話を聞くとそういうものかなと思える。

祐希は特に甘い物が嫌いなわけではないようだが、トリュフとブラウニーならどちらを喜ぶかという判断がつくほど祐希の味覚を知り抜いているわけではない。

結局、作り慣れているもののほうがより上手に作れるのでは、というやや守りに入った理由でブラウニーを作ることに決めた。ただし、チョコレートの塊《チャンク》を混ぜてよりチョコレート感を増すことで自分の中のバレンタイン気分に折り合いをつける。

作るのは前日だが、それまでに用意しておかなくてはならないものがある。そしてある意味、これが最大の難関だった。

「どうしよう……」

ピンク色のギフトバッグを手に取って戻し、英字新聞柄の包装紙を手に取って戻し、ブルーのギフトボックスを手に取って戻し——そんなことをしているうちに、気がつくともう三十分近く経っている。

「時間泥棒だ、ここ」

緑ヶ丘高校の近くの大型スーパー、時節柄特設されたラッピング用品コーナーである。平日の夕方だが、早苗と同じく各校の制服姿の女子がちらほら見える。

近場ではここが一番品揃えが豊富だろうと当たりをつけて寄ったものの、豊富すぎて遭難中だ。包装紙にギフトバッグやボックス各種、リボン、どれも厖大《ぼうだい》にありすぎて、何をどう組み合わせたものか悩みはじめるとどんどん森の奥へ迷い込む。

いくつかラッピング見本が置いてあるが、それをそのまま真似するのも癪だし、かといって自分のセンスにも全幅の信頼はない。

クリスマスは簡単だった。何しろクリスマスには緑×赤という定番カラーがある。だがこれがバレンタインとなるとバリエーションは無限大だ。クリスマスだからと安直に柊柄の紙袋と赤いシールリボンを選んだ早苗には選択肢が増えすぎる。

センスがいいと思われたいという下心がまた選択を難しくする。そもそも今まで有村家にはバレンタインチョコを包むなどという習慣はなかったのだ。則夫が目を細めて見守っている前で作り、完成品は皿に盛ってラップをかけて置いていた。

好きな男の子にあげるという条件が加わるだけで、バレンタインの難易度がこれほどまでに跳ね上がるとは思いも寄らない。

不器用な方、センスに自信のない方はどうぞ——と言わんばかりに使った商品のガイドまでついている見本がこっちにおいでと誘惑する。もうそのまま真似しようかなと心が折れかけたときである。

「——あら。ねえ、あなた」

声をかけられて振り向くと、知人というほどではない知った顔だった。商店街の肉屋の店員だ。以前、銀行の前で行き会ったとき泣き出してしまったおばさんである。いつも慌ただしいその店で一人だけ少しおっとりしていて、いろいろつらいことがあるのだろうなと勝手に同情するようになった。

「よかった、これ。ちょうど今持ってたの」

おばさんは、提げていたトートバッグの中から小さな不織布《ふしょくふ》の袋を取り出した。口を巾着に絞り、麻紐でリボン結びにしてある。

「え、これ……」

「前に借りたハンカチ。汚したらいけないと思ってちょっと包んでおいたの」

ちょっとというだけでこんな一手間をかけるのは、こういう濃《こま》やかなことが好きなのだろう。

「すごいですねぇ」

自分がラッピングの森で遭難中だったので思わず呟いてしまう。おばさんは「何が？」と首を傾げた。

「あ、いえ……包むの上手だなって」

麻紐をリボンのように使うという辺りが何だか慣れている感じがする。

おばさんは改めてバレンタインの売り場を眺め、得心したように頷いた。

「もしかしてラッピングを選んでたの？」

バレンタインの、とわざわざ言わない辺りが女同士の機微だ。

「はい。でもあたし、こういうの上手くなくて」

「どんなふうにしたいの？」

「ちょっとおしゃれになったらいいなって……」

何やら会話が続いてしまった。

「色は決まってるの？」

「いえ、もう、いっぱいありすぎて……」

自力で色合わせを考えると無難に同系色を合わせるくらいしか思いつかない。

「かわいくしたい？　かっこよくしたい？」

二択にされて祐希を思い浮かべる。

「――かっこいい、かな？」

「包むものは？　買ったチョコ？　それとも手作り？」

「手作りのブラウニーです」

「じゃあ型くずれはあんまり考えなくていいわね……」

おばさんは紙袋のコーナーへ歩み寄った。選んだのは無地のワイン色、ちょうどお菓子などを入れるのに手頃な大きさだ。

次にリボンコーナーでやや幅広の金色のリボンを選び、紙袋の上に重ねて見せる。

「どう？　素敵じゃない？」

ワイン色の紙袋は単体では地味に見えたが、リボンで金色を重ねるとぐっと華やかになった。それに大人っぽい。

「……うん、素敵」

「紙袋の口を折ったら穴開けパンチで穴を開けて、裏から表にリボンを通して結んだらいいわ。普通のリボン結びでけっこう様になるから」

それくらいなら早苗でも楽勝だ。しかも、リボン結びだけで様になるというところがとてもいい。

「ありがとうございます、助かりました！」

ぺこりと頭を下げると、おばさんは「ううん、これくらい」と笑った。

「またお買い物に来てちょうだいね」

立ち去るおばさんを見送り、早苗は選んでもらった紙袋とリボンを持って早速レジに並んだ。

＊

「あなた、これ貴子さんから」

夕食の後、芳江に何やらこじゃれた包みを渡されて清一は首を傾げた。

「バレンタインですって。毎年義理堅いことだわねぇ」

そういえば十四日だったなと思い出す。

嘱託先の『エレクトリック・ゾーン』の出勤日だったら清一にも義理チョコくらいは回ってきたかもしれないが、休みだったのですっかりそんな日付は忘れていた。

「お前、いただきなさい」

気持ちはありがたいが清一は甘い物があまり好きではない。貴子が毎年律儀にくれる手作りチョコレートは芳江が食べる傍らお義理程度につまむだけである。

「今年はあなたが好きなものにしたそうですよ」

「煎餅でもくれたのか」

「まあ開けてごらんなさいよ」

言われて包みを開けたが、紙箱の中はやはり粒のチョコレートである。

「お茶くれ、渋ーいのをな」

渋いお茶で流し込もうと芳江がお茶を淹れるのを待つ。お茶が来てから一粒つまみ、

「お？」

中まで無垢のチョコレートを覚悟していたら、口の中にほっくりした栗の味が広がった。栗は清一の好物である。

「中身は剝いた甘栗にしたそうですよ」

「おお。こりゃいいな」

「あたしがこないだ、お父さんは栗のお菓子だけは好きだって言ったのを覚えてたらしくて」

「何だお前、そんなこと言ったのか」

貴子は同居した当初からクッキーだケーキだとお菓子を作っては階下にお裾分けしてくれていたので、清一が甘い物を好かないということは何となく言いそびれたままで来ている。清一も貴子の前では甘い物にできるだけ付き合うようにしていた。

「わざと黙ってたみたいで気まずいじゃないか」

「うっかり口が滑ったのよ」

芳江は悪びれる様子もなく栗のチョコレートがけをつまんだ。

「いけるじゃないの。貴子さんはこういうものを作るのが上手よね」

両家合同で食事を作るときなど、和食は芳江、洋食やデザートは貴子という分担らしい。

「あたしからも一応おしるしね」

言いつつ芳江が寄越したのは、どこで見つけてきたのかハート型の煎餅だ。一枚ずつパックされたものが五枚ほどセットになっている。

「こういうのはどこで売ってるんだ」

「今はケータイでちょこちょこっとお取り寄せができるのよ」

そういう機能があるということは知っているが、清一は携帯でネットを見たことはない。妻は夫よりよほど使いこなしているらしい。

しょっぱい煎餅を間に挟むと甘栗チョコのほのかな甘さがまた引き立ち、なかなかつまむ手が止まらない。

例年はほとんど芳江がたいらげる義理チョコだが、今年は清一の腹にも半分ほどは納まった。

*

「ごめん、細かいのない？　二十円」

ドラッグストアのレジで育代にせっつかれ、貴子は財布から十円玉を二枚渡した。

「悪いわね」

そうは言いつつあまり悪びれた様子はなく、育代は貴子から受け取った二十円で会計の端数を合わせて支払った。

パートの帰りにほぼ毎回育代と買い物をしたりお茶をするようになっていたが、「ごめん」と言われて財布を開けるたびに少し居心地が悪くなる。

——もし自分だったら。

会計のとき端数の小銭が足りなかったとして、もし自分だったら育代に「細かいのない？」とねだるだろうか。しかもこれほど頻繁に。

一回一回にねだられる金額は、微々たるものだ。二円、三円からせいぜい百円。大したことじゃない、と思い込もうとするが「でも私なら言わないけどな」という違和感は毎回拭えない。最初にお茶をしたとき立て替えたお金もまだ返してもらっていない。たかが三百円くらいでわざわざ催促するのもみみっちいようで返してくれとは言い出せず、小銭をねだられるたびに違和感だけがじわりじわりと膨れていく。

だが、育代のおかげで職場の居心地は飛躍的によくなった。休憩のときなど育代は当たり前のように貴子を輪の中に入れてくれるので、ほかのパートともかなり馴染んだ。育代がいると会話に加わりやすいので、シフトはできるだけ育代と合わせるようにもなった。

育代のおかげで居心地がいいのだから、細かいことを言って気まずくなりたくはない。――だが、それ以外にも気疲れの種があった。

「今日の鬼瓦のバッグ、見た？」

買い物をしながら、あるいはお茶を飲みながら。育代は鬼瓦こと克恵の話題を出すとき絶対にいい意味合いでは話さない。

いつもお茶をするドーナツ屋で槍玉に挙げられた克恵のバッグは、紺地に白でワンポイントが入ったトートバッグだった。

「ああ、あの紺の……」

無難に相槌を打って育代の反応を探る。すると育代はくすくす笑った。

「あれね、ガソリンスタンドの景品」

「そうなの」

何が笑うポイントか分からないのでまた曖昧に答えると、育代は「そうなの、じゃなくて」とちょっと小馬鹿にしたような顔になった。

「あんな安っぽい景品、使っちゃう感覚って……ねえ？　ばれてないとでも思ってるのかしら、あいつ」

別にばれるもばれないも、克恵は気にせず使っていると思うが、育代にとっては充分バカにする理由になるらしい。

「でも、普段使いなら……私もけっこう景品でもらったものとか使うし」

貴子はこっそり自分のバッグを手元に引き寄せた。貴子のバッグも同じようなトートバッグで、景品ではなかったが安物だ。育代は貴子のバッグも安っぽいと陰で笑っているのではないかと気になった。

「あら、清田さんはいいのよ。オシャレだし何を持っても様になるから」

誉められたのに何故か嬉しくならない。何かの負債を背負わされたような気分になる。

「でも、鬼瓦はねぇ。何を持っても安っぽく見えるのに、景品なんて」

さっそく負債の支払いが来た。別に克恵のことは好きではない。以前より少し怒られる回数は減ったが、いつもびくびくしながら過ごしている。しかし、自分を引き合いに出して克恵の悪口を言われるのは落ち着かない。

女同士の力学には聡いほうだ。貴子のバランス感覚は、克恵を逆らってはいけない相手だと認定している。

そんな相手をこき下ろす仲間にされるのは、可能な限り避けねばならない。それが女の危機管理である。だから毎回言を左右にして逃げているが――

「ねえ、そう思わない？」

育代は必ず最後にこう来る。こうやってまともに捕まえに来られるともう逃げ場がない。

「そうねぇ……」

できるだけ曖昧さを残しつつ、しかし頷かされる。育代にそっぽを向かれるのも、今の貴子には望ましくないのである。

貴子の同意を引き出すと育代は取り敢えず満足したらしい。「ところでさ」と話題の変わる気配にほっとする。

「ちょっとお願いがあるんだけど……」

「なぁに？」

克恵の悪口以外なら何でもいい、と新たな話題にすがる。育代は「こんなこと、清田さんにしか頼めなくて」と前置きしながら切り出した。

「次の給料日まで、ちょっとお金を貸しておいてほしいんだけど……」

「えっ……」

思いがけない頼みに呆気に取られていると、育代は「お願い！」と貴子を拝んだ。

「次の給料日で必ず返すから！」

突っぱねるとこじれるかもしれない。その弱腰が「一体どうしたの」と事情を尋ねさせる。

「夫に言えない買い物をしちゃって……自分のへソクリだけじゃ支払いが足りないの」

「もしかして詐欺とか？」

自分が七十万円の空気清浄機に引っかかったことがあるので自然とその連想へと繋がったが、当たりだったらしい。育代は「どうして分かったの⁉」と目を丸くしている。

「私も前に騙されたことがあって……」

「もしかしてエコ・ニューライフじゃない⁉」

育代の出した社名は見事にビンゴで、しばらく詐欺会社の悪口で盛り上がった。気兼ねせずに済む相手なら遠慮なく腐せる。エコ・ニューライフは数ヶ月で店舗を変えて転々とする業態だが、今は育代の住んでいる街であこぎな商いを広げているらしい。

育代が引っかかったのは磁気ネックレスで、最終目玉商品の空気清浄機に至る前段階の目玉である。価格は確か十五万円ほど、貴子も買わされた品だった。空気清浄機は家族にばれたが、ネックレスはばれずじまいだったし、クーリング・オフの期間も過ぎていたので言い出せず、また価格が価格なので捨てるに捨てられず、始末に困った趣味の悪いアクセサリーとして今もアクセサリーボックスの奥にしまってある。

一緒に通っていた友人たちも、苦い買い物としてそれぞれ抱え込んでいるはずだ。健康商法にずっぽりはまっていた渦中の買い物なので、当時は誰も疑わなかった。

「ネックレスの次は空気清浄機が来るわよ」

「清田さんは空気清浄機も買っちゃったの？」

「それはクーリング・オフをしたから払わずに済んだんだけど」

「私もネックレスでクーリング・オフしたんだけどさ、家にヤクザみたいな連中が押しかけてきて脅されちゃって……」

ああ、あの魂が消し飛ぶような恐ろしい思いをこの人も味わったのだな——と思うと親近感が湧いた。

「清田さんはどうやって追い返したの？」

「その……夫とお義父さんが……」

本当は清一が一人で追い返したようなものだが、夫のことも少し見栄を張りたくて並べる。

「いいわねぇ、優しいご主人で」

育代が大きく溜息をついた。

「うちなんて全然駄目よ。こんなことが知れたらぶん殴られちゃう。あいつらが家に来たときは、たまたま夫がまだ帰ってない時間だったから助かったけど……下手したら離婚されちゃうわ、あたし」

かわいそうに、と反射的に思った。健児は七十万の空気清浄機の件では結婚してから初めてという勢いで怒ったが、それでも殴るなんて絶対にあり得ないし、ましてや離婚なんて。

「明日中に振り込まないとまた家に取り立てに来るの……夫がいるときだったらアウトだわ」

「足りないっていくらなの？」

健児は業者に完全に舐められてはいたものの、懸命にヤクザのような男たちに立ち向かってくれた。決して貴子を男たちの前に出そうとはしなかった。

清一は二階の様子を察して飛んできて、あっという間に怪しげな男たちを追い返してくれた。引っぱたかれはしたが、その後あの馬鹿な買い物のことをあげつらわれたことはない。

育代には守ってくれる夫も頼りになる舅もいないのだ。

しかも詐欺に遭ったことを知られたら離婚だなんて。同じように馬鹿な詐欺に引っかかったのに、自分があまりに恵まれていて育代があまりに恵まれていないことが同情と哀れみを大いに刺激した。

「五万円なんだけど……」

それくらいなら自分の貯金から何とかなる。

「次のお給料日で必ず返してもらえるなら……私もそんなに余裕がないから」

「分かった、必ず。パート代で足りない分は生活費をやりくりして何とかするから」

育代は貴子よりシフトが多いので、パート代だけで四万円は超えているはずだ。生活費から工面するのは一万円足らずで済むだろうし、決して返すのが難しい金額ではない。

いつも小銭にルーズな性格は心配だったが、五万円も借りておいていいかげんにすることはないだろう。

そんな目算もあって、お茶の帰りに銀行に寄り、その場で五万円を引き出して渡した。育代は押し戴《いただ》かんばかりである。

「ありがとう、ホントに助かったわ。お給料が出たらすぐ返すから」

これで夫にばれずに済むわ、と心底ほっとした様子に、いいことをしたと気分がよくなった。離婚というのは大袈裟かもしれないが、ともあれ他人の家庭争議を一つ救ったのである。

次の給料日がやってきたのは、それから一週間ほど後である。

＊

出勤してタイムカードを押すときに少し違和感を覚えた。

違和感の正体に気づいたのは、作業に入ってしばらくである。ジャガイモの皮を剝いていると、克恵がやってきて「悪いんだけど」と切り出した。

「今日、二時間くらい残業できる？」

「あ、はい……大丈夫ですけど」

何かあったんですか、という含みを持たせると、克恵は忌々しげに顔をしかめた。

「小島さんだよ。今朝方、給料だけ取りに来て急に辞めちゃってさ」

えっ、と思わず息を飲む。同時にタイムカードの違和感に思い当たった。カードのホルダーにいつもより隙間が多いような気がした。育代の分がなくなっていたらしい。

「もともと遅刻や欠勤が多くていいかげんな人だったけどね。こんな急に何考えてんだか」

きっと顔色が真っ青になっていたのだろう。克恵が「大丈夫かい、あんた」と怪訝《けげん》そうに声をかけた。

「大丈夫です、何でもありません」

そうは答えたもののその日の作業はボロボロだった。うっかり物を落としたりつまずいたり。最近は克恵に怒られることも減っていたのに、久しぶりにガアガア怒鳴られた。

ついに、包丁を使っていて手を切った。あっと思ったときには白いまな板に赤い点が散り、置いておいたジャガイモが三個分ほど駄目になった。

「ちょっと……！」

克恵の怒鳴り声が尻すぼみになったのは、怪我をしたことを途中で鑑《かんが》みたらしい。

「すみません……」

「怪我。大丈夫なの」

つっけんどんに気遣う克恵に、反射的に口にくわえていた指を見る。傷口はそう深くないが、指先なのでなかなか血が止まらない。

「大丈夫です、絆創膏を貼れば……」

ヘマが続いていたので帰れと引導を渡されるかと思ったが、克恵は事務所で手当てしてから販売に回るように指示した。急に抜けた育代の穴が痛いらしい。

物を持っても痛くないように、絆創膏を二重に巻いて販売に立ち、そちらはどうにか大きな失敗をしなくて済んだ。

帰宅して育代の携帯に電話をかけたが、全く出る気配がない。留守番電話に繋がるばかりだ。怒りを押し殺しながらメッセージを残す。

「もしもし、清田です。パートを辞めたって聞きました。貸したお金のことで話がしたいので、電話をください。こちらからもまたかけます」

またかける、と残したことで諦めないわよとプレッシャーをかけたつもりだったが、今度は電話そのものがずっと話し中のまま繋がらなくなった。どうやら着信拒否されているらしい。メールも宛先不明で戻ってくる。

「すみません、小島さんの自宅の連絡先って教えてもらえませんか？」

次のパートのとき、シフトの相談中に克恵にそう尋ねると、克恵がぎょろりと目を剝いた。

「何かあったのかい？　小島さんが辞めた日、様子がおかしかったけど」

「いえ、あの……ちょっと……」

上手くごまかせずにへどもどしたが、克恵はそれ以上は深くは尋ねず育代の自宅の連絡先を教えてくれた。

家に帰ってから育代の自宅へ電話をかける。

「はいもしもし、小島です」

よそ行き声にはらわたが煮えくり返った。

「もしもし、清田です」

名乗ると露骨な舌打ちの音が電話口に入った。

「お金。いつ返してくれるの」

「そのうち返すわよ」

「そのうちっていつよ？　次の給料日で返してくれるって言ったじゃない。それなのに黙って辞めるなんて……」

「ていうかァ」

いきなり張り上げられたすっとんきょうな声に飲まれる。

「清田さん、お金に困ってないんでしょ？」

「……別にそんなこと……」

「でも、パート仲間に五万円貸してって言われて、ぽんと貸せるわけでしょ？　あたしよりは絶対困ってないわよ。奥さんも克恵さんもいいとこの奥様が道楽で働いてるだけだって言ってたし」

ずけずけと言い放たれる言葉にぐさりと刺され、とっさに言葉が出ない。

「……最初に立て替えたお茶代だって、返してくれてないじゃない。お買い物のときも小銭がないとすぐこっちを当てにして」

ようやくそう言い返すと、「今さら何言ってんの？」と瞬殺された。

「お茶代はそっちが勝手に立て替えたんじゃない。請求だってしなかったじゃないの」

「それは……三百円くらいだしうるさく言ってケチくさいって思われたらと思って……」

「ほーら！」

育代は鬼の首を取ったように声を躍らせた。

「三百円くらいって言えるってことは、お金に困ってないってことよ。あたしなら次に会ったときすぐ返してって言うもの。それに買い物のときの小銭だって言えば何度でも貸してくれるし、請求しないし、お金にルーズな人なんだなってこっちは思うじゃない。この人にはお金を借りてもいいんだなって思っても仕方ないじゃない」

あまりにもおかしな理屈を堂々と語られて頭がくらくらしてきた。端数のお金だし人間関係を悪くしたくないからと貸していただけなのに、それをお金にだらしないと思われるなんて。

「じゃ、じゃあ小銭のことはもういいわよ」

ようやく言い返す隙間を摑まえる。

「でも、五万円は私にとっても大きなお金よ。貸しっぱなしってわけにはいかないわ、ちゃんと返してちょうだい。給料日に返すって約束だったわよね」

「返すって言ってるんだからそんなに急《せ》かすことないじゃない」

「そっちが黙ってパートを辞めたりするからでしょ⁉」

一度声を荒げると弾みがついた。

「信用できるわけないじゃない！　すぐ返してくれないんだったらお宅に伺ってもいいのよ！　克恵さんにあなたの住所だって聞いたんだから！　旦那さんに奥さんがお金を返してくれないんですって言ってもいいの⁉」

「ひどい！」

倍の声量で叫び返され、思わず声を飲んだ。

「うちの夫がどういう人か話したわよね⁉　詐欺でお金を取られたなんて分かったら殴られるか離婚だって！　たかが五万円のために私の家庭までぶち壊すつもり⁉」

知ったことかと即座に突っぱねられるほど非情にはなれなかった。家庭内暴力も離婚も貴子が受け止めるには重すぎた。自分が家に押しかけることがその引き金になると突きつけられると、それでも行くとは言えなくなった。

脅し文句で逆に脅し返されるなんて。

「……家に来られたくなかったらちゃんとお金を返してちょうだい！」

せめてそう食い下がる。多分、何の脅しにもなっていない。

カチャリと居間のドアが開く気配にびくりとそちらを振り返る。

祐希だった。

「とにかくそういうことだからっ」

早口にそう告げて電話を切る。

祐希は台所で水を飲んでいたがおかえりと声をかけるのも白々しく、電話をしていたソファに座ったまま身じろぎもできない。

「パート先？」

その一言で、一部始終聞こえていたことが分かった。

「うん、でも大丈夫だから」

大丈夫って、何がどう。うっかりお金を貸した相手はふてぶてしく居直って、話にならないのに。——今度は七十万じゃないから。お金が返ってこないとしてもお母さんのヘソクリ五万円だけだから大丈夫。

お金にだらしない母親だと思われてこれ以上息子に嫌われたくない。

「何かあったら言えよな」

祐希はその一言だけで自分の部屋へ引っ込んだ。

その一言だけで充分だった。

*

「何か、パート先でトラブったみたいなんだよな」

夕食後に階下を訪ねてきた祐希はそんな話をした。トラブったというのが揉め事が起こったという意味合いであることが瞬時に翻訳できる程度には清一も祐希の言葉遣いに慣れている。

「トラブルっていうのは一体……」

「金の貸し借りだよ。電話で揉めてたの途中から立ち聞きしただけだけど、五万貸した相手が返してくれないみたい。……何とかなんねえの、こういうの」

祐希は暗に三匹の出動を促している。

「とはいっても、いきなり貴子さんのパート先に乗り込んで勝手な采配をするわけにはいかんしなぁ……貴子さんが相談してくれりゃまだしも」

「やっぱそうだよなぁ」

祐希も持ちかけたものの手を出しにくい話であることは分かっているらしい。

貴子に探りを入れてみるということで折り合い、翌日ゴミ出しに出てきた貴子を摑まえた。

「貴子さん」

声はかけたものの、どう切り出したものか。

「最近、パート先で困ったりはしてないかね」

迷って結局直球だ。すると貴子は小さく吹き出した。

「祐希とお義父さんって私が思ってたより仲良しなんですね。筒抜けみたい」

「いや、あの……祐希がな。祐希が心配してたようだから」

ありがとうございます、と貴子は笑った。

「でも、自分で蒔いた種ですから。本当に自分でどうしようもないようなことがあったら必ずお義父さんにも相談します」

穏やかに、しかしはっきりと助力を固辞されて、完全に出る幕はなくなった。

「そりゃあなかなかしっかりしてきたね、貴子さんも」

夜回りに出る前の『鯨』で、話題はやはり貴子である。

「自分で蒔いた種っていうのは、性根が据わってるじゃないか」

則夫はそう言ったが、清一はまだ諦めがつかない。

「しかしなぁ……夜回りで赤の他人は助けるのに、身内は助けられんのかと思うと」

「つってもおめぇ、女同士の職場におっさんがしゃしゃり出たっていいことにはならねぇぞ」

確かに重雄の言うとおりで、会社勤めをしていた頃も女子社員の派閥に口を出した男はろくなことにはなっていなかった。

「そうそう、下手に首を突っ込んで貴子さんが居づらくなったら元も子もないからね」

「しかし、また同じような目に遭ったら……」

そして次は五万で済まなかったら、と清一はそちらを心配してしまう。

すると重雄が「そりゃ貴子さんをバカにしすぎだろ」と窘《たしな》めた。

「顔見知りだから油断して貸しちまったかもしれないが、一回痛い目に遭ったんだから懲りるだろうさ。お前と話した様子を聞いててもその辺が分かってないとは思わんぞ」

「キヨちゃんは過保護だから」

則夫にもそう重ねられ、雲行きが怪しくなってきたので清一もそれ以上は何も言わなかった。

＊

泣き寝入りはしない。そう決めた。

携帯は着信拒否されたが、家の電話は繋がるので何度でもかけよう。家を訪ねるのも育代の夫がいない時間帯なら離婚にはなるまい。鉢合わせしてもそのときは用件を言わなければ済むことだ。

長丁場を覚悟していたが、ある日貴子の携帯に育代から電話があった。桃の節句を迎える頃のことである。

「卑怯よ、告げ口するなんて」

一体何のことか分からない。前後を尋ねようとしたが、育代は聞く耳を持たずまくし立てた。

「あたしも告げ口させてもらったから！　そっちが先にやったんだから悪く思わないでね！」

訳は翌日パートに行ってから分かった。

「清田さん」

帰りがけに克恵に呼び止められ、銀行の封筒を渡された。

「小島さんが返しに来たから」

ああそうか、と腑に落ちた。

育代の連絡先を聞いたとき、克恵は何かあったのかと問い質《ただ》した。事態を察して育代のほうにも問い質したのだろう。

そして、夫にばれたら離婚されるなどという脅し文句も克恵には通用するまい。克恵はこの店の秩序を守ることにかけては非常に厳格だ。

「ありがとうございます」

「パート同士でお金のトラブルがあったなんて噂が立ったら困るからね」

やはりである。そして、遅れてもう一つ腑に落ちた。

あたしも告げ口させてもらったから。――何を告げ口されたかは想像がついた。さぞ悪《あ》し様《ざま》に吹き込んだのだろう。

私はあなたの悪口を聞いていただけなんです、なんてどの面下げて言い訳できる。

「私も今月いっぱいで辞めさせてもらおうと思います」

「いいかげんな人の言うこと、丸ごと真に受けやしないけどね」

居てもいい、と言ってくれている。しかし、貸した金を取り戻してもらった上に甘えるのはプライドが許さなかった。

「でも、私はあまりてきぱきしてないし、迷惑をかけてしまうことも多いので……」

「まあ、あんたにはもう少し上品な店のほうが向いてるかもね」

そして克恵は「奥さんにはあたしから言っとくよ」と話を切り上げた。

その日、帰ってきた祐希に何気ない調子を装って言った。

「お金、返してもらえたけどパートは辞めることにしたわ」

台所で夕飯までの腹の虫養いを漁っていた祐希は、一瞬押し黙ってから「へえ」と頷いた。

「また別のパートを探してみるわ」

「ま、いいんじゃねえの」

興味なさそうな相槌だったが、労《ねぎら》われているような気がした。

「まったく、ほっといたら散らかしっぱなしなんだから」

愚痴をこぼしながら祐希の部屋に掃除機をかけたのは土曜の昼下がりである。

祐希は帰ったらやるからなどと言い抜けしてさっさとバイトに出かけている。賭けてもいいが帰ってきても掃除はしない。

＊

空き巣でも入った後のようになっている部屋を、容赦なく片付ける。クローゼットとベッド回りは不可侵条約になっているのでごくあっさりと。

天気がいいので、もちろん布団も干さなくては。ベッドから掛け布団を引っぺがすと、枕元からバサッと何かが落ちた。ワイン色の紙袋だ。折り口に金色のリボンを通してある。

その色合わせに覚えがあった。

物のついでにしれっと中身を覗くと、透明のフィルムパックに包まれたブラウニーが一切れ半。しかもラッピングからして手作り。

きっと惜しんでちびちび食べているのだろうな——とその様子を想像しておかしくなった。そして、女の趣味は我が子ながらなかなかだ。

紙袋は干した布団を取り込んだとき、また枕元に忍ばせる。

夕方にバイトから帰ってきた祐希は自分の部屋へ直行し、それからすぐに飛び出してきた。

「お袋！　また勝手に掃除したろ！」

「やるやるってやらないじゃないの、いつも」

「今日はやるつもりだったんだよ！」

減らず口を叩く祐希に「そういえば」と何気ない態《てい》で爆弾を放つ。

「バレンタインのお菓子、早く食べてあげなさいね。あまり日保ちするお菓子じゃないわよ」

祐希はまるで周りの空気ごと凍りついたように固まった。やがて——

「うっせーよ、バーカ！」

真っ赤になって怒鳴り、足音荒く自分の部屋へ向かう。

ホワイトデーのお返しもきちんとしてあげなさいね、などと追い討ちをかけたらしばらく口を利いてもらえなくなりそうなので慎んだ。

第二話

＊

重雄《しげお》は月の初めに商店街の中の本屋に立ち寄る。購読している将棋雑誌があるからだ。

一階フロアに雑誌や書籍、二階フロアに漫画や児童書、参考書などを揃えた昔ながらの造りの本屋は『ブックスいわき』。個人経営の書店としては店の構えも大きく、それなりに手堅く経営しているらしい。

店長の井脇《いわき》は重雄と同年代の男性で、いつも重雄が買う『将棋界』を取り置いてくれる。別に頼んだわけではないのだが、仕入れる数が少ないので取り置かねばなくなってしまうこともあるから気を利かせてくれているらしい。——もっとも、そうされると必ず『ブックスいわき』で買わなくてはとなるので親切というより商売上手なのかもしれない。

「よう、店長」

店の中程に構えてあるレジを覗くと、すだれ頭の井脇店長が数えていた伝票から顔を上げた。

「いらっしゃい、立花《たちばな》さん。置いてあるよ」

レジの中の取り置き棚から店長は『将棋界』を引き抜いた。

「それと、こっちはついでなんだけど」

言いつつ『将棋界』の上に載せられたのは、時代小説の文庫である。重雄が贔屓《ひいき》にしている作家の新刊らしい。同じ作者のシリーズ物はずっと買っている。

「立花さん、読むかと思ってさ」

「商売が上手いねえ、まったく」

苦笑いしながら重雄は薦められた文庫を取り上げた。帯に映画化の文字が躍っている。

「へえ、映画になるのかい」

「今年の夏に公開だってよ。映画の公開に合わせて文庫になったから鳴り物入りで売り出してるね。うちみたいな弱小店にも珍しく出版社の営業が回ってきたよ」

映画の評判が良さそうだったら一緒に観に行ってもいいかな――と思い浮かべたのは登美子《とみこ》の顔だ。以前、二人で温泉に行ったときはその後しばらく機嫌がよかった。息子夫婦に譲ったとはいえ店があるし、孫の子守りも引き受けているので再々遠出はできないが、一日だけならもっと頻繁に外出してもいいいかもしれない。

「よし、もらっていくか」

「同じ作者の経済物で評判がいいのもあるんだけど……立花さん、そっちは読まないでしょ」

長い付き合いなので嗜好はすっかりお見通しだ。

「サラリーマンが主人公だとあまり入れ込めなくてなぁ」

会社勤めをしたことがないので、見せ場の見せ場たる所以《ゆえん》がよく分からないことがままある。

小汚い居酒屋を商っている身の上では、時代物の剣客のほうがよほど身近だ。もっとも、息子の康生《こうせい》は現代物もあれこれ読むらしいので、個人的な好みの問題かもしれない。

「そういうもんは俺の友達のほうが読むかもしれん」

「ああ、剣道の先生ね」

道場は閉めたが、清一《きよかず》の家は未だに「町の剣道場」として古くからの住人に認識されている。

「薦めといてよ、受賞は逃がしたけど直記賞の候補にもなったから」

『将棋界』と文庫本をレジに通そうとした店長に、重雄は片手で待ったをかけた。

「今日は他に見たいもんがあってな。――絵本の類はあるかい。こう、いろいろ仕掛けがあるような……」

孫の奈々《なな》へのお土産である。最近、親類にもらった童謡が流れる仕掛けのものが気に入って、ボタンを押しまくっている。末は歌手かもしれねぇなあ、などと爺バカを発揮して重雄は家族にたしなめられているところだ。

井脇は聞いて目を細めた。

「絵本というよりは知育玩具だね。二階にあるよ。いろいろあるからゆっくり選んでおくれ」

「ありがとよ」

店内の階段で二階フロアに上がると、手前の漫画コーナーにいた学生服の小僧三人がじろりと重雄を睨《にら》んだ。近所の中学校の制服である。何だよ、と重雄も睨み返す。小僧たちはぷいと視線を逸らして漫画本を見繕う作業に戻った。

最近の子供は目つきが悪くていけねぇや、と内心でふて腐れる。確かに俺ァ人相が悪いけどよ、出会い頭に睨まれるほどのことかよ。

だが、カラフルな児童書コーナーに入ってそんな不満も吹き飛んだ。好奇心が旺盛になってきた孫に何を買ってやろうかと心が浮き立つ。

親戚がくれた童謡が流れる絵本と同じシリーズがあった。奈々が持っているものとはまた別の歌が収録されているらしいが、妻の登美子や息子夫婦に苦笑される光景が閃《ひらめ》いたので見送ることにする。

ひらがなを勉強する音声ガイド付きの知育玩具がいくつかあった。そろそろ片言で喋るようになっているのでいいかもしれない。どれ試しに、と五十音のボタンをいくつか押してみるが、うんともすんとも言わない。

「何だ、電池入ってねえのかよ」

もっとも、電池を入れておいたら、客のお試しだけであっという間に電池が切れてしまうのかもしれない。

しかしボタンに描いてあるイラストでからくりは大体予想がついた。「あ」はアリ、「い」はイヌ、ボタンを押すとその単語が音声で流れるのだろう。

井脇の字で『飛び出す絵本』というポップの立ったコーナーがあり、どれどれと手を伸ばす。適当にページをめくると愛嬌のあるライオンがにょっきり立ち上がってきた。

「おお」

他のページをめくるとゾウだのキリンだのが次々立ち上がってくる。どうなってんだこりゃ、と検分すると、どうやら精巧な切り紙の細工らしい。

「こりゃいいな」

シンデレラだの白雪姫だの、定番の童話シリーズもあるようだ。どれどれ、とめくってみたが、当然のことながらラストで王子と姫の豪華絢爛な結婚式の細工が立ち上がり、むっと内心で反発が膨れる。――いやいや、奈々にゃまだ早い。

年相応に動物のシリーズにして、いくつか内容を見比べる。先ほどのライオンやゾウなどの他にペンギンやイルカ、クジラなど海の生き物シリーズもある。ウサギや犬猫が野原で戯《たわむ》れているようなたわいのないものも。

重雄の好みで選べば勇壮な大物がたくさん出てくるものになるが、奈々は女の子である。奈々の淑女としての感受性を養い、かつ自分も読み聞かせが様になるもの――と熟考し、海の生き物シリーズに落ち着いた。

よし、と本を取り出して児童書コーナーを出る。階段手前の漫画コーナーに足を踏み入れると、先ほどの小僧たちがぎくりとしたように重雄を振り向いた。

何だ、一体。訝《いぶか》しんだのは彼らの行動よりその気配である。明らかに人目を憚《はばか》る、後ろ暗さの滲《にじ》んだ――

「何やってんだ、おめぇら」

と、小僧たちから顔に目がけてぶんと何かが飛んできた。

「なっ……!?」

とっさに奈々の絵本を持っていた右腕で顔を庇《かば》ってしまう。利き手なので致し方ない。絵本とジャージの腕にぶつかって床に落ちたのは何冊もの漫画本だ。まとめて投げたらしい。

「こらっ！」

捕まえようと腕を伸ばすと、わぁっと小僧どもは蜘蛛《くも》の子を散らすように逃げ出した。我先に階段へと逃れる。

「待ちゃあがれ！」

追いかけるがさすがに階段では差をつけられる。手すりを摑んで腕を命綱にするように階段を駆け下り、逃げた連中を追いかける。

「立花さん⁉　一体……」

「上で何か悪さしてやがった！」

そのまま小僧たちを追って店を飛び出そうとするも「いけない！」と井脇に制止されて行き足が鈍る。

結局店を出たところで足を止め、逃げていく学生服の背中を見送ることとなった。

井脇が店内の客に騒ぎを詫びながら重雄のところへやってきた。

「何で止めるんだよ、追いつけたぞ今のは」

不完全燃焼に終わった捕り物が不服で止めた井脇に食ってかかると、井脇が疲れたように息をついた。

「うっかり刃物で刺されちゃ割りに合わないだろ。お客さんに万一のことがあっちゃいけないからね」

穏やかでない話に重雄のドングリ眼はますます丸くなった。

井脇が黙って階段を上っていくので、その後ろについて重雄も二階へ上がった。

「荒らしたねえ、これは」

床に散らばった漫画本を井脇が苦笑しながら拾い集める。

「すまん、俺に投げつけてきたんだ」

重雄も一緒に漫画本を拾う。

「ごそごそいかがわしいのを問い質《ただ》したら、いきなりな……そんで捕まえてやろうと思ったんだが」

「怪我はなかったかい」

「ガキが苦しまぎれに物ぶん投げたくらいで怪我なんかするかい」

立花さんなら心配ないか、と井脇は笑った。そして「万引きだよ」とぽつりと呟く。

そんなこったろうとは思っていたが、それにしても——刺されちゃ困るというのは剣呑な話だ。

「昔もさ、面白半分で万引きするガキはたくさんいたよ。けどさ、こんな組織的でかわいげがないのはなかったたな」

そう言いつつ井脇が近くにひらりと落ちていた紙袋を取り上げた。そして平台の端に積んであった漫画本の山を軽く叩く。

「これね、近所の古本のチェーン店で、高価買い取りになってるシリーズなんだ。美品で全巻揃いだったらちょっとした小遣い稼ぎになる」

　井脇によると、素早く紙袋に詰めて持ち去れるように、小分けにして売り場の死角に積んでいるのだという。本を積む者、紙袋に詰める者、見張りをする者など役割も細分化されているというから驚きだ。

「そりゃホントに組織的犯行ってやつじゃねえかよ」

　呆気に取られて思わず声が高くなる。しかし、確かに逃げ去った小僧どもは三人組だった。

「だからホントに質《たち》が悪いよ。古本チェーンのほうも盗品だって分かってて黙って買い取る店があるからね」

「分かンのかい」

「不自然な新品が流れてないか、たまに偵察に行くんだけどね。発売日の当日に古本屋に新刊のコミックが流れてるようなこともある」

「……そりゃ、買った当日に読み終わって売ったとかじゃなくてか」

　そこまでいけしゃあしゃあと悪事が横行しているとは信じたくないがゆえの質問だったが、井脇は忌々しげに眉間《みけん》に皺《しわ》を立てた。

「スリップがついたままなんだよ」

「スリップ?」

　首を傾げた重雄に井脇は漫画の天を向けた。丸い帽子のついた帳票がページの間に挟まっている。本を買うときレジで抜かれる短冊だ。

「もちろん最近はレジでスリップを抜かないこともあるけどね。でも、スリップ付きで売ったとしても、それがそのまま古本屋に流れるなんてことは転売目的の盗難以外じゃそうそう考えられないよ。しおりや読者カードなら別のページに移して読むこともあるさ。だけど、ページを挟んで上から咥《くわ》え込ませてあるスリップが、そのまんまで残ってるなんてことは、ちゃんと買って読まれた本なら絶対にあり得ないんだよ」

「……って、どうして……」

尋ねると、井脇は「そうか」とありがたそうな眼差しで重雄を見た。

「立花さんはいつもうちで本を買ってくれてるから、スリップがついたままの本を読んだことがないんだね。うちは必ずスリップを抜くから」

確かに、自宅から一番近い書店はここだし、この店にない物をわざわざ探しに出かけるほど焦って本を買うようなこともない。注文をかけてのんびり待つほうだ。

「スリップの挟まった辺り、めくってみてよ」

言いつつ井脇が漫画本にかかっていた立ち読み防止のビニールを剥がして重雄に渡した。

高価買い取りになっているというシリーズだ。そういえば、こんな絵柄のアニメがかかっているのをテレビで見かけたことがあるな、などと思いながらパラパラめくる。

スリップの挟まったところで紙の送りがつっかえる。続きをめくろうとして腑に落ちた。

ページを挟んで紙を咥え込んでいるスリップは、一度引き抜いて外してしまわなくては続きをめくれない。

「少なくともね、スリップが紙を咥えたままなんてことはないはずなんだ、絶対に」

一度引き抜いたとしても、ご丁寧に紙を咥えさせる形で挟み直すことはあるまい。

「こんな形でスリップが残ってる本なんて十中八、九は盗品だよ。それを、平気で買い取って新古書として売るんだからね」

書店の経営はまったくの専門外だが、同じ商売人として、井脇の感じている憤りや嫌悪感は我がことのように理解できた。

盗品を承知で買い取っているか、あるいは不自然にスリップが残っていても気づかないほど本に興味のない人間が経営をしているのか——どちらにしても、本に愛情を持っている書店の人間には我慢ならないに違いない。

「うちみたいに古い書店は、どうしても監視の目が行き届かないからね。小遣い稼ぎの万引きの狩り場みたいになっちまって……」

「けど、防犯の道具をいろいろ揃えてるじゃねえか」

重雄は、壁や書棚に据え付けてある防犯カメラや防犯ミラーを指差した。一階の売り場にもいくつか設置してある。

「全然足りないよ。カメラは一階と二階合わせても十台だけだしね」

「十台もありゃあ……」

充分じゃねえか、と続けようとしたが井脇が先を制した。

「全国チェーンの書店ならうちと同じ売り場面積でも二十台はカメラが置いてあるよ」

思いもかけない数字にあんぐりと口が開いた。

「それでも死角が出るって話だよ。けど、うちみたいな個人書店じゃこれ以上はとても増やせないしね」

チェーン店とは予算が違う。防犯カメラが十台しかない、と言いつつ、それは最大限に努力した数だ。それでも万引き犯からは防犯が甘い店というレッテルを貼られてしまう。

「万引き犯を見つけたところで、逃げられたら深追いはできないしね」

「そう、それよ」

重雄としては一番気になったところである。

「刺されるから追うなってのはおめえ……」

「でも、本当にそんな心配が大袈裟じゃなくなってきてるんだよ」

井脇は疲れたように肩を落とした。

「隣の市の大型書店で何年か前にあった話だけどね。万引きを追いかけて捕まえようとしたら、相手が刃物を振り回して店員が怪我をしたんだ。粋がってナイフなんかを持ち歩いてるような子供だったらしくてね。幸いかすり傷で済んだそうだけど」

重雄は思わず天を仰いだ。本屋の親父がコラッとげんこつを落とすような昔懐かしい万引きはどこに行った。

今どきそんなことしたら大変だよ、と井脇は笑った。

「こっちが暴力振るったって訴えられちゃう」

「――気に食わねぇな」

悪いことをしたのなら小突かれて当たり前だ。それを暴力など、盗人猛々《ぬすっとたけだけ》しいにも程がある。そんな奴らばっかり増えやがって――と吐き捨てると井脇が首を傾げた。「何でもねえ」と重雄も首を横に振る。

脳裡に去来したのは去年の夏だ。夏休みの中学校でいたいけな生き物を虐《しいた》げることを明らかに愉しんでいた子供たちは、こんなことをしでかしたのは受験のストレスのせいだと言い立て、何の処分もされないままだった。

俺がこんなふうになったのは周囲が悪い、世間が悪い――一体、いつからそんなふうに開き直ることがまかり通るようになったのか。

「最近は子供を言い聞かせて帰すような店も減ったねぇ。捕まえたら相手が泣こうが喚こうが警察を呼んでとにかく事件にしてもらうって店も多いんだ。でないと、後で暴力を振るわれたとか言い立てられたりしてトラブルになることがあるから……」

言いつつ井脇はそのことが残念そうでもある。昔は警察を呼ぶまでのことはしなくても済むケースが多かったのだろう。

「もうすぐ春休みだから頭が痛いよ」

「春休みだったら何かあるのかい」

「学校が長期休みになると万引きが増えるからね。向こうはイタズラ半分の軽い気持ちだろうけど」

井脇は眉間に深い皺を立てた。

「万引きで潰れた店だってあるんだ」

そしてはっと我に返ったようにその皺を緩める。

「すまないね、愚痴なんか聞かせちゃって」

おう、と重雄も曖昧に頷き、奈々のために選んだ絵本を井脇に渡した。

「これももらって帰るわ」

「じゃあ下で……」

レジのある一階に下り、井脇が手ずから会計をした。将棋雑誌と薦められた時代劇の文庫本、そして最後に飛び出す絵本だ。

バーコードを通そうと絵本を裏に返した井脇が、あっと小さく声を上げた。

美しい色彩が躍ったカバーイラストの中央に、醜くかぎ裂きができていた。逃げた小僧どもが投げつけてきた漫画本をとっさに絵本で受け止めてしまったことを思い出す。

「すまないね、これは他に在庫があったかどうか……」

交換できる商品を探すつもりか、レジを出ようとした井脇を重雄は押しとどめた。

「いい、いい。ガキをとっちめたときに破いちまったんだ。このままもらっていくよ」

「いや、でも……」

「いいって」

店で破損した商品を販売元が無償で引き取ってくれるとは思えない。万引きで苦労している話を聞いた直後なので、損を被せるのは余計に気が退けた。

「どうせすぐボロボロになっちまうんだからよ」

奈々は気に入った物への愛着の示し方がまだ動物的な年頃なので、与えた絵本やオモチャの類はすぐしゃぶったり囓《かじ》ったり破いたりの洗礼を受けるのが常だ。

「ちょっと修繕でもしといてくれりゃあそれで」

「じゃあ……」

客が混んできたのでそれ以上は押し問答するわけにもいかず、井脇は重雄の会計を済ませてレジを女性店員に代わった。脇の作業台に移って絵本のカバーを外し、裏側からメンディングテープで補修する。

「上等上等」

まだ申し訳なさそうな井脇から、半ば取り上げるように本を受け取る。

店を出て、小僧どもが逃げていった方向に自然と目が向いた。

ともすれば眉間に皺が立ちそうになるのを宥《なだ》めながら家に帰った。

家で迎えた登美子には「なぁに、ふて腐れた顔して」と怪訝《けげん》な顔をされた。

＊

「祐希《ゆうき》、もう書いた？」

教室で悪友たちが尋ねてきたのは、期末試験が終わってから配られた進路調査票の話である。

「うん、まあ……一応は」

この三学期末に提出した進路調査票を元にして、新学期には進路指導が面談形式で行われるという。終業式までに出せという話だったので、期限はあと数日しか残っていない。

「なー、何て書いた？」

そんなことを訊かれても、こう書いたと答えられるほど明確な意志を持って書いたわけではない。進学クラスなので、大学進学というのはほぼクラス全員の既定路線だし、希望進学先として地元私大と県外の私大を挙げたのは、地元に残るか県外に出るかまだ定まっていないので今の学力で狙えるところを無難に仮志望としただけだ。

お茶を濁したに近い回答なので、返事は必然的に「別に」と無気力なものになる。

「俺は東京！　東京行くぜ！」

息巻いているのは仲間内で一番チャラい遠山《とおやま》アキラである。

「東京の大学でイベント系のサークル入って、こう、パァーッと！　派手に！」

「えー、何、また演劇祭みたいのやンの？」

「演劇とは限らないけどさぁ、とにかくああいうお祭り的なこと！　そんで在学中にイベントの実績ばんばん作って、イベント会社に就職する！」

年明け、東京の小劇団を招いた演劇祭の実行委員をやっていた遠山は、それ以降イベントを打つ楽しさに目覚めたらしい。東京の大学でイベント系の大きなサークルがあるところを探し、志望に挙げたという。

「なぁ、祐希も一緒に東京行こうぜ～。お前が手伝ってくれたら、でかいことできそうな気がすんだよなぁ」

「やなこった」

祐希は遠山が肩にかけてきた手をペッと払った。件《くだん》の演劇祭で手が足りないからといきなり手伝わされて大わらわだったのである。

「何だよ、けっこう劇団の人とも馴染んでたじゃん。楽しかったろ？」

結果的に楽しくなかったとは言わないし、手伝ってよかったとも思っているが、

「お前みたいに気ままな奴と組んでイベントなんて冗談じゃねえよ。俺ばっかり苦労すんの目に見えてるもん」

「お前いると便利なのに～」

遠山は周りに「ホント お前は調子いいんだから」とツッコまれてタコのように唇を尖らせた。

——だが、祐希にしてみると少し羨ましくもある。

同じイベントに関わって、遠山だけがはっきりと将来に繋がるビジョンを持った。そのことが羨ましい。

遠山が便利と評したように、目端が利いて行動力があることは自負しているが、それだけに祐希はどんな状況でもそこそこ器用にこなせてしまう。遠山のように何かにこれほど嵌《はま》れるということはない。

こうして将来を考える時期が迫ってくると、自分の器用さは人生においてあまりプラスには働かないのではないかと思えてくる。

——だって、有意義な人生送る奴って、無闇に暑苦しかったりしそうじゃん？　そんなことない？

暑苦しいことを格好悪いと思って避けてしまう自分は、失格なのではないか——

「おーい、席に着け」

午前中の半端なＨＲや学校行事しか残っていないため、常に落ち着かなげにざわついている教室に担任が入ってきた。帰りのＨＲの時間である。

担任は連絡事項を発表し、進路調査票を提出できる者は帰りがけに提出するようにと告げた。ＨＲを終えてから、数人が調査票を出しに行き、祐希も煮え切らないながら提出した。期限まで抱えておいても別に内容が目覚ましく変わるとは思えない。

「祐希、帰りどうするー？」

どうする、というのは帰りがけの寄り道の誘いだ。

「俺、帰るわ」

ごく何気なく言ったつもりだが、合コン好きの一人が鋭く反応した。

「早苗《さなえ》ちゃんだな！　早苗ちゃんと会うんだろ！」

なんでこんな無駄に鋭いんだよ、とうんざりしつつ「うるせえな」といなす。すると合コン好きは「やっぱり早苗ちゃんんだ！」と非難せんばかりである。

「何でお前にそんな咎《とが》められなきゃならねーんだよ！」

「合コン興味ないとかクールぶっといてさっさと彼女作ったりするからだ！　裏切り者！」

「作れよ、お前もいくらでも！」

と、合コン好きが理不尽にぶたれたかのような顔になった。

「ひどい！　言葉の暴力だ！」

すがりついた相手は遠山である。遠山も受け止めてうんうん頷いた。

「確かに今のは言葉の暴力だ。謝れよ、祐希」

「何で……！」

「藤本《ふじもと》はお前とは違うんだ。黙っても何かいい感じの彼女がしれっとできちゃうお前の百倍は女の子に好かれる努力をして、出会いも積極的に作ろうとしてるのに、それでも彼女ができないんだ。どんなに頑張っても女の子に振り向いてもらえない奴に、いくらでも彼女を作れだなんて、亀つかまえて『何でオマエ足遅いの？』つってるようなもんじゃねーか」

「そこまで言われる筋合いねーぞ、遠山ァ！」

合コン好き藤本がすがりついていた遠山を締め上げる。

「お前だって彼女いねーじゃんかよ！」

「俺は東京行ってから作るから？　今は敢えて作ってないだけだし？」

付き合ってられない、と祐希は悪友たちを置いてその場を抜け出した。

終業式までの消化試合のような登校期間中は早苗の部活も休みである。早苗も友達付き合いがあるので毎日というわけにはいかないが、日頃より一緒に帰れる日が多いので祐希としては嬉しいシーズンだ。

待ち合わせのスーパーに早苗は先に来ていた。

「ごめん、待った？」

「ううん、今来たとこ」

聞くとつい五分ほど前に着いたという。ちょうどアホな男友達に捕まっていた分の遅れだ。

「今日、お昼どっかで食べて帰らない？」

早苗のほうからそう切り出されて、えっと声が弾んだ。

「ノリさんの昼飯、いいの？」

「お父さん、今日は配達だから外で食べるって」

家は近いが、早苗は有村《ありむら》家の娘にして主婦でもあるので、昼食を寄り道できることはあまりない。ノリさんグッジョブ、と内心で呟くが、則夫《のりお》が知ったら不本意極まりないに違いない。

「何食おっか」

急遽《きゅうきょ》の寄り道で高校生が立ち寄れる店など知れているが、この際食べるものなど何でもいいのである。

ドリンクバーをつけたらかなり粘れるのでいつものファミレスに寄ることにした。メニューがカロリー表示付きだからいいよね、というのは早苗の価値基準だ。そんなの必要ないのに、ということはどうやら何度言っても無駄なようだが、一応「気にすることないのに」と言ってみる。すると「そんなことないよ」と食ってかかられた。

「おなかとかぷよぷよしちゃってやばいんだから！　冬は食べ物おいしくて困るよね～」

女子は自分が三割増しで肥えて見える鏡を心の中に持っているらしい。少しくらいぷよぷよしてるほうが、と個人的には思うが、引かれそうなので口に出すのは慎んだ。

しかし、店で早苗がメニューと首っ引きで選んだのは結局レディースカツ丼セットである。盛りが少なめでサラダとデザートがついているところがレディース仕様らしい。

「何だ、結局がっつりしたもんいくんじゃん」

からかうと早苗は必死に「だって」と抗弁した。

「家だとめんどくさくて揚げ物なんてしないんだもん。それも揚げてからわざわざ卵でとじるなんて贅沢なこと！」

贅沢、というのは手間的にということらしい。

「それにお父さんがトンカツとかあんまり好きじゃないし……」

則夫は清一と同い年のはずである。あまり油っこいものは好まない年代だ。清一も肉より魚、フライより天ぷらという嗜好である。

「じゃー俺、カツ丼セット大盛りにしようっと」

「えー、何で真似するのー」

「いいじゃん、おそろおそろ」

二人揃ってカツ丼を頼み、ぱくつきながら何てことのない会話が弾む。

「前に肉屋でコロッケ買ってたけど、ノリさんコロッケは好きなんだ？」

「うん、コロッケは小さい頃から好物なんだって」

「まあ、揚げてあるけど中身はイモだしなぁ」

「でもコロッケってトンカツよりもめんどくさいからいつもあそこで買ってばっかりだけど」

コロッケがそんなに面倒というのは初耳である。

「そんなめんどくさいんだ？」

何の気なしにとそう訊くと、工程を微に入り細に入り語られた。ジャガイモを剝いて茹でて潰して……確かに加工の工程がやたらと多い。

「そういえばうちのお袋も料理けっこう凝るほうだけど、コロッケだけは買ってるなぁ」

「でしょう？」

早苗がデザートを食べはじめてからふと思いついた話題は、自分たち寄りのことだった。

「早苗ちゃんさぁ、進路ってもう決めた？」

決めかねているのは早苗の存在もある。早苗は高校を卒業してどうするのか。進学か就職か、県外か地元か。

離れるのは寂しいな、と思うものの、だからといって安易に志望を合わせるのも違うような気がする。

「うん、一応……緑川市立商科大が第一志望」

早苗が挙げた市内の大学は、自宅から充分通える範囲内だ。

明確に志望校を即答されたことにまず驚いた。進路が定まっていないから、いかようにでも融通が利きそうな志望を調査票に書いた祐希とは大違いだ。

「……どうしてそこに決めたの？」

「うーん、大した理由じゃないんだけど」

早苗は照れくさそうに笑った。

「やっぱり、うちお父さんがちょっと年いってるから」

言われた瞬間、それが唯一にして最大の理由なのだと分かった。

「県外に進学しちゃうとお父さんが一人になっちゃうし、何かあったときのこと考えると地元で進学したほうがいいかなって……それに市立なら学費も私立よりは安いし、家にもそんなに負担じゃないと思って」

ああ、俺、この子が好きだなぁ——と器に水が溢れるようにそう思った。

「えらいな」

「ちがうってば、普通のおうちより縛りが多いだけなの。リアルに倒れたときのこととか心配しなきゃいけないし。お母さん生きてたらまだよかったんだけどね～」

そんなことを言いつつ、早苗はその縛りが多いことをまったく苦に思っていないのだ。

俺、家の負担なんか考えたことあったかな——とちらりと後ろめたさが疼く。志望校の学費も調べたことはなかった。一人っ子だしこれくらい大丈夫だろうという勝手な目算しか。

自分が持っていない優しさや心配りを持っている彼女ともっと長いこと一緒にいたい。高校を卒業して遠くに離れてしまいたくない。

自分も地元で進学すれば叶う。同じ大学に行けたらもっと。——しかし、自分の側に地元に残る明確な理由が他に何もない状態でそれを望むのは、あまりに浮ついているような気がして口には出せなかった。

だから、

「祐希くんはどうするの？」

探るように問いかけた早苗には煮え切らない返事しかできなかった。

早苗が参考書を見たいというので帰る途中で本屋に寄った。一番近いのは商店街の中の本屋だが、参考書の品揃えは少ないので遠回りして国道沿いの大型書店にした。

少し遠回りして寄り道を長引かせたい、というささやかな下心も含みつつ。

「祐希くん、生物分かる？」

「うん、割りと得意よ」

「お薦めの参考書とかあったら教えてくれる？　化学よりはマシかなぁって選択したんだけど、理科ちょっと苦手で……一番足引っ張ってるの、今」

そんなことを話しながら自転車置き場に自転車を駐め、店内に入ろうとしたときである。

店の中から飛び出してきた学生服の一団とぶつかった。向こうから一方的にぶつかってきたのである。お互い弾かれて尻餅。

「……っにすんだ、てめえ！」

とっさの理不尽には反射で噛みつくほうである。怒鳴ってから早苗がいるのに柄《がら》が悪かったかと内心慌てる。

祐希と正面衝突した学生服はすぐさま立ち上がって駆け出した。先を行く仲間を追いかけていく。

「おい、これっ！」

祐希は尻餅を突いたまま、そばに転がっていた紙袋を摑んで掲げた。ぶつかった奴が持っていたのである。中から飛び出した漫画本が周囲に散らばっている。

「ちょっとー！」

早苗も怒ったように駆けていく後ろ姿を詰《なじ》るが、背中が立ち止まる気配はない。

こういうとき一緒に腹を立ててくれる子なんだな、と少し嬉しくなりながら立ち上がり――

立ったところをまた正面からぶつかられた。

ぶつかられただけでなく、そのままのしかかられて組み伏せられる。

早苗が小さく息を飲んだ。

「ちょ、何だよ⁉」

非難できたのも束の間、右肩に凄まじい激痛が走った。

「いで――――ッ⁉」

ちょ、何、いま俺どうなってんの――⁉　パニック状態でじたばた暴れる。

「ちょっと、やめてよ、何なの⁉」

悲鳴のような早苗の抗議に、

「捕まえたぞ、コラァ！」

大音声《だいおんじょう》の怒号が響いた。

「事務所まで来てもらおうか、この万引き犯め！」

「ハァ⁉」

いきなりかけられた嫌疑に頭が真っ白になる。

と、ドカッと殴打の音が辺りに響いた。どうやら極《き》められていたらしい肩がふっと楽になる。

見ると、祐希を組み伏せていた若い重量級男性を早苗が鞄でぶん殴ったらしい。書店のロゴが入ったエプロンを着けた男性は呆気に取られたように早苗を見上げていた。早苗はといえば全身の毛を逆立てた猫のようになっている。

「祐希くん、ちがうっ！　万引き、逃げたっ！」

何故か片言風になっているのは、逆上しすぎて言語中枢に障害が出ているらしい。落ち着くためにか肩で大きく息をする。

「重くて遅いのに、追いつくわけないでしょっ！」

糾弾するように指を差されて、重量級の男性店員は祐希にのしかかったまま打ちひしがれたようにへなへな脱力した。

「大変申し訳ございませんでした！」

事務所で責任者らしい背広の社員に平謝りされた。重量級の男性店員も、横で小さく見えるほど縮こまっている。

グループで万引きをしているのを見つけ、注意すると逃げ出したので追ったという。

「万引きの商品をぶちまけて転んでたもんだから……ざまぁ、コケた！　と思ってつい」

「制服違うじゃん、俺……逃げたの、緑ヶ丘中の学ランだよ」

「目があまり良くないもんですから……髪も不良みたいに派手に染めてるし、てっきり万引きの悪ガキかと」

「ほっとけよ！」

重量級店員がびくっと更に縮こまったが、これは無言で睨んだ早苗に怯えたらしい。美少女に重くて遅いと糾弾されたことは深いダメージになったようだ。

髪色、次から一段階落とそうかな、などと頭を掻く。標準より明るいというだけでいきなりこんな嫌疑をかけられては敵わない。

「お怪我のほうは……」

社員に訊かれて極められた肩をぐるぐる回してみる。まだしくしく痛むが、おかしな痛め方はしていないようだ。

「大丈夫っす……一晩寝ればまあ」

「何なら今からおうちに連絡して病院に行こうか？」

「いいです、大袈裟にしたくないし」

貴子《たかこ》が知ったら卒倒するか逆上するか微妙なところだ。そして、何も悪いことをしていないのに清一からは「チャラチャラした格好をしてるからだ」と一くさり説教されるに違いない。

「一応、加減はしたので」

重量級が自慢げに小鼻を膨らませ、また早苗に睨まれて縮こまる。

「何かやってたんすか」

ちょっと気の毒になってきたのでフォローがてら尋ねると、柔道をやっていたという。

「採用の決め手も柔道だったので……だから万引きの取り押さえは頑張らなくちゃって」

「え、万引きのためにわざわざ格闘技経験者とか採ったりするンすか？」

社員のほうに尋ねると「そのためにわざわざってことはないですけど」と前置きしつつ、

「でもまあ、特技に書いてあるとマイナスにはなりませんね。書店志望はやっぱりインドアな子が多いし、腕っぷしのある子がいると万引きを追いかけたりするときに安心かなぁと」

「そんなに万引き多いんですか」

「多いも何も。ぼんやりしてたら売上げの一割近く持っていかれる店だってあるんだから」

「一割！」

書店の月売上げの相場は知らないが、バイト先の『エレクトリック・ゾーン』の事を考えると大層な被害額である。『エレクトリック・ゾーン』でも景品の万引きや両替機の抜き取りはあるが、さすがに売上げの一割を抜かれるまでのことはない。

「でも、だからって犯人を取り違えちゃ困るよ」

社員が重量級に説教をし、重量級がまた祐希にぺこぺこ謝る。

菓子折を持たされそうになったのを辞退して（一体何でこんなものを持ち帰ることになったんだと追及されるに決まっている）、買い物はせずに帰った。早苗は「大丈夫？」と始終祐希の肩を気にしてくれた。

「大丈夫だよ、手加減してくれたらしいし」

「でも、あんな大きい人に潰されたのに」

あんまり気にしてくれるのでちょっとイタズラ心が湧いた。

「チューしてくれたらすぐ治る」

早苗は真っ赤になってしまったが、有村家に着いてから門の内側で人目を気にしつつ素早く唇を触れてくれた。

＊

「よう、店長いるかい」

重雄が再び『ブックスいわき』に立ち寄ったのは、万引き騒ぎの数日後である。

「やあ、こんにちは」

バックヤードから出てきた井脇は笑顔ではあるが若干不思議そうな顔をしている。

「今日は何か……？」

重雄が『将棋界』を買う以外の用件で『ブックスいわき』に立ち寄ることはほとんどない。今月号はもう買ったので、いつもなら次に顔を合わせるのは翌月だ。

「ちょっと話をしてぇんだが……時間あるかい」

「ああ、じゃあ……」

要領を得ない顔をしつつも井脇はバックヤードの事務所へ重雄を入れてくれた。狭いながらも籐の応接セットがあり、椅子を勧められる。

「こないだの絵本、奈々ちゃん気に入ってくれたかい」

「おお、気に入って一人でぱたぱためくっちゃあ笑ってるよ」

「そりゃあよかった」

そんな話をしながら井脇が手ずからお茶を淹れてくれようとするのを「すぐ済む話だから」と辞退する。

「話っていうのは？」

それよ、と重雄は応接の椅子から身を乗り出した。

「こないだ聞いた万引きの話なんだけどよ」

「うん」

「これから学校の春休みに向けて悪さするガキどもが増えるって話だったな？」

頷きつつ、井脇が浮かない顔になった。そこへ切り出す。

「その万引きの見張りを俺に任せてみねえか」

井脇が目を丸くしたのは予想の範囲内である。

「何ていうかこう、臨時の警備員みたいな感じでよ」

「いや、それは……気持ちはありがたいけど」

何を戸惑っているかは分かるので先回りする。

「もちろん、お前さんに雇ってくれって話じゃねえよ。ボランティアみたいなもんだ。地域の巡回パトロールとかあるだろう、ああいう態《てい》でやらせてもらえねえかな。実は、他に協力してくれるって奴の当てもあるんだ」

もちろん清一と則夫のことである。

「そりゃあ、こっちは助かるけど……でも、何でそこまで」

「こないだのガキどもの目つきがどうにも気に食わなくってよ」

重雄が二階に上がった瞬間、咎めるように睨まれた。企んでいたことは万引きだ。自分たちが悪事を働いているくせに、通りがかった他人をそのように傲慢に睨みつける感覚が重雄には甚《はなは》だ気に食わない。

そうした了見のガキどもが、自分の馴染みの店を盗みやすいと狩り場にしていることも気に食わない。

気に食わない、というだけで自分の体を動かす理屈としては充分だ。

「それに、この店にはいつか奈々も世話ンなるだろうしな」

まだ自分で絵本の字を追うこともできない奈々だが、いつか母の理恵子《りえこ》に連れられてこの店を訪れるようになるだろう。

小遣いを握りしめて好きな本を買いに来るようにもなるだろう。

そのときに、奈々があんな身勝手な視線に切りつけられるようなことにはなっていてほしくない。

「ああいうガキに居着かれるのは気に食わん。俺ぁこの店がけっこう気に入ってんだ」

井脇の顔がくしゃりと歪んだ。

「物好きだねえ、立花さんは」

「出しゃばりなだけよ」

へへっと笑うと、井脇は「よろしく頼みます」と頭を下げた。


地元の小中学校が終業式を迎える前日――。

三匹は連れ立って『ブックスいわき』の下見に訪れた。

井脇の側が重雄の他に素性を知っていたのは「剣道の先生」である清一だけだが、同じ町内なので則夫も店を利用しており、おぼろげながら顔を見覚えていたらしい。顔合わせでお互いすぐに馴染んだ。

「じゃあ、ちょっと見せてもらおうかね」

こういう状況になると、俄然生き生きするのは則夫である。率先して店内をうろちょろ歩き回り、清一と重雄はついて歩くだけに近い。

店舗の一階も二階もくまなく歩き回り、「成程」と則夫は下見を一段落した。そして事務所で作戦会議である。

「防犯グッズの配置があまり効率的じゃないね」

則夫の診断に井脇が目を丸くした。重雄が横から苦笑しつつ言い添える。

「こうしたことにやたらと目が利くんだよ、この男は」

ははぁ、と感心した様子の井脇に則夫が話を続けた。

「防犯カメラが十台に、凸面鏡が四枚だね。機材がこれしかないんだから、もっと思い切った割り振りをしたほうがいいと思うよ」

言いつつ則夫が井脇の用意していた店内の見取り図に防犯グッズの配置を書きつける。一階にカメラが七台、凸面鏡が二枚。二階にカメラが三台、凸面鏡が二枚である。

「思い切るっていうのは一体……」

「今の配置は売り場面積に比例した配置になってるよね」

二階は奥を在庫置き場にしているために、売り場面積が一階の三分の二と狭くなっている。防犯グッズは面積に応じて配分してある計算だ。

「万引きの被害は、漫画と雑誌、写真集が主って話だっただろう？　漫画の置いてある二階にもっとカメラを割いてもいいと思うよ」

「でも、コミックの売り場面積はそれほど広くないし……一階のほうが人の出入りも多いだけに心配ですがねぇ。人が多いぶん死角も多いし」

「気持ちは分かるけど、こういうことは素直にデータに従ったほうがいいよ。例えばここ」

則夫は見取り図の上でビジネス書のコーナーを指した。

「被害実績がほとんどないのに、死角だからってだけでビジネス書の棚にわざわざ一台カメラを据えてあるのは、もったいない話だねぇ。サラリーマンの万引き犯ってのは捕まえたことがないんだろ？」

「でも、サラリーマンでも万引きしないとは限らないでしょ」

「そりゃ確率論で言えばね。でも、理屈で言えば少ないはずだよ」

そして則夫は清一のほうを向いた。

「失うものが多すぎるだろ、キヨちゃん」

この中でサラリーマンを勤め上げた経験があるのは清一だけだ。

「確かに、まかり間違って職場にバレたりした日には格好がつかんな。それを思えば、とてもじゃないけどできんよ、万引きなんて」

もし警察沙汰になったりしたら、ちょっとした不祥事だ。クビは免れても職場での居心地の悪さはただごとではないだろうし、出世にも当然差し支える。たかが本一冊の代金を惜しんで将来を棒に振るなどあり得ない話だ。

サラリーマンという身分そのものが万引きに対する抑止力になる——という則夫の理屈は、

清一には充分頷けるものである。

「身分があると、軽はずみな犯罪には手を染めにくいもんだよ。勤め人の経歴が汚れると、俺たちみたいな自営業以上に生きにくくなるからね」

実際、『ブックスいわき』で捕まえたことのある万引きは子供と主婦が多く、後はせいぜい老人らしい。

「他には定職に就いてない風のが多いでしょうかね」

共通点は社会的な組織に属していないことである。

「それに、人が多いってことも抑止力になる。店員じゃなくても誰かに見られてると思ったら中々悪さはしにくいもんだよ。周りの目がある中で盗みを働こうとすると、どうしたって辺りを気にして態度がおかしくなる。それは店のほうも気がつきやすいんじゃないかね？　これがスーパーなんかだと話が違ってくるけど」

スーパーでは客も自分が歩き回りながら買い物をしているから、他人の動きは余程おかしくない限りわざわざ立ち止まってまでは注目しない。だが、書店の客はそれほど忙しく動き回りつつ本を探すわけではないし、立ち読みなどでその場に腰を据えることも多い。周囲に不審な動きをする人物がいたら注目しやすい買い物環境だ。

立ち読みであまり粘られても困るんだけどねぇ、と井脇は苦笑したが、則夫の理屈には納得したらしい。

「それに一階には店員さんがいつもいるだろう？」

アルバイトのシフトをやり繰りしつつ、店には常に三人から五人程度の店員がいるが、レジがあることもあって作業の場所は一階がメインだ。逆に二階は無人になるタイミングが多い。

「動き回って目を配れる生身の店員は、カメラよりもよっぽど優秀な防犯グッズだよ。それが常駐してるんだから、一階にこんなに防犯グッズを集中させることはない」

「じゃあ、どんな配置がいいですかねぇ」

井脇もすっかり則夫のアドバイスに聞き入っている。

「カメラは半分二階に上げよう。その代わり、凸面鏡は全部一階に下ろしていい。鏡は見てる人間がいなきゃただの飾りだからね。本当は棚の配置も変えて効率的に監視できるレイアウトにしたほうがいいんだけど……」

大掛かりな作業になるので、思い立ってさっと動かすというわけにはいかない。取り急ぎ、防犯グッズの配置だけ変えるということで話がまとまった。

二階はコミック売り場を中心にカメラを据え、一階は女性誌やファッション誌、カルチャー系の雑誌や写真集が置いてある辺りを重点的に配置する。

それ以外は、死角になるところを凸面鏡でカバーすることになった。

「そんで俺たちは客にまぎれて見張ってりゃいいんだな」

「あんまり力んで客を威圧しちゃ駄目だよ」

張り切る重雄に則夫が釘を刺し、さっそく翌日からパトロールは開始された。

＊

重雄が初めて見張りに入った日の昼下がりである。

万引きが多いという雑誌コーナーで立ち読みの態《てい》を装いながら周囲に目を配っていると、店の自動ドアが開いて数人の若者が連れ立って入ってきた。子供以上、青年未満の少年たちだ。

んっ、と重雄がそちらのほうへ顔を向けると、彼らのほうもこちらを見た。

先日、万引き未遂で逃げた小僧どもだ——と気づいたのは、顔を覚えていたからではない。向こうが明らかに疚《やま》しい顔になったからだ。

そのまま入り口で引き返して出ていくが、まだ何もしていないのをおいこらと捕まえるわけにもいかず、ただ臍《ほぞ》を噛むしかない。

バックヤードにいた井脇を摑まえ、半ば地団駄を踏むように訴える。

「こないだの万引きの小僧どもだ！」

えっ、と井脇も顔色を変えた。

「どこだい、上かい？」

「俺の顔を見るなり、踵《きびす》を返して出ていっちまったよ！　あいつら、俺の顔を覚えてやがる。ちっくしょう……」

「なぁんだ」

明らかに安堵した様子の井脇の声に、重雄は思わず怪訝な顔をした。

「何をほっとしてんだよ、万引きの小僧どもにこっちの面が割れてるんだぞ。これじゃ見張りにならねえだろうが」

　重雄の顔を見て引き返したということは今日も万引きをするつもりでやってきたに違いない。重雄を警戒して毎度帰られては万引きの現場を押さえることは不可能だ。

「いやいや、いいんだよそれで」

「だってよ……」

「万引きをしないでくれるのが一番なんだからさ。よかったよ、何もしないで帰ってくれて。これも立花さんがいてくれたおかげだね」

　井脇の言葉に虚を衝かれ、重雄は黙り込んだ。

「もしかしたら、これくらいの時間に隙を窺って来るつもりかもしれないね。悪いけど、立花さんはこれからも同じくらいの時間に見回りに来てくれるかい。何ならエプロンを着けて店員の態でいてもらってもいいからさ」

　万引きに困っている以上、万引きを捕まえたいのだと思っていた。だが、――井脇は彼らに万引きをしないでほしいと願っているのだ。

　重雄はあちこちに目を配りながら店内を見回り、夕方に則夫と交代して家へ戻った。

『ブックスいわき』が店じまいをしてから、三匹で『酔いどれ鯨』に集まったのは九時過ぎである。今日は夕方から晩飯時までを則夫が見回り、そこから閉店までを清一が受け持っている。

互いに時間を繰り合わせてシフトを組むが、夜は店がある重雄は昼間の受け持ちで固定している。

「成程、そういうことなら心構えが変わってくるね」

そう頷いたのは則夫である。交代のときは忙しくてゆっくり話せなかったので、重雄が井脇から聞いたことを二人に説明したのだ。

「見つけて捕まえるイメージだったけど、見つけて抑止するほうが井脇さんの希望に適うね」

「立派な心がけだな」

清一が感心したように息を吐いた。

「罪を憎んで人を憎まず、か。人が罪に堕ちないように導きたいという意志が尊いな」

「けどよぉ」

重雄としては若干不満が残る。

「そのときだけやめさせたって、解決にはならないんじゃねぇのかい。どうせいつかどこかでやるなら、やったところを捕まえてとっちめたほうが……」

重雄は料理を持ってやってきた息子の康生に「なぁ」と同意を求めた。三匹の趣味の夜回りは『酔いどれ鯨』を基地にしているので、重雄の家族はそのときどきの活動をなんとなく把握している。

康生はスルメ天をテーブルに置きながら、少し首を傾げた。

「魔が差すってことじゃないのかな」

今度は重雄が首を傾げ、康生は続けて答えた。

「魔が差してもそのときやりそびれたら、もう魔が差さないかもしれない。井脇さんはもう魔が差さないことを祈ってるんじゃないかな」

「つってもおめえ、ガキどもは明らかに万引き狙いで来てるんだぞ。魔が差すも差さないも」

「ずっとやりそびれてたらいつか魔が差さなくなるかもしれない」

くわーっと重雄は気を吐いた。

「言うねえ！　聖人かおめえは！」

「立花家は親父より息子のほうが人間が出来てるからな」

すかさず横から茶々を入れたのは清一である。以前、嫁の貴子のパート先で揉め事があったとき、過保護をからかわれたのを根に持っているらしい。そういえば、そのときも康生が妙に老練な執り成しを入れていた。

出来すぎていて、ホントに俺と登美子の子供かよ、と思うことがたまにある。

「まぁ、店長が事前に止めるのを望んでるなら俺が差し出口を挟むこっちゃねえしな。そんなこたぁ分かってるよ、こちとら押しかけ用心棒だからな」

ややふて腐れてそう言うと、康生は苦笑してカウンターへ戻っていった。

清一がさっそく好物のスルメ天をつまみながらにやにや笑った。

「どっちが大人か子供か分からんな」

「うっせえ、この年までこの性分で来たんだ。墓までこのまま行ってやらぁ」

横からふふっと則夫が笑った。

「シゲちゃんはそれでいいんだよ」

「何だよ」

「思いつきで言いっぱなしのガキ大将のまンまでいてくれなくちゃ面白くないよ。分別のあるシゲちゃんなんかつまんないじゃないか」

まったく誉められている気がしない。仏頂面になった重雄に、清一も笑いながら「違いない」と頷いた。

＊

則夫が見回りをしていた昼前、明らかにそわそわ浮き足立った様子の子供たちが店に入ってきた。小学校の中学年か高学年か微妙な年頃の男の子が四、五人である。

脇目もふらず二階へ上がっていくので、店の配置は知っているらしい。『ブックスいわき』は児童書から学参まで子供が用のありそうな商品は二階にまとめてある。

時間差をつけてそっと二階へ上がると、子供たちはやはりコミック売り場にたむろしていた。目当てはチビモンとかいったか、やたら子供に人気があるアニメの原作になっている児童漫画らしい。

夢中でひそひそ話をしており、二階に上がった則夫の気配に気づく様子もない。

「なぁ、ホントかよ」

「マジだって」

低い――というより低くしているつもりの囁き声を聞きながら、則夫は彼らの陣取っている棚の死角へと回り込んだ。

「バレないんだってよ、ここは」

自慢げに小鼻を膨らませているのは、生意気そうな顔をした少年だ。将来ちょっとやんちゃになりそうな気配が既にして漂っている。

「おれの兄ちゃんの友だちの友だちが……」

流言飛語の代名詞のようなニュースソースは、則夫など聞いただけで吹き出してしまいそうだが、子供たちは神妙な顔で聞き入っている。

「ここで何百冊もマンガをぬすんだけど、一回もバレなかったんだって」

以下も延々自慢のような事情通バナシが続く。

とったマンガは古本屋に売って五万円も儲かったんだって。

店員がぜんぜん二階に上がってこないし、防犯カメラも置いてないから楽勝だって……

などと話している彼らの頭上には防犯カメラが鎮座ましましているのだが、『防犯カメラ』という単語を口にしていても、実際にカメラがどんな形状でどのように仕掛けられているかは分かっていないのだろう。ドラマや漫画で見るような仰々しい監視カメラをイメージしているのかもしれないが、いかにも客を監視していますよと言わんばかりに大きなカメラを設置している店などない。コンパクトなものをさり気なく仕掛けてあるのが普通だ。

だが、ところどころにもっともらしい話の破片がまぎれている。

二階に店員が上がってこない。防犯カメラを置いていない。誇張されているがまったく根拠のない話ではない。三匹が見回りを引き受けるまで『ブックスいわき』は二階の防犯カメラの数が少なかった。そして店員も二階の作業が手薄になるのは事実だ。

『ブックスいわき』はコミックの入荷に強くなく、代表的な売れ筋の商品を確保しているだけで、漫画をよく読む層は国道沿いのチェーン店に流れるらしい。商品として手薄なので扱いも薄くなりがちなことに加え、若年層の客があまり多くないために売上げが振るわない児童書や学参と一まとめにして二階に追いやってしまっている。賑わう「大人階」の一階と今ひとつの「子供階」である二階に客層が分断されているのだ。効率を考えた売り場配置だろうが結果的に二階はいつも閑散としている。

そのことがまた、『ブックスいわき』をコミックが万引きしやすい店という位置づけにしてしまう。万引きした商品を転売するような連中にとっては売れ筋商品さえあれば事足りるので、品揃えが豊富である必要はない。

何百冊も、だの、五万円儲けた、だのは大袈裟だとしても、かなりの数を万引きしてバレずに済んだ者がいるのだろう。この子供たちに伝わるまでに尾ひれがどれだけついたかは謎だが。

バックヤードの在庫置き場から店長が出てきた。カメラで子供たちの不審な様子に気づいて裏の階段で上がってきたらしい。則夫はシーッと無言の仕草をした。

近くまで来た井脇に「話を合わせてくれるかい」と囁くと、井脇も頷いた。

「だからさ、ここでチビモンハンターをちょっとずつ……」

そんなひそひそ話を尻目に、則夫は「やあ」と声を張った。

「店長、久しぶり」

「どうも、いらっしゃい」

「先日は大変だったねぇ」

井脇がええと、と詰まったが気にせず続ける。

「万引きがあったんだろ？　警察が来て大騒ぎだったそうじゃないか」

子供たちのひそひそ話が、ぴたりとやんだ。そして、明らかにこちらに聞き耳を立てている気配である。

「ああ、まあねぇ……」

「犯人はどんな奴だったの、子供だって聞いたけど？」

「そうだね、緑ヶ丘の中学生だったよ」

ようやく井脇が具体的に話を合わせてきた。万引きに目をつけられているという話を聞いたが、それが緑ヶ丘中学校の生徒なのだろう。早苗や祐希が通っていた中学だ。

「とんでもない悪ガキでね、何十冊も漫画を盗んで古本屋に売りさばいてたんだ」

想定している例が具体的なせいか、井脇の言葉にも熱が入る。

「親を呼び出したらお母さんが来てね、事務所で修羅場だったよ。どうしてこんなことをしたの、ってお母さんが泣き喚いてさ。弁償するからどうか許してやってくださいって頼まれたんだけど、こっちももう警察を呼んじゃってるからね」

この辺は実際に経験したことがあるのだろう。口振りがリアルだ。

「しょうがないからそのまま警察に行ってもらったよ」

「そりゃあ大変だ！　子供のほうも学校でさぞかし噂になっただろうね。恥ずかしくて学校に行けなくなったんじゃないのかい」

「さあ、そこまでは……」

井脇も調子が出てきたのか、軽く肩をすくめたりして芝居っ気たっぷりだ。

「とにかく、二度とあんなことはあってほしくないよ。子供を警察に突き出すなんて、本当は気分のいいことじゃないからね」

この辺りは芝居ではなく掛け値なしの本音だろう。

子供たちはといえば、すっかり静まり返ってしまっている。

「そうか、大変だったね。ところで店長、そろそろ戻らなくていいのかい？」

水を向けると井脇も「そうだね」と頷いた。

「俺はちょっと絵本のほうを見せてもらってから帰るよ。孫におみやげだ」

則夫の家族環境ならおみやげは参考書のほうが適切だが、そんなところでリアルを追求しても意味がない。

井脇の表情が何故かふと柔らかくなった。そしてバックヤードに引き返す。

則夫も絵本のコーナーへ離れ、子供たちの様子を見守る。

子供たちはしばらく黙りこくっていたが、やがて――

「おれ、やーめたっ」

誰か一人がそう言って階段に駆け出した。すると後は連鎖だ。

「おれもっ」「待ってよ、ぼくも」

万引きを煽《あお》っていた子供も最後に「置いてくなよっ」と後を追った。

やれやれ、とその逃げていく後ろ姿を見送る。

ちょっと悪いことをするのがカッコいい、という季節は、子供の頃には訪れがちなものだ。万引きというものは子供のアウトロー気分を満たすのに最適なスリルなのだろう。

子供たちが逃げていったのをモニターで見たのか、井脇がまた売り場に戻ってきた。

「有村さん……」

「大丈夫、全員帰ったよ」

そして則夫は階段のほうを見やった。

「万引きしやすいって噂を聞いてちょっと悪ぶりたかったんじゃないかね。それほど根は深くないと思うよ」

捕まったらどうなるかということまで考えが至っていなかったようなので、万引きのリスクを散々立ち聞きした以上は悪い虫も鎮まるだろう。

「万引きしやすいって噂が立っちまってるのは由々しいけどね」

井脇も渋い顔をして頷いた。だが、三匹が手伝うのは春休み中の警戒なのでどうこうできる話ではない。『ブックスいわき』の長期的な課題ということになるだろう。

「あそこはチョロいって自慢されてるんだろうな、陰で」

井脇が悔しげに呟く。

「これでも精一杯やってるんだ、凸面鏡だって一枚四万もするんだぞ」

『ブックスいわき』には四枚ある。鏡だけでも万引き対策に十六万も投じていることになる。十台のカメラを足せば五十万は下るまい。

「あの子たちはやる前に懲りてくれたよ、きっと」

則夫は井脇の肩を軽く叩いた。

「俺たちだって悪たれのガキだった時分はあるじゃないか」

三匹のおっさんが三匹の悪ガキだった当時、駄菓子屋でいくらクジを引いても一等賞の鉄砲が当たらないことに腹を立て「鉄砲買えるくらいはクジ引いたはずだぞ、俺たち」と主張する重雄の号令で景品をちょろまかしたことがある。則夫が犯罪計画を立てて見事に盗みおおせたのだが、あっという間にバレて大人たちに大目玉を食った。

何で分かったのか尋ねると、駄菓子屋に電話をかけて店主が電話に出ている隙に鉄砲を三つかすめて逃げるなんて小癪《こしゃく》な真似をするガキがお前らの他にいるかとげんこつを食らわされた。

「痛かったねぇ、そのときのげんこつは」

昔話を笑って締めると、井脇も笑った。

「私は万引きをする度胸はなかったけど、親の財布から金をちょろまかして怒られたっけなぁ。最初は小銭を抜いてたけど、そのうち調子に乗って万札を一枚抜いてね。町で豪遊して帰ったら、親父が鬼瓦みたいな顔で待ち受けてた」

「げんこつは来たかい？」

「来たねえ。その一万円を稼ぐために俺が何冊本を売ったと思ってるんだって」

井脇は先代も書店である。

「今の子供は悪いことをしてあんなふうに怒られることがあるんだろうかね」

三匹の悪ガキの万引き騒ぎで、一番こっぴどく怒られたのは則夫である。出来た頭を悪巧みに使うような奴は、いくら学校の成績が良くても将来ろくな人間にならないんだ、と頭の形が変わる程小突かれた。

頭の出来を鼻にかけていた則夫にとって、その鼻っ柱をへし折られるような出来事だった。亡くなった両親は、出来の良さを頼んだ我が子の小賢しさを心配していたのだろう。今にして思うと、ここぞとばかりに怒られたような気配もある。則夫は頭が回る分だけヘマを踏むことが少なかったのでいい機会だったに違いない。

それからは「出来た頭」を使う方向を考えるようになった。祐希からは犯罪スレスレと茶化されているが、スレスレを踏み外したことがないのは、あのとき世の中が終わるほど怒られたことが利いている。

去年の夏、カモのヒナをいたぶった中学生は、小賢しい言い訳を駆使してお咎めなしで無罪放免となった。かつて小賢しい子供だった則夫にとっては気が塞ぐ結果だった。

彼らには彼らの小賢しさを案じてくれる大人がいないのだ。不幸なネグレクトを目の当たりにして心穏やかではいられなかった。

「今は色々難しいからねぇ。万引きを捕まえても、うちの親父の時代のようにいきなりコラッと怒鳴って首根っこ摑まえるようなわけにはいかないし……『お客様、失礼ですが事務所まで来ていただけますか』って相手を刺激しないようにそっと声をかけたりね。何で物を盗られたほうが低姿勢でお願いしなきゃならないんだか」

強引に振り切って店外に逃げたら、追いかけないようにしている、という話は先日聞いた。相手が刃物を持っていたら、という心配をしなくてはならないというのはうそ寒い話だった。

「実はそれだけじゃないんだよ」

井脇はぽつりと呟いた。

「追いかけて、逃げた相手が車道に飛び出して事故に遭ったりすると、こっちが悪いってことになっちゃうんだ。窃盗犯より窃盗犯を追いかけた奴のほうが悪いってね」

悪いことをしたのは向こうじゃないのかね、と疲れたように井脇は呟いた。

「そういうことがあったのかい」

「直接知ってる店じゃないけどね。相手が未成年だったもんだから、そこまで追い詰めることはないってマスコミに叩かれて嫌がらせが殺到して、結局店は潰れたんだか、一時閉店したんだか……。他人事とは思えなかったね。全国の書店が震え上がったんじゃないかな」

井脇の声は苦々しい。

「書店が万引きを捕まえようとして、相手が無理に逃げて怪我をしたり死んだりしたら書店が悪者になっちまうんだって思い知らされたよ」

その恐怖が書店を万引きに対して及び腰にさせるのだろう。警察を呼ぶかどうかは店の方針によるが、とにかく犯人を刺激しないように低姿勢に誘導し、振り切って店外に逃げられたら仕方がないものとして諦める。

どうして盗まれる側がここまで譲らなくてはならないのか。

「子供が付け上がる生き物だってことは、自分の子供の頃を思い返せば分かりそうなもんだけどねぇ」

井脇も思い当たる節があったのか、則夫の呟きに苦笑した。

＊

三月がそろそろ終わる頃、清一が見回りをしていた夕方にその救いのない事件は起こった。

万引きの被害に遭いやすい写真集の売り場だった。

ピンクのパーカーを着たその少女に清一が気づいたのは、彼女が何度も売り場にやってきたからである。

平積みにされた人気俳優の写真集の前に立ち尽くし、物欲しそうにじっと眺め、諦めたように立ち去って別の売り場を巡り、しかししばらくするとまた戻ってくる。

何度も同じ場所に同じピンクのパーカーが戻ってくるので、清一はおかしいと警戒して写真集の売り場に見張り場所を変えた。

またピンクのパーカーが戻ってきた。周囲をちらちら気にしながらその写真集を取り上げる。やるのか、と清一は緊張して見守った。事に及ぶつもりなら声をかけなくてはとタイミングを計る。少女の手提げ鞄は万引きをするなら物を投げ込みやすい形状だ。

だが、清一の見ている前で少女は万引きに及ばなかった。ちらちら周囲を気にしつつ写真集にかかっている立ち読み防止のフィルムを剝がそうとしはじめたのである。

万引きでなかったのはよかったが、それも誉められた行いではない。咳払いをして見ていることをアピールしてみる。

少女はちらりと清一を見たが、くるりと清一に背を向けた。そのままフィルムを剝がすことに没頭している気配である。どうしても中身を見たいのか、鬱陶《うっとう》しい年寄りは無視することに決めたらしい。

後ろめたく思ってやめてくれたらよかったが、仕方ない。清一は「もしもし」と声をかけた。

「ビニールを勝手に剝がすのは良くないんじゃないかね。中身を見たいんなら店員さんに頼んでみなさい」

不服そうに振り向いた少女は、フィルムが破れた写真集を平積みの山の上に戻した。そしてぷいっとその場を立ち去ってしまう。

少女が店を出ていくのを見届けて、清一は溜息をついた。「はい」や「すみません」という一言が聞けなかったことは残念だが、やめてくれたのだから上等だろう。

二階に高校生風の二人連れの若者が上がっていくのが見えたので、少し時間差をつけて清一も上がった。

若者は漫画の新刊台を見ながら何やら愚痴をこぼしている。

「やっぱ出てないよ」

「ちょっとマニアックだろー、アレ。ここじゃ入らないんじゃないの」

「国道のほうまで行くしかないかぁ。ここで買えたら近かったのになー。ていうかメディワ社の新刊くらい置いとけよ」

品揃えには大いに不満があるようだが、万引きの心配はなさそうだ。

他にも客がちらほら入っていたのでしばらく二階を見回り、再び一階へ下りたときだ。

踊り場から見下ろすと、ピンクのパーカーが出口へ向かうのが見えた。上から見ると手提げの中に薄い書籍の頭がわずかに覗いている。買ったのなら店の袋に入っているはずだ。

レジに入っている店員は気づいていない。清一は足を速めて階段を降りた。

外に出たら追わないように言われている。店を出てしまう前に声をかけなくては。客の間をすり抜け、ピンクのフードを追う。だが少女のほうが出口に近い。

走ると気づかれる。夕方の混み合う店内が行く手を阻む。

仕方ないとやや強引に人の合間を割って進み、少女のほうはあと数歩で自動ドアに届く位置だ。

と、横からエプロンを着けた店員が少女の前に回り込んだ。

「お客さん、鞄の中の本はまだレジを通していませんね？」

井脇だった。少女がぎくりと立ち竦《すく》む。とっさに踵を返し、追い着いていた清一とぶつかりそうになってたたらを踏んだ。

そうして観念したようにうなだれた。

近くの客は事情を察したらしい。ちらちら好奇の視線が注がれる中、井脇と清一で囲むように少女を事務所に連れて入った。

作業台を空けて座らせ、鞄の中の本を出させる。やはり、さっき清一がフィルムを剝がすのを注意した写真集だ。

少女は仏頂面だが顔色は蒼白で、動揺していることがよく分かった。

「お名前は？」

少女は震える小さな声でヤマザキリカコと答えた。学校と学年もすんなり答える。皐ヶ丘中の二年生だった。

「ご家族に来てもらわなきゃいけないよ。おうちの電話番号は？」

家に連絡すると言うと頑なに黙り込む子供もいるらしいが、リカコは素直に連絡先を吐いた。

井脇が電話をするが、誰も出ないようだった。外出中か。

「どうしてこんなことをしたんだね」

清一が尋ねると、リカコは唇を引き結んでますます俯いた。

フィルムを剝がすのを注意したら、不承不承ではあるが諦めた。人に注意されて後ろめたいことをやめるのだから、最初から万引きをする気があったとは思えない。

「万引きするくらいならご両親にお願いしたらよかっただろう」

するとリカコは不服そうに唇を突き出して顔を上げた。何か言いたいことがあるのか。清一が目で促すとリカコは「だって」と呟いた。

「お母さんがそんなに欲しいなら万引きしろって」

言いつつリカコがびくっと縮み上がった。それだけ瞬間的に清一の顔は険しくなったらしい。見ると清一の向かいで井脇も負けず劣らず険しい顔をしていた。

欲しい物を訴える子供に我慢しろと言うならともかく、万引きをそそのかす母親がいるなど考えたくもない悪夢だ。

「お母さんはいつそんなことを言ったの」

井脇の質問に、リカコはおどおどしながら「さっき」と答えた。

「商店街で買い物してたから訊きに行った」

「お母さんと一緒に買い物に来てたのかい？」

もはや何かを悼む声音になっている井脇にリカコはこくりと頷いた。何を悼まれているのかは分かっていないのだろう。

すると、リカコの手提げの中から携帯の着信が鳴った。流行《はや》りの歌だ。

井脇と清一の顔色を窺うリカコに井脇が「出してごらん」と促した。リカコは携帯を出し、誰にともなく報告するように「お母さん」と呟いた。井脇が頷いたのを見て電話に出る。

「お母さん？　リカコ」

どうやら母親は遅いとか早くしろとまくし立てているらしい。リカコが合間合間で「無理」とか「行けない」とか言葉を挟む。

「今、本屋さん」

堪えかねたのか、井脇がリカコから電話を取り上げた。

「もしもし、お母さんですか？　『ブックスいわき』の店長です」

抑えてはいるが、怒りの滲んだ声だった。

「娘さんが万引きをしたので、すぐにこちらまで来てください」

やがてやってきた母親は、最悪を絵に描いたようだった。

まだ娘のような若い母親だった。リカコの髪にも色が入っているが、母親の髪はそれよりも赤い。

「それで、いくらなんですか？」

来るなり母親はそう言い放して財布を出した。

「お金払えばいいいんでしょ？　さっさとしてください」

井脇は呆気に取られてあんぐりと口を開いたが、どうにか立て直したらしい。

「……そういう問題じゃないでしょう、娘さんは万引きをしたんですよ」

「だからお金払うって言ってるじゃない。お金払えばそっちだって別に問題ないんでしょ」

母親と井脇の話はまったくの平行線で、間に挟まれてリカコは石になってしまっている。

「そもそもお母さん、あんたが……」

井脇が声を荒げて母親の非を鳴らそうとしたとき、リカコが怯えたように顔を上げた。清一はとっさに井脇の腕を強く摑んだ。

「……あなたの教育があまりよろしくないようですな」

井脇がぶちまけようとしたことを引き取って、一般論に丸める。井脇は不服そうだったが、清一に目で合図されひとまずは黙った。

母親に万引きをそそのかされた。そんなことを言ったと知れたら、リカコはきっと帰宅してからこの母親に責められる。万が一にも折檻《せっかん》されるようなことがあったら。

「井脇さん、警察を呼んだほうがいい。お母さんにはどうやら自覚がないようだ」

そんな、と母親が初めて慄《おのの》いた。

「だって、お金払うって言ってるのに！」

じろりと清一が睨むと、母親が気圧《けお》されたように声を飲み込んだ。

「井脇さん、警察だ。ちゃんとしたところで話したほうがいい」

含ませた示唆に井脇は気づいたらしい。そうします、と短く答えて電話に向かった。

「信じられない、たかが万引きで！　子供のしたことなのに！」

母親はふて腐れたように勧められてもいない椅子にどっかと座った。

警察に引き渡せば、リカコの話は警察の事情聴取に応じただけということになる。訊かれてもいないのに、書店の店長に母親の落ち度を告げ口したということにはならない。この親子を上手く説諭してくれるかどうかは祈るしかないが、井脇も事情聴取に同行すれば、警察にこの親子の事情を耳打ちするくらいはできるだろう。

警察が来るまで事務所の応接で親子をそっとしておいたが「あんたが上手くやらないから」などとリカコを責めているのが聞こえた。「お金払ったら済むと思ったのに」とも。

もしも見つかったら代金を払ってやるから万引きしてみろ、上手く行ったら儲けものだ――その程度の了見だったのだろう。

一体どんな躾《しつけ》を受けてきたのか、とリカコではなく母親に思って清一は重たい溜息を吐いた。

いたたまれない事件を抱えて『酔いどれ鯨』へ行き、事情を話した。

重雄はもちろんのこと、かなり辛辣《しんらつ》な物の見方をする則夫でさえ「それはまた……」と言葉を失った。

「大変だったね、キヨちゃん」

万引きをした側より、捕まえた側の気持ちが痛めつけられる。事情聴取に付き添った井脇の心中はいかばかりか。

憂さを晴らすように三人で黙々と杯を重ねていると、夜が更けてから井脇が『鯨』を訪ねてきた。

「おお、店長！」

重雄が目敏《めざと》く見つけて呼んだ。井脇は他の二人も来ているとは思わなかったらしい、驚いた様子だったが三匹の陣取った座敷に素直に呼ばれた。

「難儀なことだったなぁ、一杯奢《おご》るよ」

それを辞退できないほどには荒《すさ》んで帰ってきたらしい。井脇は頼んだ冷酒を一気に呷《あお》った。

「お二人も一緒だったら話が早いよ。実は頼みがあって来たんだ」

「どうした」

尋ねた重雄に井脇はしばらく逡巡していたが、やがて思い切ったように口を開いた。

「立花さんが前に追いかけた万引きがいるだろう。あれを捕まえてほしいんだ」

重雄の顔を覚えていて、踵を返したという中学生たちである。井脇は万引きせずに帰ったのならそれが一番いいと言っていた。一体どうした心境の変化か。

「あの子たちは常習犯だ。このまま放っておいたら、今日の母親みたいな親になっちまう。今捕まえて、もしそれでちょっとでも懲りてくれるんなら……」

警察の事情聴取でさぞや母親の身勝手を見せつけられたのだろう。あんな親を将来に向けて増やしたくない、という気持ちは痛いほど理解できた。

そういうことなら否やはない。

「それなら俺は見張りから抜けたほうがいいな。あいつら、俺の顔を覚えてやがる」

「しかし、それだと人手が足りなくなるぞ」

清一の懸念に則夫が口を挟んだ。

「代わりの人材ならいるじゃないか」

「誰だ、一体」

「キヨちゃんの家の二階にさ。うちの娘もそうだが、高校生は全国的に春休みのはずだろう」

成程、道理である。バイトと遊びと塾以外、家でごろごろ怠惰に過ごしているはずだ。

「言っちゃ悪いけど、祐希くんなら見た目も派手だし遊んでるように見える。万引きの小僧っ子たちも油断するはずだよ」

清一も「同類だと思ってくれるかもな」と苦笑した。

「カメラの配置も元に戻して万引きしやすい環境を整えてやろう。その代わり狙うのは明らかに計画的な子供の万引きだけだ。突発犯は変わらず抑止狙いってことでいいね、井脇さん」

則夫の確認に井脇も強く頷いた。

＊

「おい、祐希」

玄関先で清一に声をかけられ、コンビニに出かけるところだった祐希は首を傾げた。

「何だよ、ジーサン」

「ちょっと手伝ってくれんか」

その口振りにピンと来た。三匹からのお呼びである。

「いいぜ、どんな話?」

「『ブックスいわき』さんで万引きの張り込みだ」

「へえ、今そんなことに首突っ込んでんの?」

狙いは計画的万引き、特に常習犯の中学生ということだった。祐希なら見張りと思わず油断が出るのでは、という則夫の見立てに「遠慮ねーなぁ、オッサン」と祐希は苦笑した。だが、実際につい先日も国道沿いの大型書店で万引きと間違えられたところである。

こういうの、江戸の仇《かたき》を長崎で討つっていうのかな――なんて思ったり。

清一と一緒に『ブックスいわき』に行って、入り口のカメラに吹き出した。

「何コレ。めっちゃダミーじゃん」

防犯カメラのダミーは精巧に作っているものならそれなりに効果があるのだろうが、安い物は造りもチャチでよく見ればすぐにハリボテだと分かる。

「則夫がいくつか付けたんだ。見くびってもらうのが目的だそうでな」

万引きの常習犯ならそうした商品に敏感なはずで、ダミーを置いて威嚇したつもりになっているチョロい店ということになる――というのはいかにも則夫らしい悪辣《あくらつ》な引っかけである。

「つくづく敵に回したくねぇなあ、あのオッサンは」

店長の井脇と挨拶して、店内では絶対にお互い声をかけたりしないようにと打ち合わせる。もし祐希が見張っているときに万引きが現れたら携帯でメールだ。

三匹は万引きが増える春休みを手伝うという約束らしい。だとすれば残り日数は十日ほどだ。それ以上手伝いを引き延ばすのは井脇のほうも気が退けるだろう。

そして祐希が見張りのシフトに入ってから数日で獲物はかかった。

やはり祐希が二階を見張っているときだった。

紙袋を持ち込んでいるガキがいたら要注意、という話は事前に聞かされていた。

中学生くらいのガキの三人組、しかも紙袋を提げている。中身は空と見えた。ちらりと祐希のほうを窺ってきたが、携帯をいじっている振りをしているとそれ以上は注意を払わず、別の棚へ消えた。

すかさずメールを打つ。井脇と三匹に同送だ。

中学生たちは人気コミックを物色している。祐希も事前に教えられているが、数十巻に及ぶ長編シリーズで古本屋の買い取り価格もダントツに高い物だ。

ごそっと抜いたのですぐ紙袋に入れるのかと思いきや、一人がそれを少し離れた台へ運んだ。児童漫画の平台である。『ブックスいわき』のコミックには立ち読み防止のフィルムをかけているので、チビッ子向けの漫画コーナーにはあまり人の出入りがない。チビッ子は親を連れてこないと漫画を買えないし、立ち読みもできないからだ。

そして、三人のうち二人がそれぞれ違うポイントで見張り、一人が児童漫画の台に積まれた目当ての品を素早く紙袋にしまう。人目の少ないところへ運んでから詰める手口や慣れた分業は明らかに常習だ。

何度か同じ作業を繰り返し、紙袋に二つ分の荷物を作ったところで中学生はそれぞれ時間差をつけて売り場を後にした。紙袋は二人が手分けして持ち、見張り役の片割れは手ぶらだ。

紙袋を持った二人が先に店を出るつもりのようだ。祐希は、最後の見張り役が階段を降りてから間を空けて後を追った。

先頭の運び役が自動ドアのセンサーにかかった。ドアが開いて店から一歩踏み出し——

「あ！」

大きな声がその喉から漏れた。

ドアが開いた表に仁王立ちしていた黒ジャージは重雄である。

「よう、また会ったな」

中学生は反射的に突破しようとしたが、相手は重雄だ。「そうは行くかよ！」と猫の子でも捕まえるように首根っこをひょいと摑まえられた。

まだ店内で時間差を見計っていたもう一人の紙袋持ちは、とっさに紙袋を手放そうしたが、「無駄だよ」と声をかけられた。ハンディカメラを構えた則夫である。

階段を降りる途中だった見張り役は、弾かれたように踵を返して階段を猛然と駆け上がろうとした。俺、捕まえるべき？　と思わず祐希も身構える。すると、

「どこへ行く気だ！」

鋭い喝が飛んだ。階段の下からだ。

長年、剣道場の空気を打っていた、あの背筋が伸びるような――

清一が下から見張り役を見据えた。

「下りなさい」

見張り役は未練がましく二階を見上げたが、祐希と目が合ったので清一のほうに向かって顎を煽る。――行けよ。

見張り役の肩ががくりと落ちて、力なく階段を下った。

店内がざわざわとさざめく中を、三匹は三人の中学生を連れてバックヤードへ引っ込んだ。

その後に続こうとして、はたと知恵が回った。このままついて行ったら確実に自分も万引きの仲間と思われる。

祐希は階段を上がり、二階からバックヤードに入った。

*

中学生三人はバックヤードで一列に並んで座らされ、速やかに自宅に連絡が入れられた。

それぞれ母親が駆けつけてきて修羅場の幕が切って落とされた。泣きながら平謝りする母親もいるし、菓子折を持ってきて何とか許してやってくれとすがる母親もいる。

その場で息子を引っぱたこうとして慌てて周囲が止めに入った母親もいた。

四文字熟語で表すと阿鼻叫喚としか言いようのない騒ぎに祐希はげんなりするしかなかったが、三匹と井脇は何故か妙に潑剌《はつらつ》としている。

「やっぱりこうでないとなぁ」

呟いた清一に「どういうこと」と尋ねると、清一は「世の中こうじゃない母親もいるんだ」と渋い顔になった。

「あの……警察は」

まるで恐いものに触れるように、一人の母親が尋ねた。他の二人も針で突かれたように反応する。

「まだ呼んでいません。お母さんがいらっしゃってから相談しようと思いまして」

井脇がそう答えると、母親たちは食らいつくような勢いですがった。

「どうか警察だけは勘弁してやってください！　弁償させていただきますので……」

許してもらえるなら土下座でもしますと言わんばかりである。

「しかし、お子さん方はかなり悪質なんですよ。明らかに計画的で、しかも常習です。うちの店でも要注意人物としてチェックしています」

井脇は壁のボードに貼られた写真を指した。防犯カメラの映像をプリントアウトしたもので、彼らが漫画を見繕っている姿が映っている。

「これは……」

「常習の万引きは防犯カメラの映像を印刷して事務所に貼っておくんです。残念ながら現行犯で捕まえたことはありませんが、カメラには万引きの様子が映っていたことがありましたので、従業員に注意を回していました」

「ま、指名手配みたいなもんだな」

重雄の喩《たと》えに、母親たちは一様に打ちのめされたらしい。我が子が書店で指名手配のような扱いを受けていることがショックだったのだろう。

ふて腐れたような中学生を眺めていて、祐希も「あ」と声を上げた。

「お前ら、国道沿いの本屋でもやっただろ。俺とぶつかったよな」

どうも見覚えがあると思っていた一人を指差すと、そいつは初めて怯えたように肩を縮めた。派手な年上の高校生である祐希は、三匹や井脇よりよほど気が退ける存在らしい。

どうした、と尋ねる清一に祐希は答えた。

「万引き見つかって逃げるところで、俺とぶつかったんだよ。盗った商品ぶち撒《ま》けてそのまま逃げてさ。追いかけてきた店員に俺が犯人と間違われて大変だったんだ」

「そんなチャラチャラした格好をしてるからだ」

やっぱり言われた、と祐希は中学生たち並みにふて腐れた。だから黙っていようと思ってたのに。

「本当なの!?」

母親にそれぞれ迫られ、中学生たちは貝になって俯いたが、それが肯定の返事でもある。

「市内の店に回覧を回したら井脇さんみたいにチェックしてる店もあるかもしれないね」

則夫の言葉に母親たちが更に竦み上がる。

「あの……どうにかお詫びをさせていただくというわけには……」

事を大きくしたくない、という希望を滲ませた問いかけである。

「もちろん弁償はさせていただきます」

「いや、商品が戻ってきたのでそれはけっこうです。それより……」

井脇は思い決めた様子で母親たちを見つめた。

「春休みが終わるまで、お子さんたちにうちの店を手伝っていただきたいのですが」

井脇の申し出に、母親たちは一様に怪訝な顔をした。子供の側も同じくである。

「社会勉強の一環として、書店の仕事を知っていただきたいんです。そうしたら警察に訴えることはしません」

最後に付け足された条件が絶対的だった。中学生たちの意向などほったらかしで、母親たちが「そんなことでよろしかったら」と我先に頷いた。

了解を取り付けてから井脇が三匹を振り返る。

「申し訳ないが、彼らが働いている間、立花さんたちに監督をしていただけませんか」

三匹が断るはずもない。

中学生たちは翌日の朝からさっそく『ブックスいわき』を手伝うことになった。

春休みはもう四日しか残っていなかったが、中学生たちは毎日母親に付き添われて弁当持ちで『ブックスいわき』に通ってきた。上がる時間にも母親が迎えに来て、平謝りで引き取っていく。

井脇がどういうつもりで彼らに店を手伝わせているのか興味があったので、祐希も暇を見ては『ブックスいわき』を覗いた。

中学生はいつもふて腐れてはいたが、それぞれに一人ずつ監督がついているので、手を抜くわけにもいかない。しかも監督しているのが一筋縄ではいかない三匹だ。むっつりと、しかし黙々と働いていた。

祐希からすると、懲りているようにはとても見えない。警察沙汰にしないという免責のために渋々働いているのが見え見えだった。

「やっぱり警察に連れてったほうがよかったんじゃね？」

祐希は何度かそう言ったが、清一は「井脇さんの決めたことだ」と取り合わなかった。

そして最終日——母親たちが迎えにくる三十分ほど前に、井脇は「上がっていいよ」と仕事をやめさせた。

「帰り支度をしたら応接においで」

応接は狭いので、三匹と祐希は廊下で様子を窺うことになった。中学生たちが居心地悪そうに椅子に座る。空いた最後の一つに井脇も座った。

「これ」

言いつつ一人ずつに配ったのは茶封筒である。

「四日分のバイト代な。うちは時給七百円だからそれで計算してある。一日五時間だったから一万四千円だ」

その言葉に、祐希は廊下で目をひん剝いた。「なんで……！」警察に突き出すのを勘弁した挙句、バイト代まで出すなんて。泥棒に追い銭とは正にこのことだ。

バカじゃねーの何考えてんの、と口パクで三匹に訴えるが、清一に「黙ってろ」と睨まれて渋々黙り込む。

そして封筒を受け取った中学生もむしろ不審そうな顔をしている。

「その代わり、そのバイト代の内訳を聞いてもらおうか」

井脇が手元に用意してあった帳簿を開いた。

「うちの先月の売上げが八百万だ」

けっこう稼いでるじゃん、と祐希が思ったちょうどそのタイミングで井脇が続けた。

「けっこう儲けてるじゃないかと思うだろう？」

ハイそのとおりです、と祐希は思わず肩を縮めた。

「けど、この売上げから仕入れの代金を引くと百六十万だ。ここから更に諸経費を引く。経費っていうのは店を続けるのに必要なお金のことだ」

中学生にはまだ具体的な費用が思い描けないらしい。井脇は要領を得ない彼らの表情を見て、メモに内容を書きつけはじめた。

「まず、この店の家賃がかかる。家賃の相場は大体売上げの五、六%だが、この店は三十五万。相場よりちょっぴり安い」

　160万－35万＝125万。

「おじさんと奥さんの給料と、バイトさん四人の人件費が合わせて九十万」

　125万－90万＝35万。

「これに水道光熱費が五万、通信費が五万、レジやエアコンのリース料が六万」

　35万－5万－5万－6万＝19万。

　井脇は計算したメモを中学生たちのほうに向けた。

「八百万売っても店に利益として残るのはたったの十九万だ。そのうえ君たちみたいな万引きがいるから防犯グッズもいろいろ買わなきゃいけない。鏡を一枚増やすだけで四万もかかるんだ」

　中学生たちはさすがに居心地の悪そうな顔になって身じろぎした。

「これはこの前、君たちが盗ろうとした漫画だ」

　井脇が事務机の上に置いてあった漫画を手に取り、中学生たちに向けて裏を返した。

「税込み四百円。これを一冊売って、おじさんの店はいくら儲かると思う?」

　中学生たちが答えないのは、本当に見当がつかないのだろう。井脇も答えを引っ張るつもりはないらしく、あっさり答えを明かした。

「およそ八十八円だ」

「安っ！」

思わず声を上げたのは祐希である。やべっ、と肩をすくめたが、井脇が開けてあった入り口からこちらを見て頷いた。

「安いだろう？　たったの八十八円なんだ」

そして井脇は中学生たちの眼前に漫画の表紙を突きつけた。

「君たちがこれを一冊盗って、古本屋で買ってもらっていくらになる？　百円か？　二百円か？　おじさんはこの一冊の損害を埋めるために、同じ本を五冊売らなきゃいけないんだ」

押し殺した声で詰られ、中学生たちが初めて井脇に怯えた表情を見せた。

「君たちの今回のバイト代が、一万四千円。それはこの漫画を百六十冊売ったお金だ。それをよく覚えておきなさい」

誰も一言も発しない。井脇の剝いた目はまるで泣いた後のように充血していた。

中学生はバイト代の入った茶封筒を握りしめて、まるで何かの負債を受け取ったかのように顔色を青くしていた。

＊

そして新学期が始まった。

早苗と学校の帰りに寄ったハンバーガーショップでシェイクを飲みながら、祐希は何気なく切り出した。

「進路の話だけどさぁ」

早苗が弾かれたように顔を上げた。黒目がちな瞳の中に期待と不安が等分に躍っている。

「俺も市立の商科大に行こうかなって」

早苗の目元がふわりとほどけた。そしてちょっぴり涙のフリルが瞼に滲む。

「春休みに入る前、答えてくれなかったから……もしかして県外行くのかなって」

「うん。あのときは決まってなかったんだけど、もう決めたから」

早苗と一緒にいたいというだけで志望校を同じにするなんて、何よりも早苗に対して浮ついているようで言い出せなかった。

だが、早苗のことだけじゃなく、地元に残っていたい理由は見つかった。

もし進学で県外に出て、そのままそこで就職したら、清一と暮らすのは今が最後になる。他の二匹のおっさんとも疎遠になるだろう。いつか地元に戻ることがあるとしても、そのときは清一は今ほど元気ではなくなっている。

今はまだ清一と同じ家に暮らしていたい。万引きの中学生を捕まえたいと言った井脇に損得抜きで付き合い、逃げようとした中学生を一喝で従わせた清一の胆力と真っ当さを家族の距離で見ていたい。

教えを受けていたい、なんて言ったら口が曲がるが、要するに自分はそう思っているのだ。

ちょっと手伝ってくれ、と頼まれたときに「おう」と腰を上げられる位置にいたいのだ。

商科大は今の祐希にはほんの少し高望みの学校になる。だから『エレクトリック・ゾーン』のバイトも春休み限りで辞めた。店長は惜しんでくれたが、商科大を目指すのなら受験勉強に本腰を入れなくてはならない。

「まぁ、小遣い足りなくなったらちょっと入らせてもらうかもしれないけど」

おどけて言うと早苗もくすくす笑った。

「祐希くん、バイト好きだもんね」

「好きなんだよなぁ、金稼ぐの」

だから商科大という選択は意外と自分の志向にも合っているかもしれない。

「帰り、参考書買いたいから本屋さん付き合って」

ちょうどシェイクを飲み終わったタイミングでの早苗の頼みに、祐希は腰を上げた。

「国道沿い？」

「うん」

「今日は万引きに間違えられなくて済むかな」

先日の中学生は、井脇の渡したバイト代と引き替えに何か思うところがあったと信じたい。

「また間違えたりしたら今度は蹴飛ばしてやるんだから」

早苗は重量級の店員にまだおかんむりらしい。

そのとき買うのが棚上げになっていた生物の参考書を祐希が選び、祐希のほうも苦手な古文の参考書を早苗に選んでもらった。

「よう、店長」

重雄は月初めの恒例行事のように『ブックスいわき』に立ち寄った。いつもながらのすだれ頭が出迎える。

「いらっしゃい、立花さん。置いてあるよ」

取り置き棚から今月号の『将棋界』が出てくる。

「そういえばさ」

会計をしながら井脇が何気ない口調で切り出した。

「こないだ、あのときの子の一人がうちに来てね」

「へえ?」

一体何をしに来たのかと釣り込まれた重雄に井脇は続けた。

「うちで漫画を買って帰ったよ。——一万四千円分」

「……へえ」

にやけた重雄の前で、井脇は『将棋界』を袋に入れながら破顔した。

まるで泣き出す寸前のような笑みだった。

第三話

＊

「どうしたの、有村《ありむら》さん」

担任に問いかけられて、早苗《さなえ》は机の上に目を落とした。

放課後の進路指導室に呼び出しを食ったのは初めてである。理由はゴールデンウィーク明けの模擬試験だ。

「随分成績が下がったわよ。春休み、勉強に身が入らなかった？」

「そんなことは……」

春休みには祐希《ゆうき》が通っている予備校の集中講座にも通い、苦手科目だった生物もかなり克服できた手応えがあった。

その手応えを発揮できなかったのは完全に個人的な事情である。

「ちょっと……集中できなくて」

「商科大を目指すんでしょう？　次はもうちょっと頑張らないと」

はい、と答えた声はまるで蚊が鳴いているようだった。

「まあ、多分あなたならすぐに調子が戻ると思うけど」

今までの積み重ねが効いているのか、比較的短い時間でお説教からは解放された。しかし、進路指導室を出てからも早苗の足取りは重かった。

帰りに祐希と待ち合わせをしていたが、いつもの時間より少し遅れてしまった。スーパーの休憩コーナーで、祐希は先に待っていた。何やら携帯をいじっていたが、早苗が近づくとすぐに気づいた。

「あ、来た」

言いつつ携帯を畳む。

「今、メール送ろうと思ってたとこ。どうしたの？」

どうしたの、と訊かれて少しカチンときた。遅れたとはいっても十五分かそこらだ。メールを打たれるほどのことではない。

「また帰りがけに先生に捕まっちゃった？」

「捕まっちゃったってどういう意味？」

軽く食ってかかるような口調になり、祐希が驚いたように目をしばたたいた。

「……いや、帰りがけに手伝いとかでよく捕まってるじゃん。またかなって」

あっ、と居心地の悪さが背筋を駆け抜けた。進路指導室に呼び出された直後だったので勝手に揶揄《やゆ》されたように感じてしまった。

そして突っかかってしまった後ろめたさの差し引きで正直に遅れた理由を話してしまう。

「ちょっと……進路のことで呼び出されて。模試の成績が落ちたから」

そっか、と祐希はぽりぽり頭を掻いた。

「でも大丈夫だよ、ちょっと調子悪かっただけだろ？　早苗ちゃんならすぐ取り返せるって」

祐希としては励ましの言葉のつもりだっただろう。だが、それが甚《はなは》だしく気に障った。

「……そういうこと言わないで」

あなたならすぐに調子が戻ると思うけど。

早苗ちゃんならすぐ取り返せるって。――そんなこと、勝手に決めつけないでよ。

すぐ大丈夫になるって押しつけないで。

「分かんないじゃない、そんなの。いつ調子が戻るかなんて」

自分がハリネズミになっているのが分かる。体中にトゲが立っている。でも止まらない。

え、だって、と祐希がいよいよ戸惑ったように怪訝《けげん》な顔をする。

「調子戻るの難しいかもなって、励ましとしてそもそもおかしいじゃん。それに調子戻んないと困るだろ」

「分かってるよ、そんなこと！」

癇癪《かんしゃく》を起こしたように大きな声が出て、自分でその声の大きさに引っぱたかれた。

祐希も声の向こう側で引っぱたかれたような顔をしている。その表情にまた引っぱたかれる。

物も言わずに、――踵《きびす》を返して逃げ出していた。

「ちょっ、早苗ちゃん！」

手首を摑まれて後ろに引っ張られるように行き足が止まる。

「離してっ！」

叫んで思い切り振りほどく。——ほどけた。走って逃げる。

後ろを振り向く勇気はない。

「なあっ！　——俺、何かしたぁ⁉」

責めるような、それでいて途方に暮れたような声が背中を打つ。

何にもしてないよ。分かり切ったこと訊かないでよ。

ハリネズミのままの心が八つ当たりのように祐希を詰《なじ》った。


家に帰ると車庫に則夫《のりお》の軽トラがなかった。配達らしい。

買い物をしないで帰ってきてしまったので、夕飯をどうしようかなと冷蔵庫を検分しながらしばらく悩む。豚肉が残っているから適当に野菜炒めでも——ショウガが切れているから味が締まらないかもしれないけど、まあいいか。

すると携帯にメールが届いた。祐希だ。

怒ってるかな、と内心びくびくしながらメールを開く。

『何か嫌なこととかあった？　急に怒らないでちゃんと説明してよ』

怒っているのと戸惑っているのと心配しているのと、分かりやすく三つ混ざっている。でも、心配が一番多い。

返信のメールにごめんと打って、そこで止まった。続かない。

そこへ玄関のチャイムが鳴った。とっさに気持ちが曇る。

あの人じゃなければいいな、と思いながら出ると、やっぱり当の本人だ。

「こんにちは、早苗ちゃん」

にこにこ笑っている年配の婦人に早苗も会釈を返した。

「――こんにちは、満佐子《まさこ》さん」

本当は山野《やまの》さんと苗字で呼びたいが、満佐子さんと呼んでほしいと本人が言っている。

「よかったわ、早苗ちゃんがもう帰ってて。則夫さんがお留守みたいだから」

そして満佐子は手提げの中からレジ袋に入ったタッパーを出した。

「これ、お裾分け。鯖《さば》の味噌煮なの、晩ごはんにどうぞ」

「ありがとうございます。今日、お買い物するの忘れちゃったから助かりました」

あら、と満佐子が朗らかに笑う。

「お助け隊になれてよかったわ」

「はい」

何であたし、こんな愛想よくしてるんだろう。――祐希くんには当たっておいて。

「ちょっとお疲れ？」

満佐子が案じるように小首を傾げる。

「いえ、別に……」

そう、と満佐子は微笑んだ。心配をやんわり押しのけるとそれ以上は重ねてこない。満佐子はとても品が良くて気遣いのできる人だ。

気持ちを隔ててしまう自分のほうがひねくれている。

「則夫さんにもよろしくね。それじゃ」

「あっ……」

帰ろうとした満佐子をとっさに引き止める。

「あの、前のお裾分けのときのタッパー……」

もう洗ってあるので取りに行こうとしたら、「いいのよ」と引き止められた。

「また次のときで」

「でも」

「オバチャンの家には、タッパーが無駄にたくさんあるものなのよ。ちょっと貸し出してあるくらいのほうがお台所がすっきりして助かるの」

いたずらっぽくそう笑い、満佐子は最後まで感じのいいまま帰っていった。

鯖の味噌煮は、煮汁を指先につけて味を見るとショウガがぴりっと決まってとてもお見事な仕上がりだった。

ショウガがないから味が締まらないかもしれないけどいいや——と野菜炒めを作ろうとしていた手抜きを責められているようだ。

「いい人だなぁ……」

投げやりな呟きが漏れる。——いい人すぎて、

「息が詰まりそう」

ちゃぶ台の上に置いていた携帯を手に取る。ごめん、の一言で止まった書きかけのメールを眺め、結局続きは書かないままで閉じた。

＊

軽トラを車庫に入れて家に上がると、エンジンの音で気がついたのか早苗がもう夕飯のお膳立てを始めていた。

「お、鯖味噌かい」

則夫が声をかけると、早苗はうんと頷いた。

「満佐子さんからお裾分け。夕方持ってきてくれて」

「そうかい」

作業服の上着をハンガーにかけ、お膳の前に腰を下ろす。

「タイミング悪かったね、お父さん」

からかうように早苗が笑う。

「うん、まあ、向こうさんに悪かったかな。わざわざ来てくれたのに」

お膳が整うのを待ってから夕飯を食べはじめる。早苗はさっそく鯖の味噌煮に箸をつけた。

「おいしい。お料理上手だよね、満佐子さん」

自分から先には手を付けかねていたが、屈託なく誉める早苗の様子に則夫も鯖の身を割った。

「うん、旨いねぇ」

「ねー」

早苗がはしゃいだ様子で相槌を打つので言い出し損ねた。確かに旨い。だが、則夫にとっては早苗の作るもののほうが落ち着く味だ。早苗のほうが少し味噌の合わせを甘くしてある。

「お裾分け、半分に切ったのも入っててね。あたしのお弁当用みたい。すごく細かく気がつく人だよねー」

満佐子が家にやってくるようになって、早苗からは満佐子を誉める言葉しか出てこない。早苗だってもう子供じゃないんだから。兄さんはちょっと考えすぎなのよ。

妹の小言が耳に蘇る。——確かにそのとおりかもしれないな、という考えが頭をよぎった。

最初に後添いの話があったのは早苗が小学校三年生の頃だ。当時の早苗は則夫の見合い相手にどうしても懐かなかったが、今の早苗は高校三年生だ。あまり子供扱いしたものでもないのかもしれない。

確かにちょっと楽しい人だしなぁ、と満佐子と出会ったいきさつを思い出し、則夫は小さく吹き出した。

＊

「もういいだけ年寄りなんだから」

妹の幹代《みきよ》が再婚話を持ってくるときの口癖は昔は「もう若くないんだから」だったものだが、いつの頃からか遠慮会釈なく年寄り呼ばわりに変わった。

「年寄りっていうならお前だって年寄りだろう」

幹代とは二つしか年が変わらない。

「連れ合いがいるといないとじゃ同じ年寄りでも安心感が違うのよ。こんなジーサンに見合いの口があるなんてありがたい話じゃないの、滅多にあるチャンスじゃないんだから今度ばかりは絶対に会ってもらいますよ」

「いや、しかし今さら再婚なんて言ってもなぁ。早苗もいることだし……」

家の中に今さら他人が同居するのは気が重いだろう、というのが今までの断り口上だったが、幹代は「何言ってんの」と一蹴した。

「今からはむしろ兄さんが早苗の重荷ですよ」

ずけずけとした幹代の物言いには慣れているつもりだったが、そのときは不意打ちで横っ面を張られたような気持ちになった。

「進学だって兄さんのことが心配で地元の大学にしたっていうじゃないの。これから先、就職や結婚だってあるのに、いつまでも兄さんが一人だったら早苗も心配で家を離れられないわよ。あの子は優しい子だから」

就職はともかく結婚なんかまだまだとんでもない——ということにしておきたいが、これも口に出したら情け容赦ない二の矢を食らいそうなのでやはり沈黙は金なりだ。

「若い身空で男やもめの父親を背負わなきゃならないなんて、あんまり不憫《ふびん》じゃないの。還暦も過ぎて、いつ体が利かなくなってもおかしくないんだし。あたしにとっても早苗はかわいい姪っ子ですからね、ちゃんと人並みに幸せになってもらいたいんですよ」

それに、と幹代は身を乗り出した。

「先方が、ぜひ兄さんとお会いしたいって仰ってるのよ。年齢的な釣り合いもぴったりだし、向こうさんも長いこと独りだそうだし、お人柄も暮らしぶりも申し分ない方だそうよ。こんなちんちくりんのジーサン相手に願ってもない話じゃないの」

仮にも兄貴を摑まえてちんちくりん呼ばわりとは随分だが、幹代に口で張り合うと軽く三倍になって返ってくるので逆らわないことにしている。

何しろ、幹代がこちらを案じてくれていることだけは、全く疑いの余地がないのだ。たとえ選ぶ言葉がどれだけぞんざいだとしても。

確かに幹代の言うことは道理である。高校生の父親として則夫はかなり高齢だ。早苗の年頃で親の老いと向き合わねばならないのは、同世代の子供たちと比べて重荷だろう。しかも片親で、上に兄姉がいるわけでもない。

早苗はたった一人でこれから老いていく父親を引き受けねばならないのだ。

今からはむしろ兄さんが早苗の重荷ですよ。

幹代の無遠慮な言いようが肩に重くのしかかる。確かに連れ合いがいれば早苗の負担は少しは軽くなるだろう。

亡くなった妻のことは、さすがにもう折り合いがついている。しかし、それでも再婚するということになると、今までの生活を根底から変えることになるのでなかなか決心がつかない。いずれ老いて体が利かなくなってくるとしても、今はまだまだ元気だ。娘と二人暮らしで何の不満もない。それなのに今すぐ今までを変えようという積極的な意欲はなかなか湧かない。

そこへ幹代は絶好球を投げてきた。

「早苗も賛成してるわよ、そのほうが安心できるって」

ああそうか、と拍子抜けした。

もしかしたら背負う早苗のほうが将来のことは切実に考えているのかもしれない。

早苗が嫌じゃないのなら、と理由は甚だ消極的だったが、ともあれ先方と会うことを決めた。


日取りは三月の終わりになった。

場所は市内の老舗ホテルのティールームである。老いらくの見合い場所として肩肘張らない程度にきちんとしたところを、という世話人の配慮だろう。もっとも、則夫にとっては去年の秋、早苗のクラスメイトの窮地を救った記憶のほうが色濃い。

あのときは動きやすさと小道具の隠し場所にこだわった服装だったが、今日は早苗の見立てでこざっぱりしたジャケットである。

「がんばってね」と送り出された心境は少々複雑だ。則夫の再婚話を泣いて嫌がった子供の頃のことを思い出し、一抹の寂しさが心をかすめる。

山野満佐子という先方の女性は、品の良いツーピースを着ていた。付き添いの世話人は在住の町の町会長らしい。こちらの介添は問答無用で幹代だ。

「満佐子さんはお華の先生もされておられて……」

「まあ、そうなんですか。風流でよろしいですわねぇ。うちの兄は機械をいじるしか能がなくて、もう……話してみてがっかりなんてことにならなきゃいいんですけど」

本人そっちのけで付き添い同士が盛り上がり、「じゃあそろそろ」とお約束の間合いである。若い人同士で、とはとても言えない年代なのでそこはごにょごにょごまかしつつ、

「兄さん、しっかりね」

幹代は潜めたつもりでまったく潜めていない小声の激励を残して去った。

「すみません、粗忽な妹で……」

頭を掻き掻き詫びると、満佐子はころころ笑った。

「いいえ、お話がとってもお上手で楽しゅうございました」

幹代の話によると、先方から名指しのあった見合いだという。しかし世話人は名指しの理由は語らず去った。

一体どこでこちらのことを知ったのかは気にかかるところである。自分のほうは相手の情報を知らないのに相手は自分のことを知っている、という状態は則夫にとっては据わりが悪い。

どこか客先で会ったかな、と記憶をさらうが、やはり心当たりはない。ここは直球で尋ねてみるか、と切り出すタイミングを窺うが——

「高校生の娘さんがいらっしゃるそうですね。とってもいいお嬢さんだと伺ってます」

満佐子の投げた話題は則夫にとっておざなりに済ますわけにいかない種類のものだった。

「いやもう、おかげさまで……」

自制を振り切って勝手に頬が緩む。

「男手一つで不自由な思いもたくさんさせてしまいましたが、いい子に育ってくれました。私が言うのも何ですが、気立てがよくて働き者でねぇ……」

「おうちのお手伝いもよくなさるとか」

「そうなんですよ。母親がいないからやらざるを得なかったところもあるとは思いますが、嫌な顔ひとつせずに小さい頃からよく手伝ってくれました。あんまり聞き分けがよくて、不憫になってしまうこともあったくらいで」

よその家ではまだまだ母親が甘やかしてくれるような小さい頃から、早苗は有村家の小さな主婦だった。友達と遊んでいる途中で「洗濯物を取り込まなきゃいけないから」と帰るようなこともしょっちゅうだったらしい。

あまり家のことを心配しないでいいんだよ、と言ったことがある。同年代の子供がのびのび遊んでいる中、一人だけ家の手伝いを気にかけている早苗は、親の目からするとやはり無理をさせてしまっているように思われた。

よその家と違って子供の身分で忙しいことに嫌気が差していないだろうかと心配でもあった。

「けどねぇ」

話しながら鼻の奥がツンとする。

「早苗は『うちはこれが普通でしょ』って」

二人しかいないんだから、わたしが何もしなかったらお父さんだけ大変でしょ。まるで子供を諭《さと》すかのような口調で早苗はそう言ったものである。

その頃のおしゃまな面影を残しつつ、早くも今年は大学受験を迎える年だ。そろそろ幹代が言うように早苗を身軽にしてやらなくてはならないのかもしれない。

「何不自由なく育ててやりたいんですが、どうしたって行き届かないことがありますからねぇ……」

高校三年生に進級しても、早苗はやっぱり家のことを切り盛りしながら受験勉強をしている。気がつくと、満佐子が目を細めてこちらの話を聞いていた。

「すみません、こっちのことばかり」

「いいえ」

満佐子はにこりと笑って首を横に振った。

「ぜひ早苗さんとも仲良くできたらと思います。この年になると若いお嬢さんと知り合うようなことも滅多にないですから」

見合いの最初で早苗のことを気にしてくれる人なら大丈夫かもしれないな――と、気持ちが少し前向きになった。

「そちらのほうはご家族は」

自分のこと（というよりは早苗のこと）ばかりまくし立ててしまったので、満佐子のほうにも水を向ける。

「私のほうは離婚になりますねぇ。若い頃に我慢が利かなくって」

満佐子はそう言って恥ずかしそうに笑った。

「外に女の人を作られてしまいまして……どうせ最後は妻のところに帰ってくるんだしどーんと大きく構えて待っていりゃいいんだ、と周りに諭されたんですけど。どうにも許せなくって家を飛び出してしまいました」

則夫の生活圏内ではとんと縁がないような生々しい話なので、ははぁと頷くしかない。

「それは大変だったでしょうねぇ」

今なら離婚も大して珍しい話ではないが、当時はそれなりに風当たりも強かっただろう。

「でも、子供がおりませんでしたから、けっこう気楽にやれましたよ。子供に恵まれなかったから別れた夫も物足りなかったのかもしれませんけど」

「いやいや、そんなことは言い訳になりませんん」

則夫は思わず身を乗り出した。

「子供は授かり物ですから。そんなことの言い訳にしちゃいけません」

なかなか子供に恵まれなかったという点では則夫も他人事ではない話である。

早苗に恵まれた幸せは筆舌に尽くしがたいが、早苗に恵まれなかったとしてもそんな理由で妻を裏切るなど考えられない。

もし、万が一にも早苗が将来そんな理由で夫に浮気などされようものなら――と考えただけでも頭に血が昇った。

早苗の亭主だろうが一cm角の細切れにして下水に流してやるからな、と未だ見ぬ娘婿を想像の中で締め上げる。と、締め上げた相手は「勝手な前提作って勝手にキレんなよ、おっさん！」と想像の中で突っ込み返してきた。

馴染みのある小生意気な物言いに、お前にやるなんて一言も言ってないぞ、と更に突っ込む。とんでもない、百年早い。

「――とにかく、とんでもないことですよ」

憤然と腕を組むと、満佐子が「やっぱり」とにこにこ笑った。

「ああいうことをなさっているだけあって、筋がきちんと通っていらっしゃいますのねえ。私が思っていたとおりの方でした」

――ん？　と話の脈絡に首を傾げる。

ああいうことをなさっているだけあって――というのは、何だ？

「お分かりにならなくっても仕方ありませんよ。私はあのとき、眉毛も描いていませんでしたから」

そして満佐子は恥ずかしそうに鞄から何やらカードを一枚取り出した。運転免許だ。

「それもほとんど素顔のまま写真を撮ってしまいまして」

免許証の写真と目の前の満佐子は則夫の目にはまったくの別人としか思われない。

女は眉毛があるとないとでこんなに顔が変わるのか、と呆気に取られる。――そして、眉毛のないその顔だったら確かに覚えがあった。

「あなたは……！」

はい、と満佐子はにっこり笑った。

「その節は危ないところをありがとうございました」

しばらく口をぱくぱくさせて、則夫はようやく二の句を継いだが――

「……お化粧が、たいへんお上手で」

幹代がいたら張り倒されそうな不調法な台詞がようようだった。

満佐子も「おかげさまで」と微笑む。

「若い頃から塗るのはかなり」

塗っていない満佐子に会ったのは、まだ寒の厳しい夜半のことだった。

夜回りのルートはそのときどきで気まぐれに変えている。

その日はいつも回っていない町内へ足を向けてみた。古いがしっかりした造りの一戸建てが建ち並ぶ界隈である。

通りから死角になる路地を覗きながら則夫がひょいひょい歩いていると、夜闇の中にむくりと動いた影があった。――その人目を憚《はばか》る動きが逆に不穏な引っかかりを生んでいる。

則夫は何気なく物陰に立ち止まり、影の動いた辺りを見張った。むくりむくりと動く影は、二つある。どうやら二人組で手頃な家を物色しているらしい。

一人ではちょっと手に余るかな、と一度壁の後ろに隠れて清一と重雄にメールを打つ。携帯のバックライトは、こっそり使っているつもりでも遠目に目立つので、遮蔽物《しゃへいぶつ》がないと向こうから分かってしまう。

二人とも、それほど遠くない地区を回っている。程なく着くと思われたが、――先に状況のほうが動いた。

二人組は角地の戸建てに狙いを定めたらしい。庭の植え込みをガサゴソやりはじめた。

「こりゃいかん」

物音を立てているのはわざとだ。住人が起きてくるかどうか試している。――そして、件《くだん》の家は静まり返ったままだった。ここで屋内の電気でも点けばサッと退散するのだろうが、留守なのか眠りが深いのか。

則夫は路地に足を踏み込んだ。わざとスタスタ歩いて足音を響かせる。二人組は一瞬静かになったが、則夫が行きすぎるとまた――今度は物音を潜めて狙いを定めた家の庭に入り込もうとしている様子である。則夫も足音を忍ばせて近くに戻った。二人組が割って入った植え込みの外にそっと隠れる。

二人組は窓ガラスの鍵のラッチ部分にガムテープを貼っている気配だ。ガラスが飛び散るのと破砕音を抑える古典的な手段である。

持ち歩いているスタンガンは二丁。出力を調整して両手に構える。

「おい」

声をかけると二人がびくっとこちらを振り向いた。

「何をなさっているところかね」

チッと低い舌打ちの音が響いた。そのまま二人ともこちらへ飛び出してくる。小柄なジジイと見て突き飛ばして逃げるつもりか。

そうは行くかね。

則夫は迎え撃つように先に飛び出してきた男に右手を繰り出した。暗闇に青い雷光が弾け、男が物も言わずに路上にぶっ倒れる。そのままぴくりとも動かない。

ぎょっとしてたたらを踏んだ二人目に、今度は則夫のほうから踏み込んだ。

残った左手を一閃。――やはり物も言わずに昏倒。

そのとき、ようやく屋内で明かりが点いた。さすがにこの立ち回りで気づいたらしい。ガムテープが格子に貼られた窓ガラスのカーテンが開く。

表を覗いたのは頭にカーラーをくっつけた初老の婦人だ。顔がのっぺりして見えるのは血の気が引いているらしい。

則夫も庭に踏み込んでしまったタイミングだったので、窓越しの婦人に「どうも」と手振りで挨拶する。

「不審な者じゃありません」

言いつつあまりの説得力のなさに自分で苦笑する。婦人は恐る恐るの様子で窓を開けた。

「あの……一体何が」

「二人組の男がお宅に侵入しようとしているところに通りがかりまして……」

言いつつ庭の中に倒れた男と植え込みの外を顎で示す。

「行きがかりましたんで、ちょっと退治《たいじ》ておきました」

あらまあ、と婦人はぽかんと口を開いている。

「……どうしたらよろしいんでしょう、これ」

途方に暮れたような婦人に訊かれ、則夫も「そうですねぇ」と頭を掻いた。

「しばらく昏倒してると思いますから、警察をお呼びになってはいかがでしょうか」

「はあ」

そこへ路上を走ってくる足音が二人分駆けつけた。びくっと縮み上がる婦人に「大丈夫です」と声をかける。果たして現れたのは清一と重雄である。

「何だ、もう片付けちまったのかよ」

重雄は到着一番不平である。

「意外とおめぇは気が短ぇよなぁ」

「思ったより早くこいつらが動いちゃったんだよ」

清一が倒れた男の前に膝を突く。

「一応縛っておいたほうがいいだろうな」

言いつつこちらへ手を差し出すので、則夫は上着からビニール紐を二括り取り出して渡した。

清一と重雄が一人ずつ引き受けて男たちを縛り上げる。

「あのぅ、警察を呼びますけど……」

婦人が家の中から声をかけた。

「立ち会っていただくというわけには……」

「いやいや、それは困ります」

則夫は慌てて手を振った。

「警察沙汰になるとちょっとこちらも困ることがありまして」

スタンガンで仕留めたなどと知れたら、則夫も所持品検査は免れない。そして検査されたら都合が悪いものをいろいろ持ち歩いているのは則夫の基本スタイルである。

「通りすがった散歩中のおっさんたちが取り押さえてくれたとでも言ってもらえたら」

婦人ものっぺりした顔のままこくこく頷く。

「それじゃ私どもはこれで」

挨拶を残して則夫が庭を出ようとすると、「あの」と物問いたげな声が追いすがった。

「あなたがたは一体……」

こういうときは何と答えたものか。

「名乗るほどの者じゃございません」

やはりお約束が口を衝《つ》いて出る。重雄がちぇっと舌打ちをしたのは、自分がそういう決まり文句を言ってみたいのだろう。夜回りの言い出しっぺは重雄だが今までそういう口上を決める機会には恵まれたことがない。

「この界隈を回っている地域限定の正義の味方です」

清一がぷぷっと吹き出す。

婦人の家を引き払うと、さっそく重雄がぶうたれた。

「ずりィぞ、お前ばっかり」

まあまあ、と清一が執り成す。

「賊を退治したのは文句なしにノリだ、決め台詞くらいは役得だろう」

その晩はそのまま夜回りを引き揚げることになった。先程の家にはすぐに警察が駆けつけるだろうし、界隈のパトロールも強化されるだろう。おっさん三匹の夜歩きを見咎《みとが》められるのは、今後の自由な活動においてあまり愉快なことではなかった。


日頃あまり歩かない界隈だし、そのとき限りの縁だと思っていたのだが——

「本当かよ、そいつぁ」

重雄がドングリ眼《まなこ》をさらにまん丸くして座敷のテーブルに身を乗り出した。『酔いどれ鯨』のいつもの指定席だ。見合いが終わったその日の晩に、夜回りの約束はなかったが「ちょっと寄ってもいいか」と訪ねた。

「よもやこういうことになろうとはなぁ……」

清一も驚きを隠せない様子だ。

満佐子のほうは、夜中に現れて勝手に賊を退治て去った小さいおっさんの印象が強く残っていたらしい。

何とかもう一度お会いしてお礼を申し上げられないかと思っておりましたのよ。——満佐子はにこにこと笑いながらそう言った。

一体どうやってこちらのことをお調べになったんですか？　則夫はやや警戒しながら尋ねた。手がかりになるものは残していない。素性が知れた経路は気になる。

シミズ医療器。ご存じでしょう？

満佐子が挙げたのは市内の医療器メーカーである。新製品の電機部品の試作などで有村電業と取り引きがある会社だ。

あそこに配達に来ていらっしゃるのをたまたまお見かけしましたもので……会社の人に素性をお尋ねしましたの。

満佐子はシミズ医療器の近くのカルチャースクールでフラワーアレンジメントを教えており、その行き帰りで則夫を見かけたらしい。

以前親切にしていただいた人で、お礼を言いたいからと申し上げたら有村さんの会社の連絡先を教えてくださって。うちの町会長さんはお顔が広いので、どうにか紹介していただけないかと持ちかけましたら、とんとん拍子で幹代さんまで繋がって……

その時点では先日の礼を伝えたいというだけのことだったらしいが、則夫が妻に先立たれて娘と二人暮らしだったため、町会長と幹代が「それならぜひ見合いを」という方向に盛り上がったらしい。先方がぜひにと希望している、という幹代の話には若干の誇張があった模様だ。

「私、離婚してからこっち、結婚なんかもうこりごりだと思ってここまで来ましたけれど……有村さんだったら考えてみたいと初めて思ったんですのよ」

それはまたどうして、と尋ねると、満佐子は「だって」とうっとりした表情になった。

「人知れず正義の味方を営んでおられるような高潔な方ですもの。きっと別れた元の夫のような不実な人じゃあるまいと思いまして。老後をそういう誠実な方と過ごしていけるなら安らかな毎日を送れそうじゃありませんか」

そして慌てたように顔の前で手を小さく振り、「もし有村さんがお嫌じゃなければの話ですけどね」と言い添えた。

冗談混じりに名乗った「正義の味方」がえらいおまけを連れてきた形である。

「しかし、なかなかどうして年配のご婦人とは思われない行動力だなぁ」

清一が感心したように唸る。

「何言ってんだ、芳江《よしえ》ちゃんだって大概のもんじゃねえか」

重雄がからかうと、清一がむぅと黙り込んだ。皮肉屋の芳江とのどかな満佐子では人となりこそ違えど、行動力や押しの強さには確かに似通ったものがある。

見かけと裏腹な実行力があってこそ、離婚しても一人でしっかりやってこられたのかもしれない。

もっとも、満佐子自身は再会の経緯を「運命」だと語った。

だってお名前も聞かずにお別れしたのに、たまたまお仕事中の有村さんに再会するなんて！しかもお互い独り身だったなんて、とっても運命的じゃありません？

まるで夢見る少女のようなことを真顔で言った満佐子は、思い込みはかなり激しいらしい。

「そんでおめぇ、どうするつもりだよ、その……見合いはよ」

こういうことに野次馬のこらえ性がないのは重雄である。

「なかなかおもしろいおばさんみてぇだが、おめぇの気持ちとしてはよ」

「早苗ちゃんの気持ちもあるしな」

口を挟んだ清一に、重雄も「ああ、むしろそっちが先か」と腕組みをした。

「早苗は賛成してるらしいんだよ」

言いつつ心にやや寂しい風が吹く。

「妹にも諭されてね。これから独りのままじゃ俺が早苗の重荷になるばっかりだって」

清一と重雄が鼻白んだ顔になる。

「おめぇの妹は昔っからよぉ……こう……」

重雄の言わんとするところはよく分かる。ずけずけ遠慮のない物言いは子供の頃からずっとそのままだ。

「まあ……確かに、早苗ちゃんとしてもお前のことは心配だろうしな」

執り成すように言った清一に、則夫もうんと頷いた。

「今日の見合いも小綺麗な服を選んでくれてね。頑張ってって送り出してくれたよ」

「早苗ちゃんが賛成してるんだったら、後はそれこそおめぇの気持ち次第だな。向こうは乗り気なんだから」

　そして悪友二人の顔がほころぶ。清一がちびりとぬる燗をすすって呟いた。

「いい縁があるんだったら……なぁ」

「俺たちとしても安心だよな」

　いい縁になるかどうかは相手もあることなので分からないが、友人たちの素朴な祝福は素直にありがたかった。

「亡くなったかみさんも安心してくれるんじゃねえか？」

　何の気なしだろうが重雄はこういうときに背中を押すのが上手い。さすがに長いこと客商売をしているだけはある。

「まあ、ぼちぼち会ったりさせてもらうよ。向こうさんも途中で気が変わるかもしれないし」

　若い者の見合いと違って性急に結論を出さなければならないわけでもない。

　まずは茶飲み友達程度の感覚で交流してみるのも年代にふさわしい付き合い方かもしれないな、と少し肩の力が抜けた。


　ところがのんびりさせてくれなかったのは周りのほうだ。

　則夫の返事は「ゆっくり交流させていただきたい」だったのだが、この返事に何よりもまず幹代が舞い上がった。

今までどんな再婚話を持ちかけてもまったく響かなかった則夫が初めて前向きな返事をした、ということで是が非でもこの縁談を推し進めなければとむやみにネジが巻かれた状態である。いい縁があるなら、とゆったり背中を押してくれた悪友たちとは随分な違いだ。

「早苗とも早いうちに顔合わせしておいたほうがいいわよ！　絶対！」

そう主張する幹代に寄り切られた形で、早苗の春休みが終わる頃に三人で顔合わせすることになった。

早苗は性急な展開と幹代の鼻息に戸惑っているようだったが、実際に会ってみると満佐子と話が弾んでいた。会ったのは例の老舗ホテルのレストランだ。

早苗は「懐かしいね」と則夫にくすりと笑った。やはり則夫と同じで引っ越していった潤子《じゅんこ》のことを思い出したらしい。

「外食なんて久しぶり、何食べようかな」

はしゃいだ様子でメニューを選ぶ早苗に、満佐子がにこにこ話しかけた。

「毎日おうちでご飯を作ってらっしゃるんですってね。いつからお台所に立たれてるの？」

「うーんと、……」

早苗が思い出すように天井に視線を漂わせる。

「一人で全部作るようになったのって、中学に上がる前くらいだっけ？」

訊かれて則夫も頷いた。

「そうだねぇ。でも、それまでも手伝いはずっとしてくれてたしな」

火の元や包丁が心配なので則夫が立ち会っていたものの、炊事の手際はもっと小さい頃から覚えていたはずだ。

「まあすごい、それじゃすっかりベテランね」

「いえ、そんな……」

早苗ははにかんだように笑った。満佐子の誉め言葉は満更でもなかったらしい。

「お料理、とってもお上手だって則夫さんや幹代さんに伺ったわ。どんなものを作るの？」

話題が料理に入っていくと則夫の出る幕はない。女性二人があれこれ献立の話で盛り上がる。

「毎日ちゃんと作って早苗ちゃんはまめなのねぇ。私なんか一人だから面倒くさくてついつい簡単に片付けちゃって」

満佐子が感心すると、早苗は慌てたように手を振った。

「でも、最近は手抜きが多いんです。受験だし、勉強が忙しくて……」

「あらっ」

満佐子がぱっと表情を明るくして身を乗り出した。

「それならぜひお手伝いさせてほしいわ！　お裾分けさせてもらったりしてもいい？」

「あ、でもご迷惑じゃ……」

「ううん、他人様のおかずを作れるなんて久しぶりで嬉しいわ。いつもは自分の分だけだから寂しくって」

嬉しそうな満佐子に早苗はまだ遠慮がちな様子だったが、則夫も口を添えた。

「せっかくだからお言葉に甘えたらどうだい、早苗」

受験の年なのに早苗に家のことを任せているのは、常から則夫も気にかかっていたところだ。自分が代われるところは代わろうと気にかけているが、料理は則夫にとってあまり得意でない分野なのでついつい手を出しかねている。早苗も「あたしが作ったほうがおいしいし」と台所を譲ろうとはしない。

「あ、じゃあ……」

早苗も頷き、それから満佐子はお裾分けを持って有村家を度々訪ねてくるようになった。

順調な付き合いに幹代が有頂天になったことは言うまでもない。

＊

「最近、勉強のほうはどうだい」

鯖の味噌煮をつつきながら尋ねると、早苗は「まあまあかな」と笑った。

「でも、満佐子さんの差し入れとか助かってるよ。このままだと、どんどんお料理しなくなりそうだけど」

いたずらっぽい口調に思わず眉が下がった。

「……それは残念だなぁ」

満佐子の助けで早苗の負担が減るのは嬉しいが、このまま早苗が料理を作ってくれなくなるのは寂しい。

するとと早苗が窺うような上目遣いで尋ねた。

「あたしがご飯作らなくなったら寂しい？」

「当たり前じゃないかね。お父さんは早苗の料理が一番好きだよ」

へへ、と早苗は嬉しそうに笑ったが、すぐにたしなめるような顔になる。

「でも、満佐子さんと再婚したら、満佐子さんの料理が一番って言わなきゃ駄目だよ。満佐子さんの味がうちの味になるんだから」

「交代で作ったらいいじゃないか」

「そりゃ、満佐子さんが作れないときは代わるけどさ」

言いつつ早苗が唇を尖らす。

「おうちにお母さんがいるならあたしだっていろいろ自由にしたいよ。せっかく大学生になるんだし」

そうかいと頷きながら鼻白む。当たり前の話だが、――やっぱり今までいろいろ窮屈だったんだろうなぁなどと考えて肩身が縮んだ。

「あたしだっていつかは結婚して家を出て行くんだし、ちゃんと子離れしてくれないと」

「分かってるさ、そんなこと。ちゃんとお父さんの眼鏡に適う男なら、喜んで送り出すとも。

――けど……」

ちらりと早苗の顔色を窺う。

「それはもっと先の話だろ？」

ぷっと早苗が吹き出す。

「そんな顔しても駄目！　大体、結婚話だったらお父さんのほうが先でしょ！」

そのとき、早苗の座布団のそばで携帯が鳴った。メロディーを聞いた早苗の顔が一瞬曇り、そのまま電源を切ってしまう。

「よかったのかい？」

則夫が訊くと早苗は「ちょっとね」などと相槌を打ちつつ携帯を自分の後ろに押しやった。

何かあったのかな、と則夫はその様子を窺った。

ワンフレーズ流れたメロディーには覚えがあった。

確か早苗はその曲を祐希からの着信に設定しているはずだった。


「あっ、信じらんねえ！」

祐希は耳元から携帯を離して液晶を睨《にら》んだ。

「電源切られた！」

何だってんだよ、もう、とベッドに引っくり返る。

夕方、何が何だか分からないまま早苗は機嫌を悪くして帰ってしまった。何回考えても祐希は早苗の機嫌が悪くなった理由が分からない。

別に早苗を怒らせるようなことは言っていないと思う。――だが、早苗が祐希を振り切って帰ってしまったことは事実で、訳が分からないまま喧嘩のような状態になってしまったことがどうにも落ち着かない。

今日は会ったときから何だかとげとげしかった。嫌なことでもあったのかなと思ってメールを出したが、返事はなかった。

明らかに自分が悪いのならすんなり謝って終われるが、自分に落ち度があるとは思われないので、あまり下手に出るのも癪だ。だが、気まずいままでいるのはもっと嫌なので思い切って電話をかけたらこの仕打ちである。

「いいかげんにしないといくら早苗ちゃんだって怒るぞ……」

ぶつぶつ呟きつつ、それでも心配のほうが先に立つ。いつもなら早苗がこんなふうに理不尽に当たるなんて考えられない。

帰りがけ、成績のことで呼び出されたと言っていた。よっぽど成績が落ちたのか、教師に嫌なことを言われたのか。

「言ってくれよなぁ……」

黙ってふて腐られてもどうしたらいいか分からない。どうやら慰め方を間違ったらしい、ということは見当が付くが——不機嫌な理由も分からないのにどうしたらいいか察しろなんて高校生男子に対して要求が高すぎる。

やがて携帯にメールの着信が入った。飛びつくようにして開くと、やはり早苗からだった。タイトルには『ごめんね』とある。

本文は――『しばらく一緒に帰るのやめよう』

「待てって、ちょっと！」

泡を食ってもう一度電話をかけるが、コールはまったく繋がらない。

ああもう――

「勝手にしろよ！」

思わず携帯を床に投げつけようとして、――途中で行き先を枕に変更した。

＊

本当に変わった人だなぁ、と重雄と清一には首を傾げられた。

「こんな時間にいつも回っておられるのね」

満佐子は物珍しそうに夜中の町をきょろきょろ見回しながらついてくる。

則夫の夜回りに同行したいと言って聞かないので、「一度だけですよ」と釘を刺して満佐子を伴うことになった。

『酔いどれ鯨』で軽く飲み食いしてから出発したが、そのときも「ここがみなさんの秘密基地ですのね」などと真顔で感心していた。

いやいや、単に小汚えおっさんどもがつるむのに似合いの小汚え店ってだけでね。重雄が頭を掻き掻きそう言うと、満佐子は「よく考えておられますわねぇ」と感嘆した。

よく考えているとは一体——とおっさん三匹が首を傾げると、満佐子はにっこり笑った。

こんな普通の飲み屋さんに正義の味方が潜んでいるなんて誰も思わないでしょうし。

田楽を持ってきた康生《こうせい》がぶっと吹き出し「すみません」とカウンターに戻った。どうやら唾が散ったらしい。

今どきの若い者が言う『天然』ってやつかな、と満佐子が席を外した隙に清一が首を傾げた。清一に馴染まない語彙《ごい》はイマドキの若者である祐希から仕入れてくるらしい。

「今日は正義の味方の活躍はありますの?」

歩きつつ無邪気に尋ねる満佐子に、則夫のほうは苦笑するしかない。

「いつもいつも何かが起こるわけじゃありませんよ。おっさんの勝手自警団みたいなもんですから。正義の味方ってのは言葉のあやでして……」

初めて会ったときそう名乗ったのは完全に行きずりの冗談口である。まともに受け取られるとなかなかに気恥ずかしいものがある。

だが、満佐子は「いいえ」と首を振ってにっこり笑った。

「私にとっては正義の味方ですもの。泥棒が入るところを則夫さんが助けてくださいました」

「それもたまたまの話で」

「たまたまおばさんを一人救ってしまうなんてすごいじゃありませんか」

いちいち本気のようなので調子が狂う。

本当に変わった人だなぁ、という悪友たちの感想は実に適切だ。

でも、やっぱりちょっと楽しい人だなぁ――と思わず笑いが漏れる。

「私、こうして夜回りをする則夫さんをおうちで待つことができたらいいなと思いますのよ」

にこにことそう言われ、ふと気持ちが正気に引き戻される。

「再婚のお話、ぜひ前向きに考えていただきたいわ」

もし、満佐子が家で待つようになったら。――ふと鯖の味噌煮の味付けが思い起こされた。

早苗よりも甘味の引き締まった、「うちの味」ではない鯖味噌。

満佐子さんの味がうちの味になるんだから。そういった早苗の言葉も蘇る。

何だか落ち着かない気持ちになってしまったことがにこにこ笑う満佐子に後ろめたく、則夫は曖昧に言葉を濁した。

*

いつもは放課後に一緒に帰れるかどうかメールで連絡を取り合うのだが、祐希のほうからは数日メールを送らなかった。何やら不機嫌に囚《とら》われている早苗の様子は気になるが、うっかりつついてやぶ蛇になるのも嫌だった。
二、三日して、そろそろ機嫌が直ったかなとメールで窺ってみると、応じるメールが来た。学校帰りにスーパーだ。
早苗は先に待っていた。

「ごめん、お待たせ」

「ううん、今来たとこ」

早苗は笑ってベンチから立ち上がった。――少し元気のなさそうな笑顔に見えるのは、気のせいだろうか。

「買い物する？」

尋ねると、早苗はううんと首を横に振った。

「珍しいね」

いつもは特売品をチェックして何かしら細かく買い物をしている。

「うん、最近あんまりあたしが頑張らなくても大丈夫なの」

「へえ」

ノリさんが家事代わったりしてるのかな、と内心で勝手に見当をつける。

「ならよかったね、今年受験だもんな」

うん、と頷きつつ早苗はやはり元気がない。その様子は気にかかったが、先日こじれて今日なのでやぶ蛇回避を優先する。君子危うきに近寄らず、だ。

いつものファーストフードに寄ることにして、自転車置き場に向かう。自転車を漕ぎながら早苗が「この前ごめんね」と謝ってきた。

うん、と頷く。

「たまには機嫌悪いこともあるよな」

それで何となく水に流れたと思った。——そのすぐ後にまたこじれるとは思わなかった。

飲み物を注文して席に座り、話題は時節柄やっぱり進路の話になる。

もうすぐ祐希の学校は中間試験だが、早苗の学校も同じ日程らしい。

祐希としては志望校を決めてから初めての学期試験なので正念場である。

「今回で古文の点数上げなきゃな〜」

「大丈夫だよ、祐希くん飲み込みいいもん」

「早苗ちゃんのほう、生物どうなの？」

まだ地雷かな、と恐る恐る窺うが、早苗も「今度は頑張る」と頷く。

「一緒に商科大行けるように頑張ろうな」

当たり前のようにそう言った。すると早苗の表情が曇った。

「どうしたの」

反射的にそう訊いてしまうほど分かりやすく曇った。

あのね、と早苗が俯く。

「あたし、もしかしたら志望校、変えるかも」

えっ、と自制するより前に不本意な声が漏れた。

「商科大にするんじゃなかったの」

懸命に平坦なトーンを保とうとしたが、声は責める寸前まで尖った。

「ノリさんのことだってあるんだろ」

則夫のことを引き合いに出してしまってから、自分で自分にうんざりする。違うじゃん俺、ノリさんのことなんかどうでもいいくせに。

同じ学校に行けなくなるのが嫌なだけだ。

「うん、でも」

早苗も俯いたまま煮え切らない口調だ。

「県外の学校にするかもしれない」

じゃあ俺も志望校変えるよ、どこにするか教えて。

そう追いかけるのがみっともなくて、「何だよそれ」と早苗を詰るほうに針が振れる。

「一緒に商科大行こうって言ったじゃん。一緒に頑張ろうって」

早苗と同じ商科大に行こうと決めるまでけっこういろいろ考えた。ただ浮ついて追いかけているだけになっていないか。

真面目に進路を考えている早苗に恥ずかしくない決め方ができているか。

大丈夫、ただ浮かれているだけじゃないと腹を括るまでかなり頑張って、――それなのに。

こうして早苗に行き先を翻《ひるがえ》されると、やっぱり商科大への魅力が半減してしまう。

畜生。

やっぱり浮ついてるだけじゃん、俺。

気づいてしまった自分のみっともなさがただただ腹立たしい。そして、八つ当たりのように早苗に声が尖る。

「分かった、どこでも勝手に行けば。俺は商科大受けるから」

飲み終えたコーラの紙コップを摑んで立ち上がる。早苗は俯いたまま顔を上げない。

多分泣いているだろうな、ということは分かっていたが、落ち着いて話すには祐希にも余裕が足りなかった。そのまま先に店を出る。

窓から店内を窺うと、早苗はやっぱり俯いたまま席に座っていた。

少し胸が痛んだが、振り切って一人で帰った。


夕方の稽古で竹刀を力任せに振りすぎ、清一に「もう上がれ」と怒られた。

「何があったか知らんが、八つ当たりみたいに振るもんじゃない」

八つ当たりと直截に言い当てられて、ぎくりとした。やはりうちのジーサンはタダモノじゃない。

「何かあったのか？」

素っ気ない口調だが、気遣われていることはさすがに分かる。

だが、彼女と喧嘩になったなんてみっともなくて言えるものではない。――それも、清一もよく知っている女の子だというのに。

「もうすぐ試験だからちょっとナーバスになってんのかな～」

適当にごまかしつつ、「竹刀ごめんな」と詫びて稽古を上がる。

夜は予備校だったので、貴子《たかこ》が早めに用意してくれていた夕飯を搔き込んで家を出た。

授業が始まり、形だけは参考書とノートを開くが、さっぱり集中が上がらない。つい一月半ばかり前の春休み、早苗はこの予備校の集中講座に通っていた。あのときは二人で同じ教室に机を並べて、お互い苦手な科目を教え合ったりしていたのに。同じ大学に合格できたらこんなふうに過ごせるのかな――と、まるで予行演習のような勉強の時間に内心舞い上がったりしていた。

何でこんなふうになっちゃったのかな。

二人の間でなにか決定的に行き違いがあったわけでもないのに、どうしてこんなにこじれるのかと考えると気が滅入る。

すると、マナーモードにしていた携帯が鳴った。意外と響いて周囲に注目され、慌てて手の中に携帯を押し隠す。

もしかして、と机の下で液晶を確認するが、電話の着信は早苗ではなかった。清一だ。

何だよ、とがっかりしたことも手伝って気が抜ける。休憩時間にかけ直せばいいだろう、と電源を切ってポケットに携帯を押し込む。

休憩時間に確認すると、清一からは着信が数件重なっていた。

「……珍しいなぁ」

何か急ぎの用件か。廊下に出てかけ直すと、せっつくような勢いで繋がった。

「もしもし、ジーサン？」

どうしたんだよ、と続けることはできなかった。清一が待たずに畳みかけた。

「お前、今日は早苗ちゃんと会ったか？」

「——何かあったの？」

祐希のほうも噛みつくような勢いになった。

「いや、さっきノリから電話がかかってきてな。早苗ちゃんがまだ家に帰ってこないらしい」

肩がざわりと気持ち悪くざわめいた。時間はもう夜の九時を回る。早苗の生活パターンなら、この時間に家に帰っていないというのは明らかに異変だ。

「早苗ちゃんから連絡は？」

「則夫が電話したら、帰りたくないと言って切れたらしい」

と、電話の向こうが騒がしくなった。「おい！」と咎めるような清一の声が遠のいて、

「祐希ィ！」

電話だけで分かるほど逆上した声はもちろん則夫だ。

「早苗が帰ってこないのはお前が何かしたわけじゃないだろうな⁉」

「何かって何だよ！」

はっきりした理由が分からないまま喧嘩になった、その落ち着かなさと後ろめたさがとっさに噛みつかせる。

だが、祐希が逆ギレした程度で恐れ入る則夫ではない。すぐさま噛みつき返される。

「喧嘩とか喧嘩とか喧嘩とかだっ！」

「俺は何もしてねーよ、向こうが勝手に機嫌悪いんだから！」

「やっぱり機嫌を悪くさせたんだな⁉」

「知んねーって！」

と、また電話の向こうがガタガタ騒ぎ、「——すまんな」と相手が清一に戻る。

「こっちはあちこち捜してるところだが、お前のほうは心当たりはないのか？」

心当たりは——あるといえばある。

「分かった、俺も捜すから。そんかし、そっちの危ねーオッサン言い聞かせといてくれよ。俺は別に何もしてないって」

分かっとる、と切れた電話が少し泣かせる。

予備校はそのまま早退した。MTB《マウンテンバイク》を駆って向かった先は、夕方に早苗と別れたファーストフード店だ。——確か閉店時間は夜十時。

自転車置き場には案の定、見慣れた早苗のママチャリがあった。窓から窺うのももどかしく、店内に入る。

夕方とは席を変え、隅っこに早苗は座っていた。机に教科書やノートが出ているが、手持ち無沙汰に開いているだけだ。きっと頭には入っていない。手元の飲み物は何杯目だろう。

「——早苗ちゃん」

訳も分からず当たられたり振り回されたり、まだ腹が立っている部分も確かにある。——だが、早苗は何の理由もなくこんなふうにならないことも知っているし、何より。

呼びかけて振り向いた心許ない顔を見たら何も言えない。

「心配すんだろ、みんな」

早苗はまた俯いてしまった。

「帰ろう。ノリさんが心配してぶっ壊れちゃってるよ」

やだ、と早苗が駄々を捏《こ》ねるように呟いた。

「お父さんと顔合わせたくない」

何だよオッサンそっちじゃねーか！　と心の中で盛大に突っ込む。

さんざん人を疑ってくれたが、とんだとばっちりだ。

「ノリさんと喧嘩したの」

「違うけど」

そして早苗が洟《はな》をすすった。

「でも、ここもうすぐ閉店だしさ。取り敢えず出て、どっか別のとこ行こう」

そう言うと早苗はようやく頷いた。

＊

どっか別のとこ。

そう言った祐希が先に自転車を漕ぎ、その後をついていくとたどり着いたのは清田《きよた》家だった。

早苗も則夫のお供で子供の頃には何度か来たことがある。二世帯住宅で、二階が祐希と両親の世帯になっているはずだ。

「あの、祐希くん……」

慄《おのの》いて祐希の背中に声をかける。

「今からお邪魔するのはちょっと……」

もう十時を回っている。付き合っている男の子の家を初めて訪ねるには気の退ける時間帯だ。

「いやいや、俺もそんな度胸ないから。お袋が大騒ぎするに決まってるし」

苦笑した祐希は玄関を行き過ぎ、塀に沿って裏手へ回り込んだ。裏口にもこぢんまりとした門が構えてある。

その門を開けて祐希が自転車を中へ入れた。

「早苗ちゃんも」

促されて早苗も自転車を押して中へ入った。入ってすぐのところにしっかりした造りの平屋がある。

「道場なんだ。ここならジーサンの朝稽古まで誰も来ないから」

言いつつ祐希がキーホルダーにいくつか付いた鍵の一つで道場の入り口を開ける。

先に入った祐希は入り口の小さな明かりだけ点けた。

「天井点けちゃうと母屋に見えちゃうから、ごめんな」

早苗は慌てて首を横に振った。ごめんなさいはこっちのほうだ。こんな夜更けに。

小さな玄関灯を頼りに道場に上がる。祐希が何やら納戸から座布団を持ってきてくれた。

「俺、ちょっと電話してくるから」

そのまま外へ出ようとした祐希に反射的に声が尖る。

「お父さんに？」

祐希が苦笑した。呆れられたのかな、と肩が縮んだが、もうとっくに呆れられているはずだと気づいて却って気が抜けた。

「だってこのままほっといたらノリさん警察呼んじゃうかもしれないじゃん」

さすがにそこまでのことは——とは言えないのが則夫だ。

「うちのジーサンにどうにか収めてもらうから」

そのまま祐希は五分ほど戻ってこなかった。

本当にお父さんに黙っててくれるのかな、と心配がじわじわ忍び寄る。

「ごめん、お待たせ」

戻ってきた祐希は早苗にペットボトルのお茶を渡した。温かい。

指先を温めるように小さなボトルを両手で包む。

「ジーサンとシゲさんが『鯨』でノリさん宥《なだ》めてくれるって」

祐希が早苗の近くに腰を下ろした。

「そんで何があったの」

何気ない口調で訊かれて、喉を嗚咽《おえつ》がこみ上げた。

「お父さんが……」

しゃくり上げてなかなか上手く喋れない。

「お父さんが、お見合い……」

「はァ⁉」

祐希は充分に度肝を抜かれたらしい。

「え、何、ノリさん再婚すんの⁉」

分かんないけど、と首を横に振る。

「するかもしれない」

小さな声でそう付け加える。

「叔母さんが、お父さんにすごくいい縁談があるんだって言って……」

年も年だし、こんないい話はめったにないんだから。

早苗だっていつかお嫁に行くんだし、そうしたら兄さんは独りになっちゃうでしょ。だからいいご縁があるなら再婚してもらったほうがみんな安心できるしね。

早苗だってこれから自分の人生があるんだし。

兄さんが独りだったら早苗だって心配でしょ？

今まで独りで頑張ってくれたんだから、早苗も兄さんの幸せを応援できるわよね？

畳みかけられて、とても嫌とは言えなかった。

叔母の幹代は今まで何度も則夫に見合い話を持ってきている。独りだと老後が心配だ、早苗もお母さんがいないとかわいそうだ、と言ってはたくさん見合い写真を持ち込んできた。

正直に言うと、少し苦手な叔母さんだ。

お母さんがいなくてたいへんなことはたくさんあるが、お母さんがいない自分をかわいそうだと思ったことはない。それに、知らない女の人をいきなりお母さんと呼ばなくてはいけないほうがもっと嫌だ。

則夫と二人暮らしで充分幸せなのに、まるで有村家に何かが足りていないかのように見合いの話を持ち込まれるとうんざりする。

自分たちの家庭には何かが欠けているのだと押しつけられているようだ。

ここ数年は、幹代が見合い話を持ってくることも減ってほっとしていたのだが、数年ぶりの斡旋で幹代のパワーアップは半端じゃなかった。

先方が乗り気だということも燃料になっていたし、何より――

今までは早苗が子供だったので手加減していたのだ。

もう来年には大学生なんだから。もう子供じゃないんだから。

もう将来のことをちゃんと心配できるわよね？

そう迫られるともう逃げられない年に自分がなっていた。

『早苗も兄さんの幸せを応援できるわよね？』――そんなことを言われては。

まるで則夫の幸せを今まで願っていなかったようなことを言われては張り合うしかなかった。

お父さんにとっていいお話なら、もちろん応援します。

早苗の返事を聞いて、幹代は満足そうに頷いて帰っていった。それから改めて則夫に見合い話を持ってきた。

応援できると思っていた。だが、こんなに性急に話が進むとは思っていなかった。

「満佐子さんはいい人だと思うし、嫌いじゃないけど……」

満佐子が晩のおかずを持ってくるようになって、満佐子がお母さんとして家の中にいる光景を考えた。

ご飯は満佐子が作ってくれて、ほかの家事もしてくれて、則夫のことも真っ先に気遣うのは満佐子になる。

わぁ、自由になった、楽になった――そんなふうには思えなかった。

満佐子のいる家の中を想像すると、所在ない気持ちになった。

「応援できると思ってたんだけど……なんか、いろいろ急すぎて」

そのうえ幹代は、気が合ったのなら相手の気が変わらないうちにとばかり話をぐいぐい進めようとする。

「うちがお父さんと満佐子さんの家になるんだったら、大学も地元にこだわることないのかもって……でも祐希くんと同じ大学に行きたかったのにって。勉強にも全然集中できなくて」

ごめんね、と吐き出したところで喉に大きなかたまりが詰まって声が出なくなった。

かたまりを懸命に飲み下しながら途切れ途切れに声を押し出す。

「祐希くん、心配してくれたのに、八つ当たりとかばっかり」

「いいよ」

薄闇の中で祐希の腕が上がり、ぽんと頭に手が載った。

子供の頃、則夫にそうやってあやされたことを思い出した。

「ちょっと嬉しい」

「なんで」

理由も言わないままつっけんどんにしたのに。心配して送ってくれたメールに返事もしないままだった。

「ノリさんの前ではいい子になろうとして、俺には八つ当たりしたんだろ」

改めて整理整頓されると胸の中が寒くなる。

「ごめん……」

「いや、違くて。俺のほうに甘えてるってことじゃん、それ」

祐希がにっと笑った。

「手袋のとき以来、俺が勝ったの二回目だよな」

クリスマスプレゼントの手編みの手袋は、祐希のほうだけ凝った模様編みを入れた。

「事情分かったから、帰ろうか。送ってく」

えっ、と思わず腰が退ける。

「まだ……」

則夫と顔を合わせるのは気まずい。だが、祐希は「だからだよ」と押した。

「ノリさんが帰ってくる前に部屋に籠もっちゃったほうがいいだろ」

それは確かにそうかもしれない。

「ジーサンにさ、俺が行くまで『鯨』にいてくれって頼んであるから。早苗ちゃん送ったら、俺そのまま『鯨』に行ってくるから」

電話でいろいろ段取ってくれていたらしい。

「さっきの話、俺から説明してもいいよな」

すとんと首が勝手に頷いていた。

無条件に頼れる人を頼っている感じがした。

*

祐希が『酔いどれ鯨』にやってきたのは日付が変わる頃である。清一の携帯には十分ほど前に先触れのメールが来ている。

「早苗は……」

則夫がせっつくように尋ねると、祐希は「家に送ってきた」と答えつつ座敷に上がった。

「何で早苗はこんな遅くまで……」

「お父さんと顔合わすの嫌だったんだってさ」

祐希が豪快に突っ放し、則夫がぐっと声を詰まらせてテーブルに突っ伏す。言葉だけで瀕死になれそうな有り様だ。

「見合いしたんだろ、ノリさん」

ノリさんと早苗ちゃん、何かあったろ。——清一に電話をかけてきたとき祐希はそう言った。何かあったかと訊かれたら揉め事の種は見合いくらいしか思いつかない。

重雄には耳打ちしたが、則夫には曖昧なままで話をするわけにもいかない。

早苗を迎えに行くと言い張る則夫を宥めつつ、早苗から話を聞いてくるはずの祐希を待っていた次第である。

「あのさぁ、言っちゃ悪いけど、タイミング的に最悪じゃねえ？」

祐希はずけずけ言い放った。

「俺ら、今年受験だぜ。そうじゃなくてもナーバスな時期に、家庭環境が大きく変わるようなことってさ。早苗ちゃん、相当ショックだったみたいよ」

「いや、しかし……」

則夫がうろたえながら抗弁する。

「早苗は賛成してるってうちの妹が、」

「賛成してないみたいに言ってやるなよ」

祐希は抗議するように唇を尖らせた。

「タイミングっつったじゃん」

そこへ康生が声をかけた。

「祐希くん、何飲む」

「あ、オレンジジュースお願いしまーす」

そしてジュースを持ってきた康生に祐希が話を振った。

「なぁ、康生さんも分かるだろ。タイミング」

「そうだね。いい人そうだったけど、ちょっと急すぎたかもね」

ほらぁ、と祐希が三匹に顎を煽《あお》る。

「今までずっと二人暮らしで来たんだぜ。そこに異分子入れるんだからさぁ」

選ぶ言葉は乱暴だが、祐希の言うことは的を射ている。

「俺よく分かんないけどさ、子連れの再婚って、再婚相手と子供会わすのが一番神経使うとこじゃねーの？　そうじゃなくても受験勉強とか負担が増える年なのにさ。新学期も間近になって親の見合い相手と顔合わせして、家にまで出入りするようになったらやっぱり追い詰められるって。再婚家庭の邪魔になるんだったら、進学も県外にしたほうがいいのかもって思い詰めてたぜ」

「そんなバカな、」

則夫が食ってかかるような勢いで反駁する。

「早苗を邪魔にするなんてあるもんかね、それなら再婚なんかするもんか」

「それが伝わってねーのが問題なの！」

一蹴されて則夫がまたしょんぼりうなだれる。

「まあ、そう責め立てンなよ祐希」

重雄が割って入った。

「則夫は則夫でいろいろ考えてんだよ。年取った親父が早苗ちゃんの重荷になっちゃいけねえって妹にも説教されてな」

「何だよ、相思相愛じゃん」

祐希が唇を尖らせる。

確かにどちらもお互いの邪魔にならないようにと気遣い合っている。

「後はゆっくり二人で話したら？　でも今日はそっとしといてやれよ」

オレンジジュースを一気に呷《あお》った祐希はさっさと座敷を下りた。

「おばさんにもう子供じゃないんだからって言われたんだってさ。聞き分けろって。でも、俺たちもう子供じゃないけどまだ大人じゃないんだ」

じゃーな、といつもながらの生意気口で祐希が店を出ていく。

残された三匹はしばらく黙って杯を傾けていたが、

「おい、どうしたよノリ」

重雄が気遣うように声をかける。俯いた則夫の肩が細かく震えている。

よもや男泣きかと悪友二人が気兼ねすると、満面の笑みで顔を上げた。そして「そうかぁ」と独りごちる。

「そうだよなぁ。まだ大人じゃないんだよなぁ」

まるでほっとしたような救われたような。

「お前んとこの孫はいい男だなぁ、キヨちゃん」

言いつつ則夫が清一の肩をばんばん叩く。

まだ大人じゃないという示唆に気をよくしたらしいが、示唆の前置きはすっかり吹っ飛んでいるらしい。

こういう繊細な話を打ち明けられる男友達がいる時点でもう子供じゃないことも明白だったが、今気づかせるとまた面倒くさいことになりそうなので清一は沈黙を守った。

*

則夫の再婚話は沙汰止みになったらしい。

「あたしのせい？」

早苗がそう尋ねると、則夫は「そんなことがあるもんかい」と笑った。

「お父さんがまだ子離れできてないからだよ。お父さんは、お前と満佐子さんだったらお前のほうを優先しちまうからね。これから添い遂げようって人を最優先にできないんじゃゃ、再婚話なんてあんまり失礼じゃないか」

そんなこと言ってたらあたしがお嫁に行くまで再婚できないよ――聞き分けのいい言葉を口に乗せることはできなかった。

今はまだ親子水入らずがいい。

「でもあたし、別に満佐子さんとお付き合いするのに反対なわけじゃないから。もうちょっとゆっくりした話だったら、ちゃんと……」

言い訳するようにまくし立てると、則夫がぽんぽんと早苗の頭を叩いた。

そうされるのは随分久しぶりだ。

祐希くんも同じようにしてくれたな、と手の優しさを脳裡で重ねる。

「早苗が気にするようなことは何もないよ。こういうのは縁とタイミングのものだからね」

満佐子との縁とタイミングがどうなりそうか、則夫はそのとき言わなかった。

やがて迎えた中間試験で、成績はどうにか持ち直した。

「まあ、あなたなら大丈夫だと思ったけど」

担任の気軽な言葉が少しだけ癇《かん》に障ったが、ご心配かけましたときれいに丸めて済ませた。

幹代が訪ねてきたのは試験が終わってしばらくである。

「悪かったわね」

小言でも言われるかなと待ち受けていたら、幹代はちょっと疲れたようにそう言った。

「あたしはあたしなりに、兄さんや早苗のことを心配してたんだけど……ちょっと強引すぎたかもしれないわ」

拍子抜けした。

「あの……ごめんなさい、あたし……」

「いいのよ。兄さんは最初からゆっくり付き合えるなら考えてみたいって言ってたんだし……

相手のほうのご事情があったからあたしが焦っちゃってねぇ」

「事情って？」

首を傾げた早苗に幹代は答えた。

「満佐子さん、今月いっぱいでお引っ越しなさるのよ」

市内のカルチャーセンターでお華のスクールをやっていたが、その講師の期限が切れて更新がなかったという。新しい仕事の口も見つからなかったらしい。今までは講師の仕事に加えて借家の自宅で小さな教室をやっていたので暮らしに不自由はなかったが、自宅の教室だけでは家賃を賄《まかな》うことが苦しいとのことだった。

「県外のご実家が花屋をやってるから、そっちに身を寄せてお店を手伝うんですって」

それまでに再婚話がまとまればいいご縁になるのに、ということは、世話人みんなが考えてしまったようだ。

「でもまぁ、人の気持ちは都合じゃ動かないものだしね」

縁とタイミング。則夫の言葉が蘇った。

もし、早苗がもう就職や結婚で独り立ちしていたら、申し分のない縁になっていただろう。せめて今年が受験じゃなかったら。大学に合格して早苗にも新しい環境が訪れていれば。

それでもやっぱり今すぐ大人にはなれない。

幹代が帰ってから、祐希に電話をかけた。

「もしもし、祐希くん？」

土曜の夕方、祐希は予備校が終わってちょうど帰ってきたところらしい。

「行きたいところがあるから付き合って」

早苗の声の調子で、何か察するところがあったのだろう。祐希は「分かった」とだけ答えて電話を切った。

祐希に付き合ってもらって出かけたのは満佐子の家だ。住所を聞いていたので、それを頼りに訪ねた。

ちょっとくたびれた家だった。

祐希には門の外で待ってもらい、玄関ポーチの呼び鈴を押す。

インターフォンはついておらず、直接玄関の引き戸がからりと開いた。

「あらっ」

満佐子が驚いたように目を丸くする。玄関の中に引越しの段ボールが積んであるのが見えた。幹代から聞いた引越しの日取りは少し先だが、準備は着々と進んでいるらしい。

ずきりと胸が痛んだ。

「どうしたの、早苗ちゃん」

「あの、お引っ越しするって聞いたので……」

手提げの中からレジ袋にしまったタッパーを取り出す。今まで差し入れで借りていた分だ。

「あらあら、よかったのにこんなもの」

「でも、勝手にもらっちゃいけないと思って、洗ってある分だけ」

洗ってある分だけ、という説明で満佐子がきょとんとした。

「全部じゃないんです、ごめんなさい。まだ、一つか二つ借りてます」

洗い終わっていないというのは嘘だ。満佐子は再婚の話が沙汰止みになってからは差し入れも控えている。

「それは借りておいてもいいですか」

満佐子は受け取ったタッパーを抱えて、早苗の言葉を待つように聞いている。

「お引っ越ししちゃうって聞いたけど、よかったらそのうちまたお父さんのところにも遊びに来てあげてください。手紙とか電話とかも」

ごめんなさい、と呟いて視線が足元に落ちる。

「あたし、満佐子さんのこと嫌いじゃないんです。でも今すぐは無理なんです」

満佐子の口元がほころんだ。

「こちらこそ、早苗ちゃんをたくさん悩ませちゃってごめんなさいね」

いいえ、そんな、と言葉にするのはあんまり取り繕っているように思えて、ただ黙って首を横に振る。

「おばさんね、若い頃あんまり幸せじゃなかったの。お見合いで結婚して、子供に恵まれないまま離婚して、そのまま必死で一人で生きてきたの。私の人生は死ぬまでずっとこんなもんだって思ってたの」

身の上は幹代からも少しだけ聞いている。

「それなのに、こんな年を取ってから正義の味方に助けてもらうなんて、ちょっと素敵なドラマが降ってきたみたいで、楽しくなっちゃったのよ。ああ、やっと私にも主人公の順番が巡ってきたのかもしれないわって。だから舞い上がっちゃって」

　駄目ねえ、と満佐子は自分の頭をこつんと叩いた。

「若い頃から身内にね、お前は猪突猛進なところがいけないって言われてたのよ。何かあるとついこうなっちゃうのね」

　言いつつ満佐子が目の両脇に手を添えて視界を狭める。

「則夫さんと早苗ちゃんも驚かせちゃって、ねえ」

　でも、と満佐子がいたずらっぽく笑う。

「遠くに離れてお見合い相手と交流が続くのもちょっとドラマチックだし、もしかしたら実家のお店でまた新しいご縁があってそっちに夢中になっちゃうかもしれないし」

　人生死ぬまでどうなるか分からないわよねぇ、と楽しそうな溜息。

「あなたたちに会って、ちょっと若返ったような気がするわ」

　元気でね、と手を差し出されて握手する。

「もしまたご縁とタイミングがあったらね」

　則夫と同じことを言っている。

　タイミングが合っていたらいいご縁だったのかもしれなかった。でも、人生にはこんなこともあるのだろう。

さよならと挨拶して玄関を出ると、少し離れたところに祐希が待っていた。

「ナイスファイト」

にやっと笑ってねぎらわれ、早苗はくしゃりと顔を歪《ゆが》めた。

泣くのはあんまりおためごかしなようで、懸命に鼻先で涙をこらえた。

第四話

＊

駅まで歩くだけで汗ばむ季節になった。

清一《きよかず》が駅を使うのは嘱託先のアミューズメントパーク『エレクトリック・ゾーン』への通勤が主である。週三回だが朝の電車に乗ると働いていた頃の気分が蘇る。

その日は家を出るのが少し遅れて駅まで早足になり、電車に乗る頃には汗だくだった。

吊革に摑まって大汗をかいていると、前の座席に座っていた女子高生が腰を浮かせた。

「あの、よかったら……」

む、と複雑な思いが胸に去来した。自分以外に向けられた厚意だったら今どき感心な娘さんだと目を細めるが、自分が気遣いの必要な年寄りの箱に入れられたと思うと面白くない。

「けっこうですよ、すぐ降りますから」

女子高生を手で押しとどめ、座らせる。

今日はもしかして色合いが老け込んだかなと自分の服装をちらりとチェックしつつ、いつもより意識して背筋を伸ばした。

『エレクトリック・ゾーン』に着くと広い駐車場の片隅にゴミが散乱しているのが目についた。敷地を囲うフェンスに面した一画である。

近づくと空き缶やペットボトル、コンビニ袋に無造作に突っ込まれた食い散らかしなどだ。

だらしのない、とこぼしながらコンビニ袋だけ一つ二つ拾って事務所に向かう。事務所の脇にあるゴミ置き場に持っていくと、男子バイトが物置から掃除用具を出しているところだった。

「あ、おはようございます清田《きよた》さん」

「おはよう。駐車場が散らかってたよ」

持ってきたゴミをペールボックスに入れると、バイトがすみませんと頭を掻いた。

「今、掃除しに行こうと思ってたんです」

「ご苦労さん」

「困っちゃうんですよねぇ、もう」

バイトが箒《ほうき》とチリトリを抱えながらぼやく。

「どうかしたかね」

「いやぁ、こういうポイ捨てっていうか不法投棄っていうか」

「多いのかね」

「夏場は多いんですよね、素行の悪いガキの溜まり場になっちゃうんです。敷地内にコンビニとかで買い込んだ食べ物や飲み物を持ち込んでだらだら喋ってね。片付けてってくれりゃまだいいんですけど、ほったらかしだもん」

そしてバイトは駐車場に向かって小走りに駆けていった。

プレハブ二階の事務所に上がると、店長の須田《すだ》がもう来ていた。

「おはよう」

タイムカードを押しつつ声をかけると、須田も「おはようございます！」と挨拶を返した。

「何やら最近、敷地内がよく散らかされてるらしいね」

「そうですねぇ、夏休みも近いっすから」

須田がうんざりしたように顔をしかめる。

「お客さんからも苦情が出るし、食べ残しがすぐに腐っちゃうから不衛生なんですよね。臭いもするし」

「何か対策は考えてるのかい」

「張り紙でもしようかと思ってますけどね。あとは見かけたら注意するくらいしか……」

「よくたむろしてる場所にゴミ箱を置いておくっていうのはどうだい」

思いついたので何の気なしに言ってみたが、須田は「駄目駄目」と手を振った。

「そんなことして居着かれちゃったらどうするんです。それにそういうガキはゴミ箱が見えるとこにあっても殊勝にゴミを片付けたりしませんよ」

なるほど、そういうものか、と清一は聞きながら頷いた。聞くと、そうしてたむろされないように屋外にはベンチも置いていないという。

「じゃあ俺もちょっと気をつけて見回っておくことにするよ」

「すみません」

その日の帰りがけ、敷地の中をぐるりと歩いてみることにした。

ちょうど夕方だったせいか、ゲームセンターの裏でだらしない格好をした小僧どもが五、六人でたむろしているところに行き会った。地べたにだらしなく座り込み、お菓子やジュースを広げて喋り込んでいる。

近づいた清一に気づいて一斉に顔を上げ、ねめつける。格好はいきがっているが、顔が幼い。まだ高校生にはなっていないだろう。

「どうしてこんなところでたむろしているんだね」

うっせぇな、と内の一人が噛みついてくる。

「関係ねーだろ、ジジイ」

「関係なくはないよ、私はこの店の者だからな」

淡々と反論した清一に、噛みついてきた小僧は何やら調子が狂ったような顔をした。凄んで見せればさっさと退散すると思っていたのだろう。

「他のお客さんが通りがかったときに、私が来たときのように睨《にら》みつけられたらお客さんが嫌な思いをすることになる。そういう態度でだらだら居座られると困るんだ。お菓子を食べたらもう帰りなさい」

「うっせぇな、カラオケの時間待ちだよ！」

小僧が清一の行く手を遮るように立ちはだかった。奥の一人が地べたで何か揉み消すような仕草をするのが目に入る。そして、そのとき風向きが変わった。

清一のほうに吹きつけた生ぬるい風に乗って漂ったのは煙草の臭いだ。

「君たち、年はいくつだ」

尋ねると同時に小僧どもの気配が尖った。

「関係ねーだろ！」

テンプレートのようにいきがる文句が繰り返されるが、いきがる語彙《ごい》も豊富ではないらしい。

「関係なくはない。さっきも言ったとおり、私はこの店の人間だ。未成年者がうちの敷地内で喫煙しているのを見過ごすわけにはいかんよ」

「うっせぇな、未成年かどうかなんて見ただけで分かんねぇだろ！」

せいぜいドスを利かせたつもりだろうが、清一は思わず吹き出した。

「何がおかしいんだよ！」

「お前らが煙草を吸える年かどうかくらい、見りゃ分かる」

いくら服装をだらしなくして表情をふて腐れさせても、つるりと張った肌が子供であることを雄弁に主張する。

「未成年じゃないっていうなら身分証を見せてみろ」

「持ってねえよ！」

「じゃあ、連絡先を言ってみなさい。ご家族に君らが未成年じゃないかどうか問い合わせようじゃないか」

「うるせぇ！」

怒鳴りつけざま、清一に蹴り込んできた足を飛びすさってかわす。蹴った小僧は、蹴り足がすっぽ抜けて尻餅をついた。

「てめえ！」

殴りかかってきた仲間を鞄で押しやり、横から摑みかかってきた小僧を逆に捕まえて、腕を後ろへねじ上げる。

「いてぇ！」

上がった悲鳴と清一の手際に慄《おのの》いたのか、小僧どもは清一を遠巻きにした。

「これ以上ゴタゴタするなら警察を呼ぶしかないが、どうする？　ゴミを片付けておとなしく帰るなら煙草のことは見逃してやる」

舌打ちした小僧どもが渋々の態《てい》で散らかしたゴミをコンビニ袋に拾い集める。概ね片付いたところで腕を取っていた小僧を仲間のほうへ押しやった。

「覚えてろよ、くそ！」

捨て台詞までテンプレートで清一は思わず苦笑した。一体どこで覚えてくるのだか。

これで少しは懲りただろう、と敷地の残りを回って出入り口へ向かう。——そして、眉間《みけん》に縦皺《たてじわ》が寄った。

駐車場の出入り口の真ん前に、これ見よがしのようにゴミの詰まったコンビニ袋が投げ捨ててあった。数や分量からして明らかにさっきの小僧どもだ。

覚えてろよ、という捨て台詞を早々に実現して帰ったらしい。

清一は無言でゴミを拾い集め、ゴミ置き場へ向かった。

業務用のペールボックスを開けると、生ゴミの蒸れた臭いがむっと立ちのぼってきた。息を止めて叩きつけるようにゴミを投げ込んだ。

立ち回りは大したものではなかったが、投げ捨てられた悪意に気分が腐ってどっと疲れた。電車はほんの数駅なのでいつもはあまり座らないが、乗り込んだタイミングでいくつか空席ができたので座った。

だが、次の駅で高齢の男性が乗り込んできた。清一の前まで流れてきてこちらに背を向ける方向で吊革に摑まる。

席を譲るかどうか少し迷ったが、老人の前に座っているのが大学生風の青年であることに気がついた。譲るんだったらお前だろう、としばし見守る。

しかし、青年は携帯をかちゃかちゃいじりながら一向に席を替わる気配はない。

青年だけではない。並びの乗客も皆、老人より明らかに若く元気そうなのに誰一人として席を立とうとしなかった。あからさまな狸寝入りを決め込んでいるサラリーマンもいる。

嘆かわしい、などという言葉を思い浮かべるような光景にはあまり遭遇したくないものだ。

清一が腰を浮かすと、前に立っていた女子大生風がすかさず座ろうとした。お前じゃない、とカッとなり、立った後に自分の鞄を荒っぽく滑り込ませる。女子大生が唇を歪《ゆが》めた。声には出していないが口の形で「何よ」と読める。——続けて無声音で「感じ悪ぅ」。

清一は鞄を席に陣取らせて、老人の背中を叩いた。

「こちらへどうぞ」

振り向いた老人は会釈で応え、清一が鞄をどかせた席に座った。

それにしても、清一だってもう還暦は過ぎている。シルバーシートに座る権利がありそうなものなのに、どうして若者じゃなく清一が老人に席を譲らねばならないのか。

清一の空けた席に割り込もうとした女子大生がばつが悪そうに目を逸《そ》らし、それだけ少し胸がすいた。

＊

「あらまあ、ご機嫌ナナメだこと」

玄関で出迎えた芳江《よしえ》にいきなりかまされた。

「今日は色々あったんだ」

「お風呂にしますか、ご飯にしますか、それとも稽古？」

夕方の稽古は割愛して選択は風呂、夕飯の順だ。

焼き茄子の上で躍っている鰹節に醤油を一回ししてとどめを刺し、箸を入れて縦に身を割《さ》く。冷めては価値がないので一気にたいらげ、冷や奴や刺身はぼちぼち行くことにする。冷や奴には薬味にミョウガが載っていて、味噌汁の実もミョウガだった。締まり屋の芳江は安くなっている旬の物が好きなので、夏場の薬味は頻繁にミョウガにお目にかかる。

「あらまあ、そんなことがあったんですか」

話を聞いた芳江が顔をしかめた。

「怪我はありませんでしたか」

「あんなうらなり相手に怪我なんぞするもんか」

「そりゃあ、竹刀を持ってりゃ心配しませんけどね」

芳江も清一の腕前は承知している。

「まったく最近の若い者は……」

「それを言いはじめたら年寄りの証拠ですよ」

芳江は意地悪そうに笑って水を差したが、「とはいえ」と逆接を続けた。

「そう言いたくなる気持ちも分かりますよ。最近はコンビニの前でも素行の悪い子が遅くまでたむろしてるんですって。店長が困ってたわ」

「お前、コンビニなんか行くのか」

「あたしだってコンビニくらい行きますよ」

「いや、店長と顔なじみになるほどよく使ってるのかと思って……」

割高な物が嫌いな芳江には一番縁遠い店のような気がしていた。

「そこはお友達の知り合いがやってる店なのよ。それに、最近はコンビニスイーツもなかなかバカにならないのよね」

そういえば情報番組でそんな特集があると「あらあら、おいしそう」と見入っている。

「あなたのやっつけた悪ガキと一緒よ、出入り口の近くで車座になって地べたに座り込んでね。お客さんの出入りの邪魔になるし、店の柄《がら》も悪くなるし」

「注意してどかせたらいいじゃないか」

「逆ギレされたらと思うとなかなかそれもねぇ」

そのとき、玄関チャイムが忙《せわ》しなく鳴った。芳江が立つ前に勝手に外から鍵が開けられる。こういう不調法な訪ね方をするのは祐希《ゆうき》だ。

「バーサン、風呂貸して。シャワーでいいから」

「どうしたのよ、上は」

「お袋に先に入られちゃってさ。待ってらんねえ」

「貴子《たかこ》さんは長風呂だからねぇ」

祐希は勝手知ったる様子で風呂場に向かった。風呂が長い貴子とは対照的にこちらはカラスの行水だ。ものの十分で出てくる。

「ちゃんと洗ってるんでしょうね、あんた」

「手早いだけだって、イマドキの男子高校生ってキレイ好きよ？」

濡れ髪を拭きながら居間にやってきた祐希が食卓を眺めてチェッと舌打ちした。あまり興味を引く献立ではなかったらしい。

そして祐希が清一の顔を見てあれっと首を傾げた。

「ジーサン、何か機嫌悪い？」

尋ねたのは芳江に向かってだ。

「最近の若い者はってご機嫌ナナメで帰ってきたのよ」

ええー、と祐希が胡散《うさん》臭そうに顔をしかめる。

「こっちにとばっちり回してくんなよ」

この若い者も口の利き方は相変わらずろくなものじゃない。

「『エレクトリック・ゾーン』で大立ち回りだったみたいよ」

「えっ、何かあったの？」

祐希が真顔になって清一に向き直る。

「気になるのか」

「まあ、元バイト先だし友達とかいるし」

辞めたから関係ない、という割り切りをしない辺りはあまりイマドキではないかもしれない。

清一が帰りがけの一件をかいつまんで話すと、「ああー」と祐希は顔をしかめた。

「中坊はなぁ」

分かったような頷きに清一のほうは首を傾げた。

「中学生だったら何なんだ」

「一番後先考えずにぐれるのって中学じゃん、やっぱ」

やっぱ、などと言われても清一にはさっぱり分からない機微だ。

「でもまあ、年代は関係ないんじゃねーの？　ジーサンたちの年代だって『最近の年寄りは』

って言いたくなるようなのいるぜ」

「たとえばどんなだ」

問い返しながら思わず顎が上がったのは、若者の無軌道に憤慨していたところに自分の年代を引き合いに出されてむきになったからだ。

「えー、店とかでさ、店員にめっちゃ横暴なジジイとかいるじゃん。ちょっとミスがあったらすげぇ怒鳴ったり、規則無視して無理難題言ったり」

まあ確かに、と清一は渋々引き下がった。『エレクトリック・ゾーン』でも、若いバイトに尊大な年配客はちらほらいるらしく、たまに女性バイトが泣かされている。

「ああ、嫌よねぇそういう男。定年前は会社でどれだけ偉かったのか知らないけど」

顔をしかめて話に入ってきた芳江に、祐希が「なー」と同意を求める。

「ファミレスで注文違ったくらいでめっちゃ怒鳴るジジイとかさ。いくら金払うっつっても、限度があんじゃん。お前たかがファミレスで王様にでもなったつもりかよって」

「あたしが奥さんだったら恥ずかしくて一緒にいられないわ」

別に清一のことを言われている訳ではないのだが、二人で年配男性を腐して盛り上がられると居心地が悪い。

「あと、電車の携帯マナーとかってジジイのほうが悪くねえ?」

いきなり飛んできた矢に「何だと」と気色ばむと、祐希はちゃいちゃいと手を振った。

「ジーサンじゃなくて一般名詞としてのジジイだよ」

「そういえばそうねえ」

　芳江も頷き、祐希の肩を持つ気配だ。

「それこそ会社の偉いさん風のジジイとかオッサンって、平気で電車の中で携帯取るじゃん？　でっかい声で」

「そうそう、でかい声で喋るのって不思議と偉そうなジーサンが多いのよね」

　確かに清一もそうした光景を見かけたことはある。いかにも忙しそうな風情で打ち合わせ風の電話を車内で延々と続け、聞いているうちにその当人の仕事まで透けて見えることもある。

「若い奴のほうが電話取っても『今電車だから』とかひそひそ喋ってすぐに切るぜ。メールで返事したり」

「何なのかしらね、あのひけらかすみたいな喋り方」

　ひけらかす――という芳江の表現がしっくりくる。会議が長引いたの電車が遅れたの連絡を回しておいてくれの、自分が忙しくて重要な立場にあることをことさらに大きな声でアピールしているかのようだ。まるで免罪符を振り回すように。

「まあ、確かにそういう年配者もいることはいるが」

　しかし、と清一は祐希に切り返した。

「電車のマナーなら、若い者もひどいじゃないか。今日なんかお年寄りが乗ってきたのに、誰一人席を立たなかったんだぞ。結局俺が席を譲ったんだ」

「へえ、ジジイがジジイに」

「相手のほうが俺よりご年配だったんだ！」

まだ言うほどジジイじゃないぞ、という抗議も含めて噛みつくが、祐希は一向《いっこう》に恐れ入った様子はない。

「お前は電車の中でそんなときに寝たふりなんかしてないだろうな」

チクリとつつくと、祐希は「やっぱとばっちりかよ」と顔をしかめた。

「電車自体そんな乗ることねーし」

通学が自転車だったら高校生の移動は概ね自転車で行き来できる範囲に収まるらしい。

「まあ、電車乗っててそういう場面に出くわしても、席譲るっていうよりは黙って立っちゃうけど」

「何でだ、譲ったかどうか分からないじゃないか」

「座りたきゃ座るだろ、そんなん」

「お年寄りに席を譲ろうとしたのに若い奴が座ったりするんだぞ」

今日も清一が立った席に女子大生がすかさず座ろうとした。

「悪いけどそこまで面倒見てらんねーよ」

祐希が唇を尖らせる。

「だってさぁ、席譲ったら怒るジジババとかいるじゃん。『年寄り扱いすんな』とか言ってさ。半端に老けたオバサンとか『失礼ね』ってヒスったり」

そして祐希は芳江にからかうような目線を振った。

「バーサン、そんなことしてねーだろな」

「そんな自意識過剰な女と一緒にしないでちょうだい」

芳江はすましてお茶をすすった。

「この年になったら向けてもらえる厚意は素直に頂戴しておくものよ。愛される年寄りの秘訣くらい心得てます」

「敵意向けられてもいちいち迎撃してんじゃん。愛されるってより恐れられてんじゃねーの、バーサンは」

確かに芳江はやられたらやられっぱなしでは終わらない。通りすがりにあてこすられても、すかさず皮肉の一つや二つは投げ返すほどで、その驚くべき瞬発力に清一など舌を巻くばかりである。「どけよババア」と道で押しのけられて「あらまぁ、生き急いじゃって」と言い返すバーサンは自分の妻以外お目にかかったことがない。

「理不尽を払いのけるのは生きやすくなる秘訣でしょ」

「口が減らねーなぁ」

祐希は感心したように呟いたが、その口の減らなさは息子の健児より孫の祐希のほうに強く引き継がれていると清一は見ている。

それにさぁ、と祐希が清一に向き直った。

「せっかく声かけても断られたりするしさぁ」

ぎくりとしたのは朝の電車を思い返したからだ。席を譲ろうとした女子高生を断った。

「断ったら何か悪いのか。不機嫌になったり怒鳴ったりするわけじゃないなら別に……」

「悪かないけど断られたほうはけっこう気まずいもんよ」

その口振りからして祐希も断られたことがあるのだろう。

「知らない人に声かけるのってけっこう勇気いるじゃん。席譲るとかいい子ぶってるみたいで恥ずかしいなーとか。いろんなハードル乗り越えて声かけてんのに断られたらへこむよ。当然じゃん」

へこむと言い放たれてますます後ろめたさが膨らむ。今朝の女子高生もへこませてしまったのだろうか。

いやいや、善意を向けられたからといって、必ず受けなくてはならない法はない。大丈夫なものを大丈夫と言っただけのことで何でこちらが後ろめたく思わなくてはならないのか。善意というものは押しつけるものじゃないだろう。

大体、と清一は口をへの字にした。

いい子ぶっているみたいで恥ずかしい、というのは何だ。当たり前のことを恥ずかしがるという意識自体が間違っているのじゃないか。

内心でいろいろ言い訳を組み立てているうちに、

「そういえば貴子さんのパートは続いてるの」

芳江が投げた問いかけで会話の流れが変わった。

「続いてるみたいよ」

肉屋を辞めてしばらくは家にいるのかと思ったら、貴子は一駅向こうの雑貨屋でパートの口を見つけたらしい。

「機嫌良く通ってるみたいだから向いてんじゃねーの？　あの人、ああいうこちゃこちゃした店好きだしさ」

「それはよかったな」

肉屋のパートでトラブルがあったときは何の力にもなってやれなかった。また勤めはじめたと聞いたときは少し心配していたのだが、平穏に過ごせているなら何よりである。

「じゃあ帰るわ、風呂ありがとな」

まだ髪は乾いておらず、芳江が「夏風邪でも引いたりしたらつまらないわよ」と声をかけたが、「大丈夫大丈夫」と祐希はさっさと腰を上げて帰っていった。

＊

清一の次の出勤は三日空けて四日後だった。

朝、いつもどおり事務所へ向かうと、風に乗って胸の悪くなるような臭いが鼻先をかすめた。

つい四日前も同じ臭いを嗅いだ。ペールボックスを開けて立ちのぼった蒸れた生ゴミの臭いだ。

難なくたどれる臭いを追うと、駐車場の入り口からすぐの植え込みだった。

踏み入ると、バサッと大きな羽音がしてカラスが一斉に飛び立った。真上の電線に留まる。見回すと周囲にちょっとした群れを成しており、あちこちで鳴き交わしている。

地べたに家庭ゴミのような大きなゴミ袋がいくつも散乱していた。カラスにつつかれて中身が引きずり出され、生ゴミがアスファルトに腐臭を放つ染みを作っている。

カラスがね、もうひどくて。

芳江がしょっちゅうそうこぼしていることを思い出した。

ゴミステーションのネットも少し被せ方が甘いと端からめくり上げてつつくのよ。あんまりひどいから町会長さんが市役所からネットをもう一枚もらってきて、今は二枚重ねてるの。カラス避けのネットを被せていても、わずかな隙間があれば荒らされるのだから、剝き出しではひとたまりもない。

そのうえ最近はどこもカラス対策に神経質なので、カラスのほうもゴミ漁りに必死だ。清田家の近所でもゴミの始末が甘かったステーションは集中砲火を受けている。

「ああ、清田さん！」

掃除道具を抱えてバイトと一緒にやってきたのは須田だ。

「ひどいもんでしょう」

「どうしたんだね、これは」

「さっき私が出勤したらこの有り様で……店が閉まってからやられたんでしょうねぇ」

『エレクトリック・ゾーン』の平日の営業時間は朝十一時から翌日の明け方五時までだ。

「実は三日前にもこんなふうに家庭ゴミを投げ込まれましてね」

須田が顔をしかめながらちりばさみで散らばったゴミを拾い集める。

「心配してたんですよ、最近ゴミの置き去りが多かったから。敷地内が乱れてるとこういうのを呼び込んじゃうんですよねぇ」

須田は割れ窓理論的なことを言いたいらしい。だが、清一には別に引っかかることがあった。

一回目は三日前だったという。三日前といえば、清一が敷地内でとぐろを巻いていた中学生たちをやり込めた日の翌日だ。

奴らの意趣返しだ、と反射的にそう思った。


「というわけでな、現場を押さえるのを手伝ってほしいんだ」

その日の晩、『鯨』で酒が入る前に清一はそう切り出した。

「そりゃもちろんかまわないけどよ」

重雄《しげお》が怪訝《けげん》な顔をして首を傾げた。

「犯人がそのガキどもだってのはちと性急すぎねぇか?」

「そうかな」

清一としてはすっかり先日の中学生の仕業だと思い込んでいる。

「俺が注意した翌日だし、あいつらは注意したときも入り口にゴミをぶち撒《ま》けて帰ったんだぞ。手口をエスカレートさせて嫌がらせを重ねてるとしか……」

「お前が業腹だったのは分かるが、ちょっとこうなってんぞ」

こう、と言いつつ重雄が両目の脇に手のひらを添えて視界を狭めた。——すなわち視野狭窄《きょうさく》。

清一はむっと押し黙った。

「シゲちゃんの言うとおりだね」

則夫《のりお》も重雄の肩を持った。

「タイミング的にそのガキどももちろん怪しいけど、他の可能性も考えておくべきだと思うよ。家庭ゴミは大量だったんだろう?」

「ああ」

ペール用のゴミ袋が五、六個あっただろうか。それが野放図にカラスにつつかれたのだから大惨事である。

「ごく当たり前に考えたら、大人のほうがやりやすい悪さではあるんだ。大人ならそれくらいのゴミでも車に積んで簡単に持ち込めるからね。でも、中学生が大きなゴミをいくつも敷地内に持ち込むのはけっこう骨だよ」

盲点を衝《つ》かれた。

中学生なら移動手段は徒歩か自転車、せいぜい悪ぶっても無免許のスクーターだろう。それで大きなゴミ袋をいくつも運ぶのはかなり骨だ。入り口から入るにしろ、フェンスを越えるにしろ、敷地内に持ち込むときもかなり目立つ。

まあ確かに、と清一も不承不承頷いた。

「まあ、いろんな可能性を考えて見張ろうじゃないかね」

則夫が執り成し、「じゃあ行くか！」と重雄がさっそく腰を上げる。

車は清一が出して、『エレクトリック・ゾーン』に着いたのは十時を回った頃だ。駐車場の一角に車を入れ、まずは三人で敷地をぐるりと一周する。

カラオケ、ゲームセンター、ボウリングと三館あるアミューズメントは、どれもまだかなりの賑わいを見せており、出入りする客も多い。

「これは朝までこういう感じなのかい？」

尋ねた則夫に清一は「いや」と首を振った。

ゲームセンターとボウリングは二時閉店なので、もうじき客足も落ち着くだろう。カラオケも平日の利用はそこそこなので、朝までの客は少ない。

「〇時を回ればだいぶ静かになると思う」

深夜の営業に立ち会ったことはないが、日報を見ているので大体の動静は分かる。

「思いのほか明るいもんだな」

重雄が意外そうに辺りを見回しながら歩く。建物の裏のほうにも常夜灯を一定間隔で据えてあるのだ。

「暗がりを作ると何かと不用心だからな。深夜勤務に入ってる女性スタッフもいるし、色々と気は遣ってるよ」

「そういや、痴漢騒動なんかもあったっけなぁ」

市内で悪質な痴漢が出没したとき、便乗犯的に『エレクトリック・ゾーン』で女性スタッフが痴漢の被害に遭ったことがある。ちょうど去年の今頃だ。

「痴漢なんざ銃殺刑にしちまえばいいんだ」

則夫が不機嫌に吐き捨てたのは、早苗《さなえ》が被害に遭いかけたことを思い出したらしい。

敷地を一周したが、まだ人通りが絶えていないためか、怪しい連中には行き当たらなかった。物陰でいちゃついている若いカップルを見かけたくらいである。おっさん三匹に通りがかられ、気まずそうにそそくさと立ち去った。

「邪魔しちまったかな」

言いつつ重雄は大して申し訳なさそうでもない。

「ゆっくり一周して十分ってとこか」

則夫が腕時計を見る。広い駐車場が売りの郊外型アミューズメント施設なので、あちこちの物陰を覗きながらしっかり回ると、ちょっとした散歩並みの距離だ。

「車で待機しながら、一人ずつ交代で回ればいいんじゃないかね。長丁場になるかもしれないから、敷地を二、三回りして交代するくらいでどうだい」

三十分ほどで一交代というローテーションだ。則夫の提案に重雄も頷いた。

「駐車場の見張りも要るしな」

車でゴミを持ち込むとしたら、トランクの開け閉めなどでもたつくはずだ。車を降りて荷物を出し入れしている動きは窺ったほうがいいだろう。

車を駐車場の出入りが見張りやすい位置に移動させ、まずは重雄が見回りに出た。こういうときに張り切って一番手を取るのは大抵重雄である。

「愕然としたんだよなぁ」

運転席で清一はハンドルに肘を突いた。

「叱られてばつが悪いのは分かるが、これ見よがしにゴミを入り口に捨てて帰るなんてな」

中学生を注意したときの話である。

「俺が後からあそこを通って帰ると分かってるはずなのにな」

後から通りがかって嫌な思いをしろ、とその生々しい悪意に当てられた。

間違っているのは彼らのはずなのに、彼らのぶちまけた悪意のゴミを拾わされ、ゴミ置き場で生ゴミの蒸れた臭いを嗅がされた。

ひどく惨めな目に遭わされている気がした。

こんなことなら世の中の不法には見て見ぬふりをしたほうが得なのではないか、という考えがちらりと頭をよぎった。

そう思ってしまった時点である意味負けているのかもしれない。

「でもまぁ、それくらい分かりやすく嫌がらせをするくらいのほうが、却ってかわいらしいのかもしれんよ」

則夫が執り成すようにそう言った。

「去年の飼育小屋みたいなことは救われないからね」

受験のストレスだと嘯《うそぶ》きいたいけな小動物に虐待を繰り返していたのもやはり同じ中学生だ。確かにそれに比べたら分かりやすく大人に反発してくる子供はまだ救いがある。

「俺の注意の仕方が悪かったのかな」

「まあ、そんな跳ねっ返ったガキだったらどう注意したって同じだろうよ」

気に病みなさんな、と則夫が軽く清一の肩を叩いた。

やがて重雄が車に帰ってきた。

「うーい、交代交代」

後部座席に乗り込んできた重雄に代わり、清一が外に出た。

そんなふうにしてその日は二時過ぎまで粘ったが、何事も起こらず過ぎた。

「空振りかぁ」

重雄は何やらつまらなさそうだ。

「何も起こらないに越したことはないんだから」

宥《なだ》める則夫にいつもなら清一も同意する側だが、今回ばかりは事があってほしいという重雄に少し同調したい気分だ。

「まあ、明日は土曜日だしな」

自分を言い聞かせるように清一は呟いた。何かと施設内が騒がしくなるのは、やはり週末である。それに悪ぶっているとはいえ相手は子供だ。夜遊びで家を抜け出すなら平日よりも週末のほうが可能性が高いかもしれない。

*

そして翌日の張り込みも夜十時過ぎからである。

駐車場に車を入れて、まずは三人で一回り――と車を降りようとしたときだ。

「よ、ジーサン」

不意に背後からかかった声に三匹は思わず首をすくめた。見ると『エレクトリック・ゾーン』のスタッフジャンパーを羽織った祐希である。

「何だお前、バイトは辞めたんじゃなかったのか」

驚かされた行きがかりで思わず清一が嚙みつくと、祐希はニヤニヤ笑った。

「バーサンから『エレクトリック・ゾーン』のゴミ捨てのことでむきになってるって聞いてさ。手伝ってやろうと思って店長に臨時でバイト入れてもらった」

芳江の奴、余計なことを――と清一は苦った。むきになっていると言われるとばつが悪い。

「受験勉強はどうしたんだ」

「息抜きだよ息抜き。今日明日だけだからさ」

そして祐希はゲームセンターのほうを指差した。

「そっちもどうせ見回りすること店長に言ってないんだろ？　俺、ゲーセンに入ってるからさ。何かあったら呼んでよ、事情分かってるスタッフがいたほうが安心だろ？」

走り去っていく祐希を見送り、重雄が肘で清一をつついた。

「気が利く孫じゃねえか」

「遊びと勘違いしてるだけだ」

清一がむっつり答えると、則夫が忍び笑った。それも気に食わない。

「行くぞ！」

「そうむきになるなよ」

重雄のからかい声に清一はますます腐った。


見回りを何度か交代した十一時過ぎ、車中の待機が清一と重雄になったタイミングである。

「おい、ゴミを持って降りたんじゃねえか？」

重雄が助手席から身を乗り出した。

「どれ」

新たに駐車場に入ってきたワンボックスカーだ。家族連れのようだが助手席から降りた母親がゴミ袋を提げている。

家族はゲームセンター館に向かっている。連れている二人の男の子は小学生くらいだろうか、先を行く父親をじゃれ合うように追い、ゴミ袋を提げた母親は最後をついていく。

「お母さん、早くー！」

ゲームセンターの入り口に着いた子供たちが振り返って呼ぶ。

「お母さんゴミ捨ててから行くから先に行ってなさい」

そして母親は入り口の脇に並んでいるゴミ箱のほうへ向かった。

「おい、こりゃあ一体……」

重雄に訊かれ、清一は顔をしかめた。

「家庭ゴミの持ち込みのようだな」

「いいのか、そりゃ」

「よかぁない、店としては禁止してる」

『エレクトリック・ゾーン』のゴミ箱はあくまで施設内で発生したゴミを捨てるためのもので、外部からのゴミの持ち込みは基本的に認めていない。だが、家庭ゴミなどを持ち込んで捨てる客が後を絶たないのである。

「とにかく禁止してるんだな、よし」

そして重雄が母親のほうへ駆け寄った。

「何捨ててるんだい、お母さん」

声をかけた重雄に、ゴミを捨てようとしていた母親がぎくりとしたように振り向いた。

「何ってゴミに決まってるじゃない」

「それ、家から持ってきたやつじゃないのかい」

半透明のポリ袋の中には野菜くずなどの生ゴミが透けて見えている。

だが、母親は一向に悪びれなかった。

「それが何よ」

「何よって、ほれ」

重雄が壁に貼ってある注意書きのプレートを指差す。

『家庭ゴミの持ち込みはご遠慮願います』

「書いてあんじゃねえか、ここに。よくないんじゃねえのかい」

「だって仕方ないでしょ」

母親はいっそ恐れ入りたくなるほどあっけらかんと開き直った。

「燃えるゴミの日に出し忘れちゃったのよ。次の回収日まで家に置いてたら部屋が生ゴミ臭くなっちゃうじゃない」

「いや、でもそれは店には関係ない事情ですから……」

清一も横から口を添える。すると母親が苛立ったように眦《まなじり》を吊り上げた。

「何よ、あたしたち今からこの店を利用するのよ。ゴミくらい捨てさせてもらってもいいじゃないの」

声の調子がヒステリックに上がりはじめた。

しまったと清一は臍《ほぞ》を噛んだ。母親にとっては見知らぬジジイから二人がかりで責められているという受け取り方になったらしい。

祐希を呼んできてくれ、と重雄に耳打ちして下がらせ、清一は自分が母親の前に出た。

「いや、しかしその理屈でお客さんがみんなゴミを持ち込みはじめたら……」

「大体、あんた何の権利があって口出しすんのよ！」

「私はこの店の関係者なものですから」

母親はさすがに怯んだようだ。だが、すぐにねじ込む理屈を斜め上にたぐったらしい。

「じゃあ何？　この店は客が何を持ってるのかいちいち見張ってるってこと？　プライバシーの侵害じゃないの！」

「いや、仕事と関係なく立ち寄ったらたまたま見かけたもので……」

「仕事と関係ないなら口出ししないでよ！」

そこへ重雄が祐希を引っ張って戻ってきた。祐希は一目見て状況を察したらしい。

「お客さん、どうかされました？」

スタッフジャンパーを着た店員の登場に、母親はさすがにばつが悪そうになった。

「いや、このお客さんが家庭ゴミを持ち込まれたみたいだから」

清一が説明すると、祐希は「ありゃー」と顔をしかめた。

「何よ、今からこの店を利用するんだからゴミくらい……」

またその理屈をまくし立てようとした母親を祐希は「分かりました」と押しとどめた。

「でも、今回だけですよ。そのゴミ、こっちでもらいます」

手を差し出した祐希に、母親は躊躇《ちゅうちょ》した様子だ。はいそうですかとさっさと押しつけられるほどには図々しくなりきれなかったらしい。

「いいわよ、ここに捨てさせてもらったら」

「でも、それ生ゴミでしょ？　臭いがしちゃうと他のお客さんに迷惑ですし、家のゴミ捨てていいんだって他の人に思われても困るし。事務所で捨てときますよ」

祐希はやや強引に母親からゴミを取り上げた。

「その代わり、今度からは勘弁してくださいね」

そして愛嬌たっぷりに母親を片手で拝む。この如才なさはどうしたことか。清一は半ば呆気に取られて祐希を眺めた。

母親が店内に去ってから、重雄が「おいおい」と祐希に尋ねる。

「いいのかよ、受け取っちまって。禁止してんだろ？」

「仕方ないんだって、こういうのは」

祐希はゴミ袋をぶら下げて事務所のほうへ歩き出した。清一と重雄も何となく続く。

「見かけたら注意するけど、いちいち客のこと見張ってらんないし。禁止って言い張ってゴミ持ち帰らせて、『感じ悪い』とか言いふらされても困るしさ」

つーか、と祐希がおっさん二人をじろりと睨む。

「あんなこじれちゃダメだろ。どんな注意の仕方したんだよ」

「どんなって……」

清一と重雄は顔を見合わせ、結局重雄が口を開いた。

「あのおばさんがゴミを持って車から降りるのが見えたから追っかけて……何してんだ、駄目だろうってよ。そしたら何の筋合いがあって注意するんだって食ってかかられたもんだから」

「俺が店の関係者だからって説明して……」

結果、余計にこじれた。

祐希が呆れたように溜息を吐《つ》く。

「そういうときは店員呼べよな。ジーサンだって関係者なんて言っても接客はやったことないんだから、客あしらいなんて分かんねーだろ」

すみません、と二人揃って神妙に頭を下げた。


一人で敷地内を回っていた則夫は、カラオケ館の裏で若い男女が数人たむろしているところへ行き会った。

コンクリの地べたにだらしなく座り、ジュースや菓子類を飲み食いしている。

最近の若い者はどこへでも座り込むなぁ、と軽く眉をひそめる。食い散らかすかもしれないので見回りを代わったときに申し送りしておこう——と思ったときである。

「ねー、何分経った？」

娘の一人が待ち飽きたように声を上げ、近くにいた男が腰を上げた。

「見てくるわ」

どうやらカラオケの順番待ちらしい。

カラオケ館の入り口のほうへ回ろうとした男に、座っていた別の男が声をかける。

「なー、これ」

突き出されたのはコンビニ袋で、食べ終えたゴミを入れているらしい。

「はいよ」

かったるそうにではあるが、立った男がコンビニ袋を受け取る。

ほほう、と則夫は思わず彼らの様子を見直した。娘の一人と目が合って怪訝な顔をされるが、軽く会釈して通り過ぎる。

なかなかどうして最近の若い者も捨てたもんじゃないじゃないか——と気分良く敷地の残りを歩いた。

車に戻ると、清一と重雄が何やらさえない顔をしている。

「どうしたね」

空いていた助手席に乗り込むと、「それがよ」と重雄が膨れっ面だ。

聞くと、家庭ゴミを持ち込んで店のゴミ箱に捨てようとした母親がいたらしい。重雄と清一が追いかけて咎《とが》めると、「何の筋合いがあって」と逆ネジを食ったという。

「いやもう、呆れたね俺は。小学生くらいのガキを二人も連れてたんだぜ？　あんだけ堂々と横紙破りをして悪びれもしないなんざ、子供に恥ずかしくないのかね」

「悪びれてはいたんだと信じたいがなぁ」

清一は唸りつつ渋い顔だ。

「後ろめたいから噛みついてきたんだろう」

「つってもよぉ……」

こじれたところに結果的に祐希が助け船を出したらしい。

「ともあれ災難だったね、そりゃ」

「そっちはどうだった」

清一に訊かれ、則夫はやや考え込んだ。別に何もなかったと答えても済むところだが、口数を増やしたのは清一に少し気を遣った。

若い者の無体にうんざりする巡り合わせに、立て続けに立ち会っているのは気の毒だった。

「カラオケ館の裏で若い連中がたむろして飲み食いしてたんだけどね。自分たちの出したゴミを自分たちで片付けてたよ」

けっ、と重雄がつまらなさそうに横を向き、

「当たり前のことじゃねえかよ、と言いたいところだが——」

吐き捨てる間際で口元がほころんだ。

「ま、なかなか感心な若者だよな」

頷く清一も笑みを浮かべており、当たり前のことを当たり前にする若者たちの話は、二人の気分をかなり掬《すく》い上げたようである。

そして清一が見回りに出たときである。

ゲームセンター館の裏手を歩いていると、フェンスの外の道路で花火をしている若者がいた。年齢的には高校生くらいか。

花火の明かりに浮かぶ姿は派手だが、花火に興じるというのはイマドキとしては子供らしいと言えるかもしれない。

遠目に微笑ましく見守っていた清一だが、近づくと眉間に皺が寄った。

若者たちは終わった花火を『エレクトリック・ゾーン』の敷地を囲む側溝に次々投げ捨てていたのである。

「こら！」

何しろ火を使う遊びなので洒落《しゃれ》にならない。声かけは初手から叱責になった。

「そんなところに花火を捨てたらいかん！　火事でも出たらどうするんだ！」

「何だよおっさん、関係ねーだろ」

フェンスの近くにいた小僧が鬱陶《うっとう》しそうにこちらに一瞥《いちべつ》を投げる。

「関係なくはない！　俺はこの店の関係者だ！」

やべ、と若者たちが口々に呟き「行こうぜ」と残った花火や荷物をまとめてそそくさとその場を逃げ出す。

「片付けていかんか！」

などと呼び止めても聞くものではない。近くに駐めてあった自転車にそれぞれ駆け寄る。

追いかけようにも間のフェンスは二メートルほどもある。乗り越えられなくはないだろうが、登っている間に逃げられる。入り口まで回らないとフェンスの切れ目もない。

結局、手も足も出ないまま自転車で走り去る若者たちを見送るしかなかった。

後に残ったのは側溝に積み重なった花火の燃えかすだけである。

清一はむっつり来た道を戻った。ゴミ置き場のそばの物置から火ばさみとチリトリを取って駐車場の入り口に向かう。

と、車で待機していた二匹がその姿を認めてか駆けてきた。

「どうしたね、キヨちゃん」

「ゴミか⁉」

立て続けに尋ねた二人に、答える声は苦くなった。

「フェンスの向こう側で花火をしてた連中が、燃えかすを側溝に捨てて帰ったもんでな」

ああー、と二人の表情が痛ましげになる。

「そりゃあまた……」

則夫はそこまでで絶句し、重雄は唸った。

「お前、今回はつくづく躾《しつけ》の悪イガキに当たる星回りみてえだなぁ」

店の人間に見咎められて慌てて逃げた辺りは先日の中学生よりもかわいげがあるというべきか。もっとも、ありがたくも何ともないが。

三人で敷地の外を回ってゲームセンター館の裏に向かい、側溝の花火を黙々と片付けた。

「こんな連中ばかりじゃないよ」

則夫の慰めも今は空しいばかりである。

しかし、結局その週末はそれ以上ほかにトラブルもなく、家庭ゴミの置き去りを狙った三匹の張り込みは空振りで終わった形である。

「もしそのガキどもの仕業だったとしても、もう気が済んだのかもしれねえぜ」

重雄の言うことももっともだ。清一としては、煙草を注意した中学生を疑っているが、二回嫌がらせをして溜飲が下がったということは充分に考えられる。

誰からともなく引き揚げを言い出したのは、日曜日の深夜を回った頃だ。翌日が平日なので施設内の賑わいもそろそろ落ち着いてきている。清一も月曜日は出勤があるので、あまり遅くなると翌朝が辛い。

今後もゴミの置き去りが続くようなら改めて見回りをするということで話はまとまった。

——まとまった話がまたぶり返したのは、たった二日後である。

＊

火曜日の朝、清一が出勤すると、事務所脇のゴミ置き場から須田が出てくるのと行き会った。

まさか、と思って問いかけようとすると、先に須田が苦笑した。

「またですよ」

須田が出勤すると、またカラオケ館の裏に家庭ゴミがいくつも放置してあったという。

清一は思わず歯がみした。週末に動きがなかったので見回りを一旦切り上げにしてしまったが、もし昨日見張っていたら犯人を押さえられたかもしれない。

犯人が例の中学生であろうとなかろうと、とにかく相手の気は済んでいないのだ。

見回りは当然続行である。必ずとっつかまえてやる、と清一は眉間に皺を立てた。


『酔いどれ鯨』は休みだったので、その日の集合は則夫の家になった。

「早苗ちゃん、すまねぇな。ガソリンは持参したからよ」

そういう重雄は一升瓶を一本ぶら下げてきている。

「いいえ、ごゆっくり」

言いつつ早苗は枝豆や炙った海苔など簡単なつまみを出してくれた。

「今日は何かあったんですか？」

清一が土産に持参したアイスクリームをご相伴しつつ、早苗も三匹とちゃぶ台を囲んでいる。

ちょうど食後のデザートがほしいタイミングだったらしい。

「ほら、例のゴミの話だよ」

則夫がそう説明を挟むと早苗はそれだけで納得したので、詳細も聞いているのだろう。

「週末の見回りで一段落したんじゃないんですか？」

「それが、今朝出勤してみるとまた捨ててあったんだ」

早苗が相手なのに清一の表情は自然と渋くなった。重雄も悔しそうに唇を歪める。

「昨日まで見張りを続けてりゃなぁ」

「悪いが、また付き合ってくれるか」

清一が頼むと、重雄が「もちろんだ」と頷いた。

「このままじゃこっちも寝覚めが悪いしな。今度はもっと夜遅くまで粘ってみるか」

見張りの時間を相談していると早苗がきょとんと首を傾げた。何やら腑に落ちない顔をしているのを気にしてか、則夫が問いかけた。

「どうしたね、早苗」

「朝になってからじゃないと、ゴミ捨ての嫌がらせってやりにくくないかなと思って」

「どういうことだい」

「え、だって。ゴミステーションって夜中のゴミ出し禁止だから、朝にならないとゴミが出てないし」

言っていることの意味が分からず、清一は首を傾げた。『エレクトリック・ゾーン』にゴミが捨てられる嫌がらせでどうしてゴミステーションの話が出てくるのか。

重雄も同じく怪訝な顔をしていたが、則夫だけ「そうか」と手を打った。

「キヨちゃん、やっぱりゴミ捨ての犯人はその中学生かもしれないぞ」

「どういうこったい」

重雄がドングリ眼《まなこ》を剝いて身を乗り出した。清一も、剝くドングリ眼はないが姿勢としては同じくだ。

「ゴミをいくつもよそから運んでくるなら、車がなくちゃ難しいだろうと思っちまったけど、近所のゴミステーションから運ぶんだったら歩きでも充分だ。近くなら明るくなっても人目を盗んでぱっと運べるしな」

そして則夫が早苗のほうに向き直る。

「早苗、ゴミ収集日の表を持ってきてくれるかい」

はぁいと早苗がアイスのスプーンをくわえたまま台所へ向かう。冷蔵庫から剝がして持ってきたのは、市が発行しているゴミ収集日の一覧だ。各町内のゴミの収集日がまとめてある。

「ゴミが捨ててあったのは何曜日と何曜日だい」

則夫に訊かれて清一は先週のスケジュールを思い返した。中学生たちを注意した日の翌日と、それから三日後の清一の出勤日。そして週が明けて今日。

「……火曜日と金曜日だな」

やっぱりだ、と表を照らし合わせた則夫が膝を打つ。

「『エレクトリック・ゾーン』の町内の可燃ゴミの収集日が火・金だ。ゴミはよそから運んできたんじゃない、手近のゴミステーションから持ってきたんだ」

「じゃあ次は金曜の朝か！」

重雄は喜色満面で腕まくりせんばかりだ。

「犯人がまだ飽きてなければね。逆に次の金曜日にゴミの置き去りがなかったらもう飽きたってことだろうよ」

「こりゃあ早苗ちゃんがお手柄だったな」

重雄に誉められて早苗は照れたように笑った。

「散らかされたゴミ、たくさんあったって聞いたから。普通のお家だったら三日空けたくらいでそこまで溜まらないし、最初からゴミステーションのゴミで散らかされたんだと思い込んでて……」

ゴミの量と出どころからの逆算は、女性ならではの視点である。祐希、お前の彼女なかなかやるぞ。清一は内心で独りごちたが、口に出すと則夫がうるさそうなので別のことを言った。

「これで張り込みの時間も絞り込めるな」

ゴミステーションにゴミが出されはじめる常識的な時間から、ゴミ収集車が回ってくるまでの時間だ。

今度こそ解決の目処《めど》がつき、そこからの酒は清一にとって急に旨くなった。

＊

清一は次の出勤日を金曜日に調整し、それまでにゴミの置き去りがあったら連絡してくれるように須田に頼んだ。

だが、須田からの連絡はないまま金曜日が訪れた。

三匹が『エレクトリック・ゾーン』に集合したのは朝六時である。

周辺のゴミ出し事情を調べると、『エレクトリック・ゾーン』に一番近いゴミステーションでは七時前後からゴミが出されはじめるらしい。

電柱にカラス避けのネットを取り付けたゴミステーションは、『エレクトリック・ゾーン』から数十メートルと離れていない。通りすがりにゴミを持ち出して『エレクトリック・ゾーン』の敷地内に捨てるにはうってつけの位置関係である。

「……で、何でお前がついてくるんだ」

清一は当たり前のような顔で居合わせている祐希を渋い顔で睨んだ。愛用のＭＴＢを駐車場の入り口付近に駐めた祐希は、蛙の面に水とばかりケロリとして缶コーヒーを飲んでいる。

「だって、ジーサンばっかで張り込みしても中坊がダッシュで逃げたら追い着けねーじゃん？　追いかけ要員に若者いるだろ？」

「学校はどうするんだ」

「八時までには決着つくんだろ？　それなら自転車飛ばせば間に合うし」

この地域はゴミ収集車の巡回が早く、八時過ぎにはもうゴミの回収が終わるという。

中学生と追いかけっこになると、確かに三匹に分が悪い。「遅刻はするなよ」と歯切れ悪く注意して、清一は祐希の立ち会いを渋々認めた。

「さて、割り振りはどうする？」

重雄がそう切り出し、ゴミステーションと『エレクトリック・ゾーン』とで張り込みの配置を相談する。『エレクトリック・ゾーン』側は犯人を取り押さえたり追いかけたりすることになるので、腕っぷし担当の清一と重雄、追いかけ役の祐希の三人で固め、ゴミステーションは則夫が見張ることになった。連絡は則夫が用意した無線である。

「それと祐希くんはこれだ」

言いつつ則夫が祐希に渡したのは小型のビデオカメラである。

「お、必殺技じゃん」

茶化しつつ受け取った祐希に、則夫がにやりと笑う。

「犯行現場の動画を押さえておくのは基本だろ。祐希くんが来てくれてよかったよ、おっさんどもじゃちょっと心許ないからね」

うるせえや、と重雄がおもしろくなさそうに唇を尖らせる。

「じゃあ、俺はちょっと先に隠れておくよ」

則夫がゴミステーションへと立ち去り、残りの三人は『エレクトリック・ゾーン』の敷地内で物陰に潜んだ。

「さあて、ガキどもは現れるかな」

ゴミステーションのほうを窺いながら、重雄が張り切って指をぼきぼき鳴らした。そして、清一のほうを振り向いて怪訝な顔をする。

「どうしたよ、しけた面ァして」

「いや、な……」

急にしけた面を切り替えることもできず、清一は手持ち無沙汰に頭を掻いた。

「来るかなと思ってな」

「来ないとすっきりしないだろうがよ」

「いや、まあ、それはそうなんだが」

　すると祐希があれっと意外そうな顔をした。

「ジーサン、犯人が現れてほしくないわけ」

「そういうわけじゃないが」

　ゴミ置き去りの手口が分かったときは、これで犯人をとっちめられると高揚した。――だが、少し落ち着いてみると、今日犯人が現れたら三回も嫌がらせをしてまだ気が済んでいないことになる。それも気が腐る話だ。

「井脇《いわき》さんの気持ちが少し分かったような気がしてな」

　書店経営で万引きに悩まされつつ、それでも万引きを捕まえるより万引きが起こらないほうがいいと井脇は望んだ。

　魔が差す瞬間は誰にでもある。その瞬間を通り越して正気に戻ってくれているのなら、それに越したことはない。

　三回嫌がらせをしてまだ正気に戻っていないのなら、いよいよ救いがない。

「俺は悪さをしたら報いがあったほうが本人のためだと思うがな」

　重雄の理屈は、これはこれで明快だ。万引きのときも捕まえたがっていたし、それはそれで一つの選択である。

「ま、どっちにしたってあと一時間そこそこで決着つくんだろ」

祐希があっさりそう片付けた。ゴミステーションのほうを窺うと、カラス避けの緑のネットは近隣住人の出したゴミでそろそろ膨らみはじめていた。

ゴミ出しのピークは七時過ぎで、七時半を過ぎるとゴミを出しにくる住人も途絶えた。もしかしたらもう気が済んだのか、と清一が心の天秤を楽観に傾けかけたときである。

『――来たよ』

則夫からの無線に『エレクトリック・ゾーン』側には一気に緊張が走った。

『中学生の小僧が四人、全員自転車だ。自転車を降りてゴミを持ち出してる』

物陰からゴミステーションのほうを窺うと、半袖の開襟シャツに黒い学生服のズボンという夏の制服をだらしなく着崩した小僧どもが、ネットをめくってゴミ袋を取り出しているところだった。

「ありゃどこの生徒だ」

重雄が尋ねるが、祐希は「分かんねーよ、そんなの」とすげない。

「中学の夏の制服なんて全部一緒だもん。冬だって学ランのボタン見ないと区別つかないし」

ゴミ袋を携えた小僧どもは、迷わず『エレクトリック・ゾーン』の駐車場に駆け込んできた。そして入り口からすぐの植え込みにゴミ袋を投げ出す。

「こらっ！」

真っ先に飛び出したのは重雄である。

「何してんだ、お前ら！」

小僧どもがぎょっとして立ちすくみ、その隙に重雄が手近な一人の首根っこを摑まえた。

残りの三人がわぁっと逃げ出す。

待ち構えていた清一は、駆けてくる小僧どもの足元を持参の竹刀で軽く横薙ぎにした。丁度走っている足元にハードルを差し出された態《てい》になり、小僧どもはとっさに竹刀を飛び越えようとしたが、一人が着地で足をもつれさせ芝生の上に転んだ。

その一人を清一がすかさず押さえる。

敷地外へ逃げた二人を追いかけたのは祐希だ。ゴミステーションへ駆け戻るのを追い上げる。

「おい、ビデオ撮ってっからな！　警察持ってくぞ！」

祐希が怒鳴ると、一人がぎくりとしたように振り向き速度が鈍った。そこを飛びかかるように捕まえる。

残り一人がゴミステーションに駐めてあった自転車にたどり着いた。スタンドを蹴りサドルにまたがるが、漕ぎ出そうとすると自転車が前につんのめるようにバランスを崩して倒れた。

自転車を起こそうと躍起になっている小僧の前に、ひょいと則夫が現れた。

「これが要るんじゃないのかね」

これ見よがしに指先で振って見せたのは、キーホルダーがついた自転車の鍵だ。

「くそ、寄越せよ！」

摑みかかろうとした小僧の前に、則夫が後ろ手に隠していたビデオカメラをさっと構える。

「暴行の現行犯映像を残しておくかね？」

摑みかかる腕の勢いが萎えた。そこへ小僧を一人捕まえたまま祐希が追い着く。

「よーし、お前らどこ中？　何年？　家どこ？」

矢継ぎ早の祐希の問いに、中学生たちは力なく肩を落とした。


持ち出されたゴミをゴミステーションに戻し、中学生たちを事務所へ連れて行こうとしたが、全員ぐずぐず言って歩き出そうとしなかった。

片をつけたのは祐希の一言である。

「めんどくせーな、警察呼んじゃえよ」

明らかに中学生たちはぎくりとし、そこを「事務所に行くのとどっちがいい」と清一が押すとのろのろ歩き出した。

店長の須田を呼び出して到着を待つ一方で、四人の中学生の自宅連絡先を尋ねる。このときも中学生たちはなかなか口を割らなかったが、やはり祐希が突破した。

「だから気ィ遣ってやることねーって。警察に突き出して終わりでいいじゃん」

突っ放した祐希の口調に、中学生の一人がふて腐れたように「言います」と応じた。不服な様子だったが一応は敬語で、彼らにとってはジジイと一括りできる年代のおっさんどもより、いかにも見た目が派手で態度もでかい祐希のほうが恐いらしい。

「じゃー俺、そろそろ行くわ」

祐希が言いつつ腰を上げる。そして中学生たちを一瞥した。

「お前ら、高校行くの？」

中学生たちが仲間同士で顔を見合わせる。祐希は返事を聞きたかったわけではないらしく、

「別にどうだっていいけどさ」と突っ放した。

「進学するんだったら荒れンの程々にしとかないと内申に響くぞ」

中学生たちはそれぞれそっぽを向いて答えなかったが、表情には反発よりも不安が濃かった。年の近い高校生からの言葉は生々しい危機感を煽《あお》ったらしい。

須田が到着したのは祐希が立ち去ってしばらくだ。

「この子たちですか」

事務所に連座させられている中学生たちを眺め、須田は何やら首を振った。嘆いているのか納得したのかは謎である。

「近くのゴミステーションからゴミを持ち出して散らかしてたんだ」

説明した清一に須田がまた首を振る。

「よく現場を押さえましたねぇ」

「ゴミが散らかされてたのが火曜と金曜だったろう。友達に相談してるうちに、ゴミの日狙いの嫌がらせじゃないかって気がついたんで、今日は朝から連れ立って見張ってたんだよ」

「そりゃあどうもお世話様でした」

ぺこりと頭を下げた須田に、重雄がいやいやと手を振り、則夫もにこにこ笑う。

「私ら、朝が早いもんですからお安い御用ですよ。ゴミを捨ててる場面もビデオに撮ってあるんで、もし証拠が必要なことになったらいつでも仰ってください」

そのまま処置は須田に任せて引き揚げたが、須田は家と学校に連絡をして警察には通報せずに済ませたらしい。

「僕も若い頃は悪さをしてましたから」

須田はそう言って照れくさそうに笑った。清一が嘱託に入った当初はその悪さをしていた頃が祟ってトラブルに巻き込まれていた。

中学生たちは清一に座り込みや煙草を注意されたことを根に持っての嫌がらせだったという。ゴミのことで注意されたので、ゴミをたくさん散らかしてやろうという単純な連想だったが、全くバレなかったので得意になって繰り返したとのことだった。

その顚末を清一が悪友たちに報告したのは、いつもどおり『酔いどれ鯨』である。

「それにしても汚ぇ字だなぁ、こりゃ」

重雄が顔をしかめてぼやいた。老眼鏡をかけるのを億劫がって遠くに構え、眇《すがめ》で眺めているのは四百字詰めの原稿用紙である。

何かといえば小僧どもが書いたという反省文だ。通う中学校から『エレクトリック・ゾーン』に届いたものである。お咎めなしという沙汰にしたので、学校側が恩に着たのか気を回したかで書かせたらしい。

嫌々書かされていることを乱雑な字が雄弁に物語っていた。文章も四人が四人ともほとんど変わらず、お仕着せの模範文が示されたことがありありと分かる。

読めるかこんなもん、と早々に投げた重雄に対し、則夫はしげしげと四つを見比べている。

「ここまでやる気のない字というのもいっそ珍しいね。こりゃ何て字を書いたつもりだ？」

呆れるよりも面白がっている。

「学校の教師もどうかしてねえか。こんな上っ面だけの反省文、迷惑かけた先に送りつけたって失礼なだけだろうがよ」

一席ぶった重雄に清一もまったく同感である。反省文には校長の名前で詫び状がついていたが、それもワープロ打ちに決まり文句の寄せ集めという代物で、一応の体裁を取り繕った以上のものではなかった。

反省文も要するに体裁である。問題を起こした生徒を指導しましたよと学校側の体面を保つために必要な儀式なのだろう。

「何もしないわけにはいかなかったんだろうけどな」

清一がぼやくと康生《こうせい》が小鉢を人数分持ってきた。注文した品は出揃っていたので首を傾げると、康生は「よかったら味見をお願いします」とにこり。

「今度お通しで出してみようと思ってるんです」

重雄が「こそばい真似しやがって」と鼻を鳴らした。ともあれ味見という名目のねぎらいをありがたく頂戴する。

小鉢の中身は千切りになったキュウリとミョウガである。上に揚げ玉がちょんと載っている。

「なかなかオツだね」

則夫がさっそく舌鼓を打つ。味付けはごま油をきかせた酢醤油だ。

「市場でミョウガが安くなってるのでたくさん使えないかなと思って」

「これ、うちのかみさんに教えてもいいかね」

清田家でも芳江が旬だからとミョウガをよく使うが、買いすぎて余らせると必ず味噌汁の実にして繰り出してくるので、清一はそろそろミョウガの味噌汁に飽き飽きしている。ちょっと目先の変わった物になって出てくるとありがたい。

「揚げ玉にも少しタレをからめるといいですよ」

康生はコツまで親切に教えてくれた。

「どう、親父」

尋ねた康生に重雄は「まあまあだな」とえらそうに論評した。康生は「じゃあ明日から早速出してみるよ」と答えたので、重雄としては高評価らしい。息子に誉め言葉を出し惜しみするのは世の父親の常である。

戻りかけた康生が座敷の上がり口に目を留めて首を傾げた。

「作文ですか？」

清一がそこに放っておいた反省文である。

「いや、例の中学生から届いた反省文だよ。むりやり書かされたのが見え見えだがね」

「へえ……」

手にとってめくった康生に、「ひでえもんだろ」と重雄が横から口を挟む。

「うん、まあ——字はひどいけど」

頷きつつ康生が小さく笑った。

「微笑ましいね」

思いがけない感想に重雄が「はぁ？」と目を剝いた。

「その投げやりな字のどこが微笑ましいんだよ」

「だって、ずいぶん生意気な子供たちだったんだろ？」

生意気という言葉ではかわいげがありすぎる。だが、とっさに差し替える表現が見つからず、清一は黙って続きを聞いた。

「それでも、学校の先生に頭を押さえられて嫌々これを書かされたんだって思うと、やっぱりまだまだ子供なんだなっておかしいじゃないか」

目からぽろりと鱗が落ちた。

清一に散々いきがって見せたが、所詮は学校で教師に怒られて渋々反省文を書かされるような年頃なのだ。祐希が言っていた内申書も気にかかるのだろう。いきがりたい気持ちと進学を天秤にかけ、せいぜいふて腐れながら書いたのだろうと思うとそこがかわいげだ。投げやりで乱雑な字も懸命なポーズに見えてくる。

薄目で見たら微笑ましいと呼べないこともない、と清一は放り出した反省文をもう一度手元に引き寄せて眺めた。

「やっぱり立花《たちばな》家は息子のほうが人間が出来てるね」

からかう則夫に「うるせえや」と重雄はお決まりのようにむくれた。

＊

芳江は康生に習ったミョウガの一品を気に入って、その後ちょくちょく食卓に繰り出すようになった。

どうして世の女房というものは一度覚えた目新しい料理を飽きるまで作り続けるのか。康生にまた新しいミョウガの料理を教えてもらわなくては——などと思いつつ、小鉢のミョウガをつついていた折である。

「ねえあなた、ちょっとお願いしてもいいかしら」

芳江がそんなふうに切り出してきた。珍しい猫なで声に清一は内心ぎくりとした。何か面倒くさいことを頼んでくるときの声音である。

「内容によるぞ」

牽制しつつ促す。すると芳江は「道楽は人助けでしょ」と澄ました顔だ。清一というより、三匹に何か頼みたいということらしい。

「前に、コンビニの店長さんの話をしたでしょ？」

芳江の知り合いのコンビニの話なら覚えている。店の前に悪ガキが座り込んで困るとかいう話だった。

「何だ、何か店で揉め事でもあったのか」

「ううん、店じゃないの。その人、町内に月極の駐車場もいくつか持ってるんだけど、駐車場で先だってのあなたのところと似たような困り事があるらしくて」

先だっての困り事というと一つしか心当たりがない。

「ゴミ関係か？」

そうそう、と芳江は頷いた。

「駐車場にゴミを勝手に捨てていく人がいるんですって。張り紙をしても全然効き目がなくって困ってるんだそうよ。捨てた人を捕まえたら注意してあげてくれないかしら」

「とは言ってもお前……」

『エレクトリック・ゾーン』の一件と違い、手がかりや心当たりが一つもない状態で捕まえるなどといっても、虚空に向けてでたらめに網を振り回すような話である。

「店長さんが業を煮やして片付けても、すぐまた捨てられてるんですって。だから頻繁に捨てに来る人がいると思うのよ。しばらく見張ってたら絶対に現れると思うの」

困った困ったとぼやくこと頻りの店長に、芳江は「うちのお父さんの勤め先でも同じようなことがあって、犯人を捕まえたのよ」と軽い気持ちで清一の武勇伝を披露したらしい。

お宅のもきっと若い子よ、イヤねえ——と店長の愚痴に相槌を打とうとしたら、ご主人さんすごいですねぇと感心され、うちのも捕まえてくれませんかねという話の運びになったという。意外と外面のいい芳江は断りきれなかったらしい。

「ね、お願い。お父さんに頼んでみるわって言っちゃったのよ」

「しばらく見張ってみるくらいならいいが、捕まえるという保証はできないぞ」

「それでいいから」

そんなふうに引き受けてしまった案件を『酔いどれ鯨』に持っていくと、重雄がにやにやと笑いながら「何だかんだと言いながらお前は芳江ちゃんには甘いよなぁ」とからかった。

「突っぱねると後が面倒なんだ」

決まり悪く言い訳すると、則夫も「芳江ちゃんは恐いからなぁ」と笑った。

「場所が分かるんなら、今日の夜回りで下見に行ってみようじゃないか」

則夫の提案でさっそくその日の晩に問題の駐車場に立ち寄ることになった。

住宅街の道沿いに、二十台ほどのスペースを備えた青空駐車場である。敷地が台形になっており、道に面した隅っこに三角形の半端な隙間が空いている。

そこに自販機を置いてあるのだが、その陰にかなりの分量のガラクタが散乱していた。大物は壊れた家具や家電、古びた寝具。小物は缶ビンの袋詰めや紐で括った紙ゴミや古本、そして通りすがりにポイと捨てていかれたようなコンビニ袋のゴミまで。

一番かさばる扇風機に張り紙がしてあった。

『ここはゴミ捨て場ではありません。ゴミを出した人は持って帰ってください』

地主の直筆だろう、マーカーの字は苛立ったように荒い。何度雨に降られたのか、ベロベロにふやけた紙は張り紙としての己の無力を嘆いているかのように見える。

「行儀の悪い奴がいるもんだなぁ、おい」

重雄がガラクタの山に顔をしかめる横で、清一は駐車場前の側溝を覗いて顔をしかめた。溝の中に花火の燃えかすが積もっている。『エレクトリック・ゾーン』の敷地沿いで花火をしていた若者たちが思い起こされた。

「同じゴミ捨てでも『エレクトリック・ゾーン』とは性質が違うようだね」

ガラクタの山を検分していた則夫がそう結論づけ「もっとも、嫌がらせのほうが特殊例ではあるけどな」と付け加えた。

「ゴミの不法投棄としてはこっちがスタンダードだろうね」

「スタンダードってのは何だ」

横文字に弱い重雄が尋ねると、則夫は「要するに一般的ってことさね」と答えた。

「ちょうどポイ捨てをしやすい立地なんだ。フェンスがないし、自販機でちょっと陰になってるから、通りすがりにポンとゴミを放っていける。最初の一つがポイと放られたら後はゴミがゴミを呼んで……」

ちょっとしたゴミ溜めだ。

「それにしたって他人の土地だってことは分かってんだろうに。張り紙までしてあるんだからよ」

重雄が呆れたような呆気に取られたような顔で唸る。

「最後にはいつも地主が分別してゴミに出してるそうだ」

清一が説明すると、重雄がますます顔をしかめた。

「気の毒になぁ、有料ゴミもけっこう混じってんのに」

市の粗大ゴミは有料化しており、引取りを頼むと品目によって数百円から引取り料がかかることになっている。今捨てられている分を片付けるだけでも二、三千円取られるだろう。どこの誰とも知らない無作法者の後始末をしてやるために自腹を切るなど、我が身に置き換えると想像するだに口惜しい話だ。

「片付けてもまたすぐ捨てられるから、定期的に捨てに来てる奴がいるんだろうって話だ」

見張りのために、空いている駐車スペースに車を駐めてもいいことになっており、翌日から三匹はさっそく夜回りの時間を張り込みに振り向けた。

清一の車に乗り込んで現場を見張っていると、やはりポイ捨てが頻繁である。ちょっとしたゴミや雑誌などを通りすがりに放っていく者が多い。

学生風から会社員風まで、そして男女、夜半にそこを通りがかる人種はさまざまだ。

ゴミが捨てられるたびに「ちょっと」と車を降りていく。

「今、ゴミを捨てたでしょう」

声をかけると大抵の者がぎくりと気まずい顔になる。まずいところを見つかってしまった、そういう顔だ。後ろめたさに目を泳がせて「はあ」とか「ええ」とか煮え切らない返事をする。

「困るなぁ、ゴミ捨てられちゃ」

ぎょろりと目を怒らせながら注意をするのは強面《こわもて》の重雄の役回りである。こういうことは顔の押し出しの利く者が言うと手っ取り早い。

重雄が粗大ゴミの張り紙を指差すと、地主の関係者だと勝手に合点するらしい。決まり悪げに自分の放ったゴミを拾って去る者がほとんどだ。

すみませんとへどもど謝るのはいいほうで、ああとかはいとか口の中でもぐもぐ呟くだけの者も多い。

「みんな捨ててるからいいと思って」

そんな言い訳にもならない言い訳を付け加える者もいる。

みんな捨ててるのにどうして自分だけ、と逆ギレするのはごく少数派である。

「スピード違反の切符を切るお巡りの気持ちが分かってきたような気がするなァ」

逆ギレの連中を言い聞かせて帰した重雄がそう苦笑した。「地主も困ってんだよ、頼まぁ」と手刀を切って熟年サラリーマンを退散させたばかりである。

他の車もスピード違反をしてるのにどうして自分だけ、と逆ネジを食わせる運転手はねずみ捕りの現場に付きものだ。

「やはりゴミがゴミを呼んでるな」

清一は運転席でそう呟いた。『エレクトリック・ゾーン』でも最初は須田がそう言っていた。敷地内が荒れているとエスカレートするという理屈である。今のところ捕まえているのはゴミが捨ててあるからまあいいかと捨てていく者ばかりで、言ってみれば便乗犯だ。

「かさばるゴミを捨てにくる奴がいたら主犯格ってことになるだろうね」

則夫の言う主犯が現れたのは、見張りを開始して三日後のことである。


「おい」

まず気づいたのは重雄である。重雄が示したのは駐車場の裏に建っているくたびれた中古の家だった。

門を開けて表に出てきたのはランニングにステテコ姿の老人で、パンパンに膨らんだペール用のゴミ袋を提げている。老人は迷いない足取りで駐車場に沿って歩きだし、迷いなく自販機横の隙間にたどり着いてゴミ袋を置いた。そしてまた引き返す。

三匹が一瞬出遅れたのは、老人のあまりに堂々とした様子のせいだ。躊躇や人目を憚《はばか》る様子は一切なく、――まるで正当に捨てるべき場所にゴミを捨てたかのような。

「……おい、行くぞ！」

重雄の号令で一斉に車を降りる。

「もしもし！」

声をかけたのは清一だ。老人が怪訝そうに振り返る。呼び止めてみると、三匹と変わらない年代に見える。

「何だい」

「何だいじゃねえよ」

　追い着いた重雄が加勢する。

「今、そこにゴミを捨てたろう」

「それがどうしたんだ」

　その平淡な切り返しにさしもの重雄が呆気に取られた。ポイ捨てを咎めて逆ギレされたことはあっても、それがどうしたとまともに問い返されたことは今までなかった。

　開き直りかとも思ったが、開き直りと呼ぶには悪びれていなさすぎる。

「困りますよ、こんなとこにゴミを捨てられちゃ」

　何とか立て直して清一がそう咎めると、重雄も気持ちを持ち直したようだ。

「何でちゃんとゴミに出さねぇんだよ」

「仕方ないだろ、粗大ゴミなんだから」

　文脈がまったく通らない返事なのに、これほど当たり前のように主張されると咎めたこちらが間違っているような気さえしてくる。

　そこへ則夫が男の出したゴミを持ってきた。中にむりやり詰め込まれているのは、どうやら毛布か何かのようだ。

「タオルケットは寝具扱いだから粗大ゴミになっちまうんだよ」

　毛布ではなくタオルケットらしい。増えても何の役にも立たない情報だが。

「一枚だけなのに引取り料を払うなんてもったいないだろう」

「一体何を言いたいんだ、こいつは」

重雄がそう尋ねたのは仲間二人に向かってである。考え考えの様子で答えたのは則夫だ。

「確か、薄手の寝具は何枚かで一個口の引取り料金なんだよ。一枚だけで一個口の料金を払うのはもったいないということじゃないかね」

「理屈になるか！」

重雄が怒鳴ったのも則夫に向かってだ。則夫が「俺に言うなよ」と顔をしかめ、それもそうだと重雄は男に向き直った。

「引取り料がもったいないからって他人の土地にゴミを捨ててもいいって法はねえだろうが、おい」

「そこに捨てといたらそのうち片付いてるからいいんだよ」

「片付いてるんじゃないだろう！」

清一は思わず声を荒げた。

「地主さんが業を煮やして片付けてるんだ。引取り料金だって自腹を切ってるんだぞ」

「金持ちなんだから当たり前だろう」

男の返事は悪い意味でことごとく三匹の意表を衝いた。

「他にいくつも駐車場を持ってて、店までやってるんだろ。金持ちなんだから、これくらいのゴミは引き受けて当然だ」

「地主に何か恨みでもあンのか」

重雄がそう尋ねた理由は、清一にも分かった。――それくらいしか、この男の言い分を理解できる理屈が思いつかない。

いっそ恨みであってくれという願望でもある。こんな筋の通らない話を言い立てる者が自分と同じ年代などとは信じたくない。

「別に恨みなんかないけどさ。金持ちだって聞いたから」

せめて、開き直って無理筋を強弁しているならまだ救われた。だが、男はまったく肩に力の入っていない自然体の話しぶりだ。

「あんたらだって金持ちは気に食わないだろ」

あまつさえ同意を求められて、ついに清一は絶句した。重雄に至っては、くるりと男に背を向けてしまう。関わりたくないという意思表示だ。

「私らはその地主さんに頼まれてゴミ捨てを見張ってたんでね」

則夫がタオルケットを詰めたゴミ袋を男に突き出した。

「とにかく持って帰ってくれ。何ならあんたの家の前まで運ぼうか、どの家から出て来たかは見てたから」

すると男は渋々ゴミ袋を受け取った。

「地主さんにあんたのことは報告させてもらうよ」

重ねて声をかけた則夫には答えず、男は自宅のほうへ引き返した。

「俺一人に押しつけるなよ」

則夫がそうぼやきながら苦笑いする。

「駄目なんだ、俺ァああいうヌルヌルした訳の分からん奴は」

重雄が投げやりにお手上げし、清一も「すまん」と頭を下げた。

「どう話せばいいやら分からなくなってな」

「お前はああいうのをあしらうのが上手いからよ」

重雄が持ち上げると、則夫は「嬉しくないねぇ」とまた苦笑した。

「ともあれ、常習犯らしいのを一人見つけたのは収穫だったんじゃないかね。地主さんに報告して終わりにさせてもらったらどうだい」

則夫の言葉に清一も頷いた。今の男にどう対処するかは地主の問題だ。

それからしばらく見張りを続け、三匹は丑三つ時に引き揚げた。

＊

翌朝、軽く朝稽古をしてから清一は新聞を取って母屋に戻った。食欲がないのは暑さのせいか、昨夜の男に当てられたせいか分からない。

芳江は鯖《さば》を焼いてくれたがあまり手をつける気分になれず、白飯に梅干しを載せてお茶漬けにして流し込む。

「昨日はどうだったんですか」

自分が頼んだことなので、見張りの成果は気になるらしい。芳江は三匹の見張りが始まってから毎朝気にかけてくる。

「うん、まあ、それらしい奴はちらほらだ。地主さんにも教えておくよ」

曖昧に答えたのは、昨夜のうんざりする一件を事細かに話したくないのと耳に入れたくないのと両方だ。

新聞をめくっていると、コラムの見出しに目が吸い寄せられた。『変質する老人』とある。

ざっと目を通すと、年配者のモラルについての苦言だった。

「最近の若い者は」と年配者がこぼしていたのは昔の話。今どきは反対に「最近の年寄りは」と若者がこぼしたくなるような年配者が増加している——そんなふうに始まって、近年の年配者の公衆道徳が乱れていることを指摘する文章だった。

もはや年輪を重ねているということは良識の担保にならない。最後を厳しく締めたその文章は、昨夜の男を目の当たりにした清一には一際苦く刺さる内容である。

『エレクトリック・ゾーン』の出勤時間まではまだ余裕があったが、思い立って清一は早く家を出た。立ち寄ったのは件《くだん》の駐車場である。

「……」

自販機横のゴミ溜めを覗いて自然と渋面になった。昨夜、一度は持ち帰らせたタオルケットがいけしゃあしゃあとまた出ている。

——もしかするとあれも、と清一は駐車場前の側溝に目をやった。そこに花火の燃えかすが積もっている。

最初に見つけたときは『エレクトリック・ゾーン』で見かけたような若者の仕業だろうと何の疑いもなく思っていた。だが、現場を見ていないのだから決めつけることはできない。子供や孫に花火をさせたいいい年の大人が、始末を面倒くさがった可能性もないとは言えない。

でもまあ、年代は関係ないんじゃねーの？

ジーサンたちの年代だって『最近の年寄りは』って言いたくなるようなのいるぜ。

祐希が先日そんなことを言っていたのを思い出した。

自分と同じ年代の者が子供の前で溝に燃えかすを捨てている様子を想像するとげんなりするが、いい年なんだから自分の年代は大丈夫だと棚上げにはもうできない時代なのだ。

「人それぞれということだよな」

自分を納得させるように呟いて清一は駅へ向かった。


吊革に摑まって電車に揺られていると、とんとんと後ろから肩を叩かれた。

振り返ると、大学生風の青年が向かいの座席から腰を上げている。

「あの、席」

ぶっきらぼうな最低限の呼びかけに、「いえけっこう」といつもの癖で断りかけたが、途中で思いとどまった。

断られたほうはけっこう気まずいもんよ。——そう言ったのも祐希である。

ナイーブな若者がいろんなハードルを乗り越えて声をかけているのだという。それならそれを袖にするのも大人げない話だ。

——向けられる厚意は素直に頂戴しておくのが愛される年寄りの秘訣だそうだしな。

朝からげんなりする光景を見た。もしかすると、疲れた分だけいつもより老け込んで見えるのかもしれない。きっとそうだ。

自分の中にいろいろと折り合いをつけ、「ありがとう」と笑って勧められた席に座る。

青年がぎこちなく笑って、——照れくさいのだろうかドアのほうへふいと離れていく。

ちと笑顔が硬かったかな、と清一は片手で顎を揉みほぐした。

第五話

＊

『酔いどれ鯨』の定休日は火曜日である。

その日、康生《こうせい》は夫婦で中央市街区に出ていた。いつもは家でのんびりしたり近所を少し歩くくらいで終わってしまう休日だが、理恵子《りえこ》が応募していた映画の試写会が当たり、奈々《なな》は重雄《しげお》と登美子《とみこ》が預かってくれるというので久しぶりに夫婦水入らずの外出となった。

「ごめんね、もうちょっと康ちゃんが好きそうなやつならよかったんだけど」

理恵子が言った通り映画は美男美女が演じる洋画の恋愛物だった。康生の好みはサスペンスやアクションだが、タダで観せてもらえるものに文句を言っては罰が当たる。

それに、二人で恋愛映画を観るなんて付き合いはじめた頃以来で、手のかかる子供を預けて出られたということもあってちょっとしたデート気分である。

映画はなかなか丁寧な造りで、観ていてじわりと涙が滲《にじ》むようなところもあった。

「康ちゃん、ちょっと泣いたでしょう」

観終わってから理恵子がそんなふうにからかってきた。昔からそういうところに目敏《めざと》い。

「うるさいな」

軽く小突く真似をすると、理恵子も大袈裟にスウェーして避ける。二人で同時に吹き出す。

「たまにはいいなぁ、こういうのも」

すっかり奈々が中心の生活になっているが、夫婦二人の外出も悪くない。

「お義父《とう》さんとお義母《かあ》さんには面倒かけちゃうけどね。早く帰ってあげなくちゃ」

気分は付き合っていたころに戻ったかのようだが、ここが今と昔の差である。そのまま夕飯に流れることもなく電車に乗る。

最寄りの皐ヶ丘《さつきがおか》の駅まで帰ると、改札を出たところで「康生じゃないか」と声がかかった。振り返ると、黒縁眼鏡をかけた太りじしの中年男性が人懐こい笑顔で手を振っている。重雄の友人である清田清一《きよたきよかず》の息子、清田健児《けんじ》だ。

「健ちゃん」

康生からは六つほど年上になる。小さい頃はよく遊んでもらった。

「康生とこんな時間に駅で会うなんて珍しいな。店じゃないのか」

言いつつ健児が理恵子に軽く会釈する。時間は帰宅ラッシュの終わりかけである。

「今日は休みなんで」

「どこ行ってたの」

「二人で試写会に」

すると健児が「いいなぁ」と唸った。

「平日の試写に夫婦揃って行けるなんて優雅だよなぁ」

心底羨ましそうなその口調に康生は思わず苦笑した。それを言うなら康生が働いている土日は健児のほうが休みのはずだ。悪気なく物言いが大雑把なことは昔からである。

「またよかったら『鯨』のほうにもどうぞ」

「いやぁ、あそこ親父の溜まり場だからな」

そう言って健児は決まり悪そうに頭を掻いた。

「俺が行くのはちょっと煙たいや」

父親の清一に若干の苦手意識や引け目があるのも昔から言葉の端々に窺えた。

そのまま帰りがけの挨拶をして別れる。歩きはじめてから理恵子がぽつりと呟いた。

「立派なお父さんなのにね、キヨさん」

少しだけ頑《かたく》なな声の色で、先ほどの健児の大雑把な物言いが引っかかっていると分かる。

優雅だよなぁ。——平日に遊べるなんて。

「ごめんな。悪気はないいんだよ」

「分かってる」

言いつつ、理恵子の声はまだ頑なだ。

「キヨさんが立派だから煙たいんだよ、健ちゃんは。嫌いなわけじゃない」

健児は子供だった康生にこぼした愚痴などもう忘れているだろう。

立派すぎて困っちゃうよなぁ——そんなことをいつも呟いていた。

立派な父親を煙たく思う健児のほうがよほど善良だ。煙たいのは恐れるからだ。恐れつつも尊敬しているからだ。

清一も則夫《のりお》も、事あるごとに康生のことをよく出来た孝行息子だと言ってくれる。清一などはうちのバカ息子と交換してほしいなんてことまで。

立派すぎて困っちゃうよなぁ、肩身狭いよなとこぼす健児に、一度うっかり口走ったことがある。

健ちゃんのお父さんとおれのお父さん、取りかえっこできたらいいのに。

驚いたように目を瞠《みは》った健児の顔を今でも忘れられない。

＊

「康生、包丁使うか」

重雄にそう声をかけられると、いつも嬉々として厨房に飛んでいった。

厨房に置いてある包丁のうち、小さな舟行《ふなゆき》包丁は康生専用だった。黒マジックで柄のところに「こうせい」と名前を書いてくれたのは重雄だ。

康生は覚えていないが、登美子によると小さいころから手遊びに刃物を使うのが好きだったらしい。カッターや工作用の小刀、それがないときは金の物差しなどを引っ張り出し、そこらで抜いた草やむしった葉っぱをトントン刻んでいたという。

重雄がいつも店で仕込みをしていたので、その真似事のつもりだったのかもしれない。刃物を使っているときは登美子が泡を食って取り上げていたらしいが、重雄が面白がって「何なら包丁でやってみるか」と監督付きで包丁を持たせたそうだ。

実際にネギなど刻ませてみて、切った具材は夕飯で使ったらしい。ネギの小口切りなど一cm幅だったらしいが、「康生が切ったネギはうまいなぁ」などと重雄におだてられて、得意満面だったという。重雄も康生が自分の真似をして料理に興味を持ったのが嬉しかったのだろう。

物心ついた頃には康生が厨房に出入りするのは珍しいことではなくなっていた。

重雄が一緒のときだけということは厳しく言いつけられていたが、一緒のときは色んな作業をさせてもらえた。普通なら「危ないからいけません」と禁止されるようなことも。

もちろん、触らせてもらえるのは家族用の料理だけだったが、大人の作業を一人前にきちんとやらせてもらえるのは面白かったし、同じ年頃の子供ができないことをやっているのが自慢でもあった。

小学校に上がる頃には重雄の監督付きでだが味噌汁くらいは作れるようになっていた。その頃の将来の夢は「お父さんといっしょに店をやること」だった。

しかし、小学校に上がってしばらくすると、康生はその夢を口にしなくなった。

保育園でも小学校でも友達は勤め人の子供ばかりだった。

父の日で「お父さんの絵」を描かされたとき、友達がお父さんに背広を着せて首にネクタイを下げさせているのを見て、急に恥ずかしくなった。

重雄は自宅ではジャージばかりで、店に出るときは店の制服だ。ネクタイを締めているのを見たことがあるのは親戚の結婚式や葬式くらいである。

だが、友達のお父さんと違うように描くのが嫌で、友達を真似して重雄の絵に背広を着せると、誰かが「康生、へんなのー」と声を上げた。

「康生のお父さん、背広なんか着ないじゃんか。なんでウソ描くんだよ」

周りからウソを描くなと大合唱され、頬が燃えるほど熱くなった。

「ウソじゃないわよね、お父さんにおめかしさせてあげたのよね」

担任の先生がそう執り成してくれたが、恥ずかしさはまったく雪《そそ》がれなかった。

そのときから明確にその気持ちは芽生えた。


うちのお父さんは恥ずかしい。


よそのお父さんは毎朝背広を着てかっちりした革靴を履いて会社に出かけていくのに、重雄はよそのお父さんが会社に行った頃にようやく起き出して、ジャージにサンダル履きで玄関の新聞を取ってくる。

父親参観の日も、よそのお父さんは開襟やポロシャツでさっぱりとした格好をしているのに、重雄は年がら年中の黒ジャージだ。

店に出るときも制服のシャツに前掛けと草履で、全然ちゃんとしていない。

もっとよそのお父さんみたいにちゃんとしたらいいのに。そんな不満を漏らして母の登美子にげんこつを食らったことがある。

あんたがご飯を食べられるのも学校に行けるのも、お父さんが毎日店を開けて働いてくれるおかげでしょうが！　お父さんのどこがちゃんとしてないっていうんだい！

そんなことを言われても、黒ジャージもがらっぱちな立ち居振る舞いも荒っぽい喋り口調も、何もかもが気に食わない。よその背広のお父さんのほうがずっとかっこいい。

「康生、包丁使うか」

重雄にそう呼ばれても飛んでいかなくなった。寂しそうな重雄の顔を目の端で見てちくちくと罪悪感は刺激され、そのちくちくが気持ち悪いのでたまに付き合う程度になった。

「お前は本当に料理が上手だなぁ、いい料理人になれるぞ」

昔はそうやって誉められることが嬉しかったのに、誉められながら曖昧に笑うようになった。そうして腹の中で、

――お父さんみたいになりたくない。

そう思っていた。

当時、康生にとって一番身近な「背広のお父さん」は清田のおじさんこと清一だった。重雄がよく康生を連れて遊びに行っていたからである。

家に道場や広い庭があるし、年は離れているが健児が遊び相手になってくれるので、行き先として手頃だったのだろう。重雄と清一が将棋を指したり、碁を打ったりしている間、健児が遊んでくれた。

健児も康生も一人息子だったので、健児は康生を弟分のようにかわいがってくれたし、康生も中学生のお兄ちゃんができたようで嬉しかった。

庭でキャッチボールをしたり部屋でゲームをしたり。その頃は「小さいおじさん」と呼んでいた則夫も来ているときなどは銀玉鉄砲で戦いごっこをするときもあった。銀玉鉄砲はいつも「小さいおじさん」の持参で、将棋や囲碁の順番待ちの間という建前だったが、順番が回ってきてもそのまま子供たちと遊んでくれることもあった。

子供好きなその「小さいおじさん」には当時子供がいなくて、健児や康生と遊ぶのを楽しみにしていたらしい、ということは大人になってから分かったことだ。

健児が中学に上がっていたから、康生はその頃小学校の低学年だった。

その日は健児が休日の部活から帰っておらず、芳江《よしえ》も外出中だったので、清一と重雄も康生を放ったらかしにしてさっさと盤を囲むわけにもいかなかったらしい。

「健児がもうすぐ帰ってくると思うから、それまで竹刀でも振ってみるかね」

そう言った清一に重雄が「おめえは子供相手でネタに困るとすぐそれだなぁ」と笑った。

道場で清一は子供用の袴《はかま》を着せ付けてくれ、竹刀を持たせてくれた。まるで、時代劇に出てくる侍になったようでわくわくした。

「やぁっ！」

振りかぶると清一が「そんな持ち方じゃいかん」と康生の柄《つか》の握りを直した。そして振り方を教えてくれる。

今にして思うと、遊び心などまるでない即興の稽古そのもので、清一はもしかすると子供と遊ぶのがあまり上手くなかったのかもしれない。だが、竹刀を振る清一はすらりとした立ち姿も竹刀捌《さば》きも惚れ惚れするほどカッコよく、康生もせいぜい真面目な顔で竹刀を振った。

そうこうしているうちに健児が帰ってきた。

「何してんの、こんなとこで」

言いつつ入ってきた健児に、康生ははしゃいで駆け寄った。

「健ちゃん、おれ、かっこいい⁉」

健児は一瞬顔をこわばらせたが、「かっこいい、かっこいい」と笑ってくれた。

「俺の昔の袴だけど、俺より似合ってるな」

まだまだ稽古に夢中な様子が見て取れたのか、健児は「飽きたら俺の部屋に来いよ、言ってたゲームやらせてやるから」と言い置いて道場を出た。

それからしばらく清一に教えられて打ち込みなどしていたが、そのうちにゲームのことが気になってきた。今日は人気の新しいタイトルをやらせてくれると言っていた。

「康生、そろそろ健児と遊んでくるか」

重雄が声をかけて一区切りついた。袴を着替えて勝手知ったる健児の部屋へ行く。

「健ちゃん、ゲームやらせて」

健児はおやつにスナック菓子を食べているところで、遠慮なくご相伴に与《あずか》る。

「キヨおじさんってカッコいいねぇ」

稽古のことを嬉々として話すと、健児は笑っていたがその笑顔は少し苦かった。

「よその親父だとカッコいいけど自分の親父だと立派すぎてけっこう疲れるぞ。特に俺みたいな駄目息子は」

「駄目息子って？」

子供の相槌は率直かつ残酷である。健児はやや鼻白んだ。

「俺も子供の頃、親父に剣道習ってたんだけどさー。もう、ぜーんぜん駄目だったんだよなー。そんで小学生までで辞めちゃったんだ」

健児は中学でサッカー部に入っていた。当時流行《はや》っていた漫画の影響らしい。

「がっかりしてんの分かるんだけどさー。ホントは道場継いでほしいんだろうけどさー。弱いんだもん、期待されたって無理なんだよ」

言いつつ健児はスナック菓子を一握り口に頬張った。

健ちゃんはキヨおじさんがお父さんなのが嫌なのかな、と単純にそう思った。——だったら、

「おれとおんなじだね、健ちゃん」

首を傾げた健児に答える。

「おれもお父さんのこと嫌なんだ」

おんなじだと思い込んでいたので、健児が返事をしなかったのを気にもかけずに続けた。

「健ちゃんがキヨおじさんのこと嫌なら、健ちゃんのお父さんとおれのお父さん、取りかえっこできたらいいのに」

健児はしばらく何も言わなかった。黙って悲しそうな顔で康生を見ていた。

やがて、

「そんなこと、もう二度と誰の前でも言っちゃ駄目だぞ」

同意してもらえると思ったのに諭《さと》されたことがそのときは不本意だった。

＊

「ただいま」

店の裏の玄関から家に上がって居間へ行くと、奈々が重雄の膝で絵本を見せてもらっているところだった。めくるたびにイルカやクジラが飛び出してくるもので、先日重雄が買ってきてからすっかり奈々のお気に入りである。

「おう、帰ったか」

答えた重雄の手が止まり、奈々が「じーじダメー」と叱る。

「おお、悪かった悪かった」

相好を崩して絵本をめくりつつ、重雄が奥へ声をかける。

「おーい、登美子。康生たち帰ったぞ、飯にしてやれ」

自分たちはもう食べたらしい。理恵子が「わあ、嬉しい」と手を叩き、奈々を少しかまってから台所へ向かった。登美子を手伝っているようだ。

「どうだった、映画は」

絵本をめくりながらの質問に、康生も頷いた。

「おかげさまで久しぶりに楽しかったよ」

「そうか、よかったな。奈々ならいつでも預かってやるから、また機会があったら行ってこい。嫁さんはたまに女扱いしてやらねえとな」

そんなことを言う重雄は、いつから宗旨を変えたのか登美子をババア呼ばわりするのをやめ、登美子と呼ぶようになった。去年は珍しく二人で温泉旅行にも出かけている。

重雄が登美子をババアと呼ばわるたびに「駄目ですよ！」と叱っていた理恵子は「私の教育の成果よ」とおどけて自慢している。

煮物に刺身をつけた夕飯を康生と理恵子が食べ終わるまで、重雄と登美子は代わる代わる奈々の相手をしてくれていた。

「お義父さん、すみません」

理恵子が慌てたのは、奈々が重雄を馬にして部屋の中を歩かせていたからだ。転げ落ちないように登美子が一緒について回っている。

「康生も昔よく乗せたもんだよ」

そうなの？　と尋ねた理恵子に康生も笑って頷いた。

夕飯をご馳走になって近所のマンションに帰ると、奈々がもうおねむになっていた。

「風呂どうする？」

「昨日入ったからいいよ。お義父さんがいっぱい遊んでくれたから、ちょっぴりはしゃぎすぎちゃったねえ」

言いつつ理恵子が奈々の寝間着を出して着替えさせはじめる。

「お義父さんって子供と遊ぶの上手いよね。あなたも小さい頃、たくさん遊んでもらったの？」

「うん」

奈々と遊んでくれる重雄を見ると、自分もかつてそんなふうに慈しまれていたことが改めて思い返される。

そのたびに幼い日の心ない自分が立ち上がってきて自分を責める。それは、子供だったからと逃げを打つことが許されないような気がする心にかかるトゲだった。


それから数日のことだった。

奈々が早起きしてむずかったので、明け方に散歩に出た。

ようやく秋らしい気温になって、朝晩は肌寒いくらいである。吐く息はほんのり白い。奈々が面白がって何度も何度も空に向かって息を吐いた。

「パパ、はー」

せがまれて康生も息を吐く。大きな呼気に奈々がはしゃいで何度も手を打った。

子供の足に距離が手頃な近所の皐《さつき》神社に向かっていると、サラリーマンが何人も駅のほうへ歩いていく。

よそのお父さんが会社に出かけていく時間に子供と呑気に散歩をしている父親なんて、子供の頃の自分なら嫌がっただろうな——と思わず苦笑がこみ上げる。

奈々もそのうちそうなるのかな、と数年後を先回りして胸が痛んだ。

「おっ、康生！」

声をかけられて目を上げると、健児である。ちょうど出勤する時間らしい。

「おはようございます」

「娘と朝の散歩か、いいなぁ」

「自営業は時間は気楽だから」

するとと健児はちょっとばつの悪そうな顔になった。

「こないだ、悪かったな」

唐突な謝罪に首を傾げると、健児は「ほら、こないだ奥さんと映画の帰りに行き会っただろ」と言い足した。

「優雅だな、とか俺いらんこと言っちゃって。そっちは土日も働いてるんだもんな。後で貴子《たかこ》に話したら怒られちゃって」

悪気なく大雑把だが、気づけば謝るのを憚《はばか》ることはない。そういう性格だ。

「奥さんに謝っといてくれな」

「ええ」

頷くと、健児はほっとしたように胸をなで下ろした。相変わらず素直な人だなと微笑ましさがこみ上げる。

「じゃあな、奈々ちゃん。お父さんにお散歩してもらえていいな」

そして健児は駅のほうへと立ち去った。

「ちゃん、めっ？」

奈々はまだおじちゃんおばちゃんと舌を回せないので一律「ちゃん」になる。「めっ」というのは駄目と叱られることから転じて叱られるようなことという意味でも使われる。

翻訳すると「おじちゃん、何か悪いことしたの？」という程度の意味合いになるだろう。

「いやなこと言っちゃってごめんねって」

子供にどれくらいのレベルの言葉を使えばいいのか分からないが、基本的には言い方を少し易しくするくらいで普通に話すようにしている。

マンションから鳥居が見えている皐神社だが、奈々の歩みに合わせると片道十分ほどかかる。こぢんまりとした構えながら、鎮守の森に敷地を取り囲まれた神社は、子供の頃はいい遊び場だった。クヌギの木が何本か植わっていて、夏休みにはよく幹に砂糖水を塗って虫捕りをした。砂糖水だけでは虫の寄りが悪いので蜂蜜などを混ぜ合わせるのが定番だったが「これを入れるといいんだ」と重雄が教えてくれたのが酒である。本当に効いたかどうかは定かではないが、かなりの確率で大物を捕まえていたことは確かだ。

早朝から神主が精を出したのだろう、箒《ほうき》の掃いた後が残っている境内を歩いていると、奈々が歓声を上げてしゃがみ込んだ。

「りー！」

拾ってこちらに見せたのは、丸々と太ったドングリだ。

「大きいねえ。クヌギのドングリだな」

奈々はこれほど大きなドングリを見るのは初めてらしい。しゃがんだままドングリを探してにじり歩きを始めた。

自分の子供の頃の町内の地図を思い返しても、公園などではカシやナラなど中庸なドングリしか拾った覚えがない。クヌギが立派な実をつけられるほどに根を張るには、開発の手が入らない神社のような聖域が適しているのだろう。

「奈々、ほら」

粗編みのニット帽のようなクヌギの帽子を実と組み合わせてやると、奈々はこぼれそうな程目をまん丸にして康生の手元にどんぐりを取りに来た。

「チョーダイは？」

チョーダイ、と辻褄合わせのようにぺこりとした奈々に帽子をつけたドングリを渡してやる。

奈々のにじり歩きに付き合っているうちに、境内の裏へ回り込んでいた。倉庫が建っており、換気のためか扉が開け放してあった。

ひょいと覗くと、いろいろ雑多なものが置かれている中に、ブルーシートをかけられた大小の神輿《みこし》があった。

昔はよく秋祭りで子供神輿を担いだものだ。今思い返すと、豊穣の祭りだったのだろうか。重雄も本神輿をよく担いでいた。担がなかったのは、『酔いどれ鯨』が御神酒所《おみきしょ》になったときくらいだ。神輿を担いでいるときも、御神酒所を仕切っているときも、重雄は堂々としていてまるで祭りの主役みたいだった。

——な。

まるで昨日聞いたように声が蘇る。健児にさっき会ったばかりだからか。

シゲさん、カッコいいよな。こういうときはサラリーマンじゃカッコがつかないよ。

健児は引率役でいつも子供神輿のほうについていた。本神輿を担いでいる重雄を、御神酒所で忙しく立ち働いている法被《はっぴ》姿の重雄を、康生と同じ目の高さで眺めて、心から感心しているふうにそう言った。

健児の真顔のおかげか、お祭りのときだけは重雄がサラリーマンのお父さんよりカッコよく見えた。

お祭りのときは、という限定が徐々に取れていったのは、健児が毎年のお祭りでいつも重雄をカッコいいなと誉めてくれたからだ。

男はいざというときカッコよかったらいいんだよ、サラリーマンじゃお祭りは仕切れないぞ、と毎年その時期に言い聞かせてくれたからだ。

健ちゃんのお父さんとおれのお父さん、取りかえっこできたらいいのに。朝、首にネクタイをぶら下げて会社に行かないというだけでそんな残酷なことを言っていたのが、いつの頃からかそんなこと思ったこともありませんよと素知らぬ顔で口を拭った。

痛みを伴う懐かしさが湧き上がり、倉庫の中へふと足を踏み入れた。奈々もドングリを両手にいっぱい抱えてついてくる。

もう長らく動かしていないのか、神輿に被せたブルーシートには幾重にも蜘蛛《くも》の巣が張っている。

「ばっちい」

奈々が一人前に顔をしかめる。そうだね、と半ば上の空で相槌を打つ。

そういえば、もう随分と長いこと祭りのお囃子《はやし》を聴いていない。町内を神輿が練り歩くのを見たのはいつが最後だっただろう。

長い間動かされていない証拠のような蜘蛛の巣がやけに気に障り、むきになって払いのけた。

＊

その日、商店街の寄り合いで『酔いどれ鯨』は貸し切りだった。

商店街の組合には『酔いどれ鯨』も加入しており、寄り合いにはいつも重雄が参加している。いつもは組合長の家に集まるが、寄り合いのために家を片付けるのが億劫なときは、飲み会も兼ねて『酔いどれ鯨』に会場が回ってくるらしい。

康生は話に耳を傾けながら飲み食いを予算内で世話するのが主である。

いつもは防犯情報をやり取りしたり運営の規則を確認するくらいだが、その日は思わぬ方向へ話が流れた。

「しかしまあ、立花《たちばな》さんとこは康生くんがしっかりしてていいよなぁ」

刺身の盛り合わせを出しに行くと、魚屋の店主にそう声をかけられた。どこの店もそろそろ跡取りが代替わりする世代になってきているので、親父世代は寄ると触ると跡取りの不満話が噴出するらしい。

そんな中、『酔いどれ鯨』はいい代替わりをしたと評判である。康生としては、聞くたびに据わりが悪くなる評判だ。

「自分で修業先も見つけて腕をつけてから戻ってきてくれるなんて、大した孝行息子だよ」

大した買いかぶりに康生は苦笑した。そして俎上《そじょう》に上った跡取りを弁護する。

「魚政さんのところだって政明《まさあき》くんが立派に手伝ってるじゃないですか。今日の魚も見繕いで入れてもらったんですよ」

「いやいや、まだまだ。目利きがなっちゃいないよ」

不満話の概ねは、自分の身内には見る目が厳しくなりすぎるだけのことだと康生は見立てている。

「そうだ、そうだ。政明くんはいい跡取りだ。うちなんか、今さら店を若者向けにするなんて言い出してるんだぞ」

横から口を挟んだのは、衣料品店の店主だ。商店街で中年から年配向けの衣料品店を営んでいる。

「こんな商店街でこじゃれた店やったたって若者が来るわけないだろうに」

それを潮にうちはこうだ、ああだと話題が盛り上がる。

「なあ康ちゃん、どう思うよ」

そんなことを持ちかけられても、康生としては答えようがない。それぞれの店の跡取りとは親父世代よりも親しく接している。

「それにしたってみどり商店街は概ね代替わりが上手く行ったほうだろうよ」

重雄もそう言って助け船を出した。

「もうちょっと景気がよけりゃあ言うことないけどな」

商店街の客離れは全国的な傾向で、どうしても大型スーパーに客が流れる。みどり商店街は持ちこたえているほうだが、現状維持が精一杯だ。

「何か活性化の方法がないかねぇ」

定期的にその話題が浮上するのは、誰もが常に気にかけているからだ。

「大売り出しはどうだ」

「そんなもん、大資本のスーパーに敵うわけないだろう。あっちはでっかいチラシをガンガン新聞に挟んで宣伝するんだから」

スーパーの真似をしても敵うわけがない。だとすれば、スーパーに真似ができないこと——考えていて、ふと口からこぼれた。

「お祭りはどうでしょうね」

親父世代の店主たちが一斉に康生を振り向いた。

「お祭りってのは……」

「いや、そこの皐神社のお祭り、最近やってないなと思って」

「ああ、皐の豊穣祭か」

店主たちは合点が行った様子である。

「神主が代替わりしてからぱったりだなぁ」

先代の神主が亡くなり、資格を持っていた息子が跡を継いだのが十年近くも前になるそうだ。しかし、公務員と二足のわらじで、節目の行事を執り行うのがやっとらしい。豊穣祭も神社で神事を行うだけになってしまったという。

「陰祭りなら替わった当初に一度やったっけなぁ」

康生が修業に出ていた時期だ。『酔いどれ鯨』に戻ってきた頃にはもう祭り囃子をさっぱり聞かなくなっていた。

「そういや、今年は本祭りの年回りじゃないか」

祭りは本祭りと簡易の陰祭りが交互に行われる。神輿を出すのは本祭りだけだ。

「神社の手が足りないなら商店街組合や町内会で手伝って、何とか再開できませんか」

「しかし、祭りってのはなかなか負担の大きい行事だからなぁ」

先に消極的な意見が出てきたのは費用のことを気にかけた者が多かったらしい。氏子《うじこ》の寄進は一口二千円ほどだが、商店は一口一万円からだ。数百円からの商品を扱う小規模小売業で、一万円の出費は大きい。しかも間口の大きい店は二口、三口と出さねば格好がつかない案配だ。

「昔は地元企業が気前よく五万とか十万とか出してくれたもんだけどな。先代が亡くなる最後の辺りはそれもなかなかしわくなってたし」

「その分こっちの負担が膨らむからなぁ」

「でも、お祭りがあると客寄せにもなるんじゃないですか？　縁日を出したり、神輿のルートに商店街を入れてもらったり」

　蜘蛛の巣が張り放題に張った神輿を見たのはつい数日前だ。すっかり寂れたその様子を見て、もしかするとむきになっていたかもしれない。

「子供のころ、お祭りがあると楽しかったですよ。神輿担いで町内を練り歩いて、御神酒所でお菓子もらって。親父やおじさんたちが担いでる大きな神輿がかっこよくて、大人になったらあっちを担ぐんだって――」

　そうだ。重雄が担いでいた本神輿を康生はまだ担いだことがない。『酔いどれ鯨』で御神酒所を仕切ったこともない。

　うちのお父さんはネクタイをぶら下げてないけど大したもんだ、と思い直したきっかけは、勇壮な神輿の出る本祭りだった。

「それに、奈々がもっと大きくなったら、子供神輿を担がせてやりたいんです。俺もあの神輿を担いだから」

言葉を少し飾った。同じ祭りを奈々にも楽しませてやりたい——その気持ちに嘘はないが、同じ祭りを楽しんだ記憶があったら安心できると思った。

もしも奈々がネクタイをぶら下げていないお父さんを恥ずかしいと思うときが来たとしても、祭りの楽しさがいつか思い直させてくれるかもしれない。

重雄を思い直した幼い日の自分のように。

「気持ちは分かるけどなぁ」

店主たちは煮え切らない。

「こんど本祭りをやるとしたら、けっこうな出費を覚悟しなきゃならないからな」

「どういうことですか」

「最後の本祭りのとき、本神輿の担ぎ棒が折れちゃったんだよ」

古い神輿を騙し騙し使っていたが、限界が来たらしい。

「それで引っくり返しちまって、神輿部分もかなり壊れちゃってさ」

蜘蛛の巣が張ったブルーシートの下がそんなことになっていたとは驚きである。

当時、修理の見積りは百万は下らないと出たらしい。

「そんなに！　新しく買ったほうが安くないですか？」

自動車でも新車が買えそうな価格に思わず声を上げると「バカ言っちゃいけねえ」と寄ってたかって諭された。

「壊れたときにそれくらい調べたさ。新品の神輿なんて前のと同じ大きさにしようと思ったら、

四、五百万はするんだぞ」
それほど高価なものなら修繕が高くつくのも無理はない。

「これから少しずつ修繕費を積み立てていかなきゃって先代の神主と話してたんだが、それも今はどうなってるかな。急にぽっくり逝っちまって、引き継ぎも慌ただしかったらしいから」

俺が外に出てたときに町内でもいろいろあったんだな、と流れた年月が思われた。

子供神輿を一緒に担いでいた幼なじみたちが、自分も含めて跡取りとして店に入った。先代も今はまだまだ元気だが、いずれ自分たちが主役にならねばならない時代がやってくる。

そうであればこそ、まだ先代が現役のうちに一緒に祭りをやっておきたかった。祭りの作り方を今学んでおかなくては、皐の豊穣祭は自分たちの代で絶えてしまうような気がした。

「神輿の修繕を合わせたら百五十万はかかるだろうなぁ」

「いや、もっとだろう。祭りの運営費だけでいつも八十万近く行ってたはずだ」

店主たちがそれぞれのテーブルで金勘定を始めた。

「氏子の寄進がいつも二十万くらいあったか」

氏子の寄進は一口二千円なので、百軒ほどが寄進していた計算になる。氏子に限らず、子供がいる家も寄進するのが通例だ。氏子の寄進で足りない分を、地元企業や商店が支援する。皐神社の場合、みどり商店街が主に支援を引き受けていた。

「神輿の修繕を含めて百八十万かかるとして、商店街の負担が百六十万か……これを四十六店で割ったら三万円ちょいか？」

「無理無理！」

　商店街に登録されている店舗数は四十六店だが、組合に入っているのは三十店ほどである。新しく入った店の中には商店街組合に加盟しない店主もあり、それがここ二十年程でじりじり増えた。

「月五千円の組合費が惜しくて組合に入らないような奴らが祭りに三万も出すもんか。商店街の補修費だって渋るのに」

　アーケードや敷石の補修費は、組合員なら組合費から積み立ててあるが、未加盟店にはその都度算出した費用を請求することになる。しかし、それも割合が正しいかどうかしつこく確認し、支払いを渋る店も珍しくない。

「組合員だけで割ったら五万は超えるぜ」

「そうなったらうちは無理だ」

　早くも泣きを入れる店が出てきた。『酔いどれ鯨』も五万になると厳しい。

「まあ、懐事情はこれから考えなきゃならんだろうがよ」

　重雄がそう口を開いた。

「祭りってのは地縁がなくちゃ絶対できねえことだ。いくら資本があってもスーパーにゃ絶対に無理だぜ。商店街の景気づけにはうってつけじゃねえか。どうだい、ここは一踏ん張りしてみるってのは」

　ああ——やっぱりうちの親父は大したもんだ。

店主たちがそうだなぁと頷きはじめたのを見て、胸がぐぅっと熱くなった。

店を退けてから帰宅し、寄り合いのことを話すと、理恵子は思ったとおりのところで思ったとおりの反応を見せた。

「修理で百万⁉　お神輿ってそんなに高いの！」

あんまり思ったとおりだったので、康生は思わず吹き出してしまった。

「そんな大きな声を出すと奈々が起きちゃうぞ」

いけない、と理恵子が慌てて口元を押さえる。

「俺も最初はびっくりして、新しく買ったほうがいいんじゃないかって言ったんだけど。新品だと四、五百万するんだって」

もっと凝ったら七百万、八百万という価格帯もあるらしい。

ああー、と理恵子が今度は納得したように頷いた。

「考えてみれば冠婚葬祭だものね」

唐突な納得に康生が首を傾げると、理恵子は「だってほら」と言葉を続けた。

「結婚式のときの白無垢」

二人が挙げたささやかな結婚式の話である。

理恵子は白無垢を着たがっていたが、レンタル代が五十万もしたので泣く泣く諦めた。洋装のほうがまだ安いからとドレスになったが、それでも二十万だった。

「五十万の白無垢を諦めたから二十万のドレスが安く思えたけど、よく考えたら二時間かそこら借りるだけで二十万って普通だったらあり得ない価格じゃない？　仏壇だってさ」

結婚式からいきなり仏壇に飛ぶ辺り、康生には理恵子の思考の予測がつかない。

「うちの箪笥《たんす》よりも小さいやつが、平気で二十万も三十万もするじゃない。冠婚葬祭の道具は何でも高いのよ、やっぱり」

ともかく理恵子にはいろいろ合点が行ったらしい。

「それで、お祭りをやるとしたらうちは何をしたらいいの？」

「寄進のほかに、御神酒所の運営を引き受けることになると思う。親父が昔何度か引き受けたことがあるから、要領も分かってると思うし」

「分かった、頑張ろうね」

そして理恵子は嬉しそうに笑った。

「こっちでお祭りって初めて」

理恵子の実家は県外の下町で、祭りが盛んな土地だったらしい。

「準備とかいろいろ大変だと思うけど、ごめんな」

「ううん。子供の頃、お祭り大好きだったから。奈々にも見せてあげられて嬉しい」

ねえ、と理恵子が問いかけた。

「康ちゃんも子供の頃にお神輿担いだ？」

「うん。子供神輿だけど」

「奈々がもっと大きくなったら、おんなじお神輿担げたらいいね」

返事の代わりに手でちょいちょいと理恵子を呼んだ。「何？」と身を乗り出した理恵子の頭をごしごしなでる。

祭りのことなど改めて話したことはないのに、同じことを思っているのが嬉しかった。

＊

「てなわけで、いっちょ祭りを復活させてみようってことになったからよ」

重雄がそんな話を披露したのは、夜回りの道すがらだ。

「いいねえ」

相好を崩したのは則夫である。

「早苗が子供神輿を担いだのは小学校に上がるか上がらないかの頃だったからねえ。また法被姿を見られるのは嬉しいねえ」

「おいおい」

清一は思わず突っ込んだ。

「早苗ちゃんは今年は無理だろ、うちの祐希と同じで受験勉強が佳境のはずだぞ」

「ああ、そっか！」

くぅっと則夫が歯がみする。

「でもまぁ、再来年にまた神輿の出る本祭りがあるんだろ？」

「まあ今年次第だな」

重雄がもったいぶった。

「だから今年上手くいくように、お前らにもいろいろ手伝ってもらいてぇんだ」

「もちろんだとも」

清一は大きく頷いた。寄進は嘱託の身なのであまり弾めないが、

「健児に寄進を弾むように言っとくよ。あいつ、最近昇進したんだ」

昇進祝いのホームパーティーを先日二階でやったところだ。

「そりゃあめでたいね」

則夫が眼を細める。

「健児くんはやまと銀行だったっけ」

「やまとは商店街の出張所を引き揚げちまったからなぁ」

重雄はそう言って苦笑いだ。

健児の勤めるやまと銀行は商店街の中に出張所を出していたのだが、駅前のスーパーの新規開店に合わせて出張所を駅前に移してしまった。今では商店街の中にＡＴＭを置いているだけである。窓口業務がないので近隣住人にとっては不便になった。

「昔はあそこの寄進がでかかったんだが」

「いくらだい」

尋ねた則夫に、重雄は茶目っ気たっぷりに声を潜めた。

「三十万」

「へえ、そりゃすごい！　さすが大手は違うね」

「羽振りのいい時分の話だけどな。子供神輿はあそこのおかげで誂《あつら》えたようなもんだよ」

「だったらそんなに恨みがましく言うこともないじゃないか」

一応親として、清一は健児の勤め先の弁護を挟んだ。

「まあな。だが、助かってただけにあそこが残ってくれてりゃなぁとは思うじゃねえか」

それも道理である。

「うちは零細だから寄進はそんなに弾めないけど、電気工事なんかだったら手伝えるよ」

「おう、当てにしてるぞ」

祭りが盛んだった頃も則夫は電気関係ではちょくちょく手伝っていたらしい。こういうとき、元サラリーマンという身分では手伝える範囲が限られてくる。

「『エレクトリック・ゾーン』に寄進の口を聞いてみようか」

「無理すんな、さすがにあそこじゃ地域が違いすぎらぁ」

そして重雄が清一の肩をバンと叩いた。

「それに、お前んところにゃ御神酒所を置かせてもらいてえしな」

「御神酒所？」

思いがけず大層な話を振られて清一は目を白黒させた。

「『鯨』で引き受けてもいいんだが、御神酒所は設営から撤収まで数えると一週間近く開けておくことになるんだよ。もちろん御神酒所が開いたら営業できねえし、このご時世でそんだけ店を閉めておくのはちと厳しくてな。今は『鯨』で二世帯養ってるからよ」

御神酒所には祭りの実行委員会から謝礼が出るが、ほんのご祝儀程度のもので、店を閉めた間の売上げを補償できるほどの金額ではないという。

「今はどこの店も御神酒所を開けられるほどの余裕がなくてな。お前のところなら道場持ちで敷地も広いし、商店街からも近いし、ぴったりなんだ。どうだ、一つ頼まれちゃくれねえか。もちろん、人手はこっちで出すからよ」

拝む重雄に、則夫も横から「いいじゃないか」と口を添えた。

「御神酒所を頼まれるなんて名誉なことだよ。俺も手伝うからさ」

「分かった、芳江に訊いてみるよ」

山の神にお伺いを立てねばならない清田家の力関係は、悪友たちも先刻ご承知である。

「神社のほうにはもう話を持ちかけたのかい？」

「今度の土曜に康生が挨拶に行くんだ。これからの地縁は若い者に作ってもらわにゃならん」

常連に馴染ませるために早くから店を康生に譲った重雄らしい采配に、清一も則夫も思わず顔をほころばせた。

翌日、清一は朝食のときに御神酒所の話を芳江に切り出した。

「せっかく祭りが復活するんだし、道場もたまには人が入ったほうが死んだ親父が喜ぶだろうしな。運営はシゲが商店街側ときちんとやってくれるそうだから、引き受けるぞ」

「おやおや、言い訳が多いことだわねえ」

反対されないように畳みかけた戦術はバレバレだったらしい。

「まあ、いくらシゲさんが仕切ってくれると言っても、うちも何にもしないわけにはいかないだろうけど……あなたが決めたことなら別に反対なんかしやしませんよ」

その言葉を額面どおりに受け取るほど能天気ではないが、表向きは亭主を立ててくれる懐の広さには感謝である。

＊

康生が皐神社に面会を申し込むと、土曜の午前中に約束がもらえた。皐神社の宮司《ぐうじ》を務める笹谷左千夫《ささやさちお》は公務員でもあり、神社で面会できるのは基本的に土日祝だという。

境内の隅に神主の自宅が建っているようなこぢんまりした神社だ。呼び鈴を鳴らすと作務衣《さむえ》を着た五十絡みの男性が出てきた。中肉中背の真面目そうな風貌で、腕抜きをして役所で事務仕事をしているのがいかにも似合いそうな感じである。

「ようこそいらっしゃい、宮司の笹谷です」

「みどり商店街から来ました立花です、今日はお時間ありがとうございます」

社務所は散らかっているのでとそのまま自宅の客間に通され、夫人がお茶を出してくれた。

「皐の豊穣祭のことなんですけど……」

用件は約束を入れたときにある程度話してある。笹谷は恐縮したように頭を掻いた。

「すみません、どうも私が継いでから行き届きませんで」

「いいえ、そんな。兼業だとお忙しいでしょうから。商店街としても、遅まきながらお手伝いできればと組合で相談しまして」

「ありがとうございます、ただ……」

笹谷の表情が曇った。

「町民の皆さんの寄進を集めるのが難しい状態になっておりますので、商店街さんのお手伝いがあっても実現できるかどうか」

「どういうことですか？」

「町民の方の寄進は、それぞれのご町内で町内会に取りまとめていただくのが父の代から慣例だったのですが、私が継いでまもなく皐一丁目の町内会長さんが代わってしまいまして」

現在の町内会長は独特の信仰を持っており、神道の祭りのための寄進の徴収は信仰の自由の侵害だと主張して、寄進の取りまとめを拒否したという。

神社のある皐一丁目の町内会はそれまで寄進の最終的な取りまとめを受け持っていた。神社のお膝元である町内会が寄進を拒否したとあっては、他の町内会に取りまとめを頼むわけにもいかず、今は直接の氏子からの寄進だけで本殿の神事だけ何とか賄《まかな》っているという状態らしい。

「信仰の自由って……」

康生も家は仏教だが、祭りの寄進に対してそんな大仰なことを思ったことはない。

「地元のお祭りじゃないですか」

「何度かお願いしてみたんですが、けんもほろろで。町内会長には就任したが、よその信仰の手助けをする義務はない、と」

そんなことになっているとは、まったくの初耳である。康生の自宅は神社から近いが、道を一本渡って二丁目なので町内会が違う。よその町内の事情はあまり入ってこない。

「お恥ずかしい話ですが」

笹谷が薄い頭を掻いた。

「うちのような小さい神社は、地元の方のご協力がないと立ちゆきませんから。地縁をお頼みできないとなるとどうにもこうにも」

「いや、でもそれは一丁目の町内会長だけの意向でしょう？　町民が全員お祭りに反対してるなんてことはないと思います」

地元のお祭りに信仰の自由を振りかざす強硬な町内会長に、会ったこともないがやみくもに反発が湧いた。

「ちょっと商店街に持ち帰って相談してみます」

祭りの再開に関して神社としては異存はないという返事だけ確かめ、康生は気持ちが煮えた状態で店に帰った。

煮えた気持ちが収まったのは、店に重雄がいたからである。

「何だそいつぁ、けったくその悪い！」

聞くなり重雄は太い眉を逆立て、その単純明快な怒りっぷりが康生の腹立ちをかっさらってくれた。

「一体何でそんなけったくその悪いジジイが町内会長になったんだ！」

「ジジイかどうかは知らないよ、還暦は超えてるらしいけど」

すると重雄はむっと黙り込んでしまった。自分も還暦を超えたが、ジジイ呼ばわりを嫌っている重雄である。

康生は笑いを噛み殺しながら話を続けた。

「町内会長って、やっぱりいろいろ面倒じゃないか。だから、立候補があるとよっぽど問題がない限りそのまま決まっちゃうらしいんだよ」

家に帰る前、商店街に立ち寄って一丁目に住んでいる店をいくつか回って事情を聞いてきた。

皐一丁目は前の町内会長が長らく任期を引き継いできたが、体調を悪くして退くことになり、新しい会長を選出するときに今の町内会長が立候補したという。

信仰が独特なことは知っていたが、町内会長として仕事はきちんとしているし、まさか祭りの手伝いを拒否していたとは思わなかった——というのが事情を話してくれた店主たちの意見だ。

「地縁の祭りを無下にするような奴はリコールしちまえ！」

「仕事はきちんとしてるっていうんだからそうもいかないよ」

「何でお前はそう落ち着いてられるんだ！」

重雄が怒る分だけ冷静になれているだけなのだが、言うともっと怒りそうである。

「だってそういう人を相手にしても無駄だろ。信仰っていうのはややこしい問題だし。だから、商店街で祭りの実行委員会を作って、皐一丁目の寄進集めと全体の取りまとめを引き受けたらどうかと思って」

「そうだな、分からず屋の町内会長を相手にするよりそのほうが早えや」

万事ややこしいことを嫌う重雄にもお気に召す案だったらしい。

「でも、黙ってやると角が立つから挨拶には行かなきゃならないだろうけどね」

康生がその町内会長のところに挨拶に行ったのは、商店街で祭りの実行委員会を立てることが決まった翌日である。

広い庭のある、洋風の立派な家だった。丹精した鉢植えの花が家の周囲に飾ってあり、花をこれだけ丹精できる人がどうして地縁を損なう振る舞いを——とやりきれない思いが湧いた。

「みどり商店街の商店街組合の者です。皐神社の豊穣祭のことで町内会長さんにご挨拶したいんですが」

インターフォンで名乗ると、愛想の良かった婦人の声が急に硬くなった。ややあって、玄関に出てきたのは恰幅のいい年配の男性である。定年退職していると聞いたが、いかにも会社の重役が似合いそうな風貌だ。

「神道のお祭りのことなら協力できませんよ」

開口一番そう宣《のたま》った口調は頑なで、話し合いなど成立する余地もないことを思わせる。

「ええ、けっこうです」

康生がそう返すと、町内会長は拍子抜けしたような顔をした。

「今年から商店街でお祭りの実行委員会を立てることになりました。一丁目のご町内のご寄進の取りまとめもさせていただこうと思っているので、ご挨拶をと思いまして」

「しかし、氏子じゃない人に寄付を強要するのは信仰の自由の侵害ですよ」

重雄が一緒に行こうかと言っていたが、一人で来て正解である。重雄がいたら、ここで激突していたに違いない。怒ってやり合っている重雄を思い浮かべると、おかしくなって肩の力が抜けた。

「もちろん、ご理解いただける方にだけお願いするつもりです」

「だけどねぇ」

食い下がろうとする町内会長に、康生は喧嘩腰にならないように努力しながら反論した。口があまり巧くないので、前の晩から「信仰の自由」に対する反論は考えてあった。

「皐の豊穣祭は、地元で馴染みの深いお祭りですから、賛同してくれる方もいると思います。みなさんのご意向を確かめたうえでご寄進をお願いするんですから、それに反対するのも逆に信仰の自由の侵害になるんじゃないですか？」

町内会長はむっとしたように黙り込んだ。

「……とにかく、トラブルが起こらないようにお願いしますよ」

引き下がってくれてほっとした。康生は口論が苦手なので長引いたら分が悪い。うっかり引き止められたりしないように、足早にその場を去った。

＊

皐一丁目の寄進集めは商店街の若い者が手分けして行うことになったが、寄進に対する町内の反応はさまざまである。

「あらまぁ、お祭りが復活するの？　それはよかったわ」

そんなふうに気持ちよく寄進に応じてくれるのは概ね年配者である。こぢんまりとした賃貸の部屋に住み、年金で暮らしているような独居老人でも当たり前のように寄進に応じてくれる人が多い。

「若い人がお祭りに興味を持ってくれるなんて嬉しいわぁ。ちょっと上がってお茶でも飲んで行きなさいよ」

そんな誘いを断るほうが苦労するくらいだった。年寄りは激励となると「お茶でも飲んでけ」になるらしく、応じているとすっかり茶腹になってしまう。

年配男性からは昔は自分も神輿を担いだという自慢話も再々飛び出す。

「そういえば最後にお神輿が壊れたって話だったけど、修理は大丈夫なの？」

その質問も再々だ。

「何とか修理できるようにと頑張ってるところです。皆さんのご寄進が頼りなので、よろしくお願いします」

康生が頭を下げると、アパート暮らしの年配の婦人は「町内の友達にも話しておくわね」と請け合ってくれた。三匹が以前に作った寄り合い所『お達者会』でも同様に話を回してくれており、年配者への口コミは手厚い。

お茶を辞退した代わりに持たされた豆菓子を集金用の手提げに押し込み、次の家である。

今どきのこじゃれた造りの家は、カーポートに子供用の小さな自転車が駐まっている。少しは話がしやすいな、と康生は呼び鈴を押した。

インターフォン付きの呼び鈴から、「はい」とやや怪訝《けげん》そうな女性の声が応じた。カメラの付いたインターフォンがある家では珍しい反応ではない。宅配でも郵便局員でもない私服男性が昼間に訪ねて来たら、留守居の主婦はまず訪問販売や何かの心配をするらしい。

商店街だと名乗るとその警戒を強めるようなので、名乗り方は途中で変えた。

「皐神社のお祭りの実行委員会ですけど」

さすがに地元の神社の名前を出すと、門前払いの確率は低くなった。

「神社の方がどういったご用事でしょうか」

玄関に出てきたのはエプロン姿の若い主婦だ。

「このたび皐神社の豊穣祭を十年ぶりに再開することになりました。私は運営を手伝っているみどり商店街の者です。お祭りにご賛同いただける方に、一口二千円で寄付をお願いしているんですが……」

言いつつ豊穣祭のチラシを渡す。

「へえー、あの神社のお祭りがあるなんて知らなかった」

主婦は意外そうに目をしばたたいた。どうやら最近入ってきた住人らしく、祭りを直に見たことはないらしい。

「商店街に縁日も出ますし、御神酒所で子供さんにお菓子もお配りします。子供神輿も出ますから、ぜひお子さんのいるおうちにはご協力をお願いしたいんですが」

「え、それって義務なの？」

「いえ。でも、ご町内の神社のお祭りですし、応援していただければ嬉しいんですが」

ふうん、と主婦はチラシを見ながら何やら考え込んでいる。

「どっかよその家で寄付したところってあります？」

「そうですね、昔から住んでいるおうちの方には寄付してくださる方が多いです。さっきも隣のアパートのおばあちゃんが……」

「二千円ってけっこう高いですよねぇ」

十年前から寄進の値段は据え置きだが、それでもよくそう言われる。子供のいる世帯は何かと物入りだから仕方がないのかもしれないが、神社も商店街も厳しい懐事情で踏ん張っているのにとちょっとやりきれなくなる。

「高いですか、すみません。できるだけ商店街で負担したいと思って、商店街の組合員は一口一万円から出させてもらってます。うちも三口出しました」

「あらー、それは大変ですね」

自分より負担が大きい者に対して同情が湧くのは世の常らしい。主婦の口調が親身になった。

「でも、やっぱり地元のお祭りは大事にしたいですし、子供さんにも思い出になりますから」

「そうですねえ。子供神輿って誰でも担げるの？」

子供の思い出というキーワードは主婦にとって魅力だったらしい。

「子供会に入ってる子供さんなら誰でも」

「法被とかってどうなるんですか？」

「神社で貸出しもしてますけど、十年前の物でだいぶ色褪《あ》せてるので、きれいなのが良ければ買っていただいたほうが……子供用は千九百八十円です」

「あ、けっこう安いんだ。そうねえ、せっかくなら……」

子供が身につけるものなら寄進と同じ金額でも安いとなるらしい。現金といえば現金だが、正直な感覚でもあるだろう。

「子供会ってことは、町内会も何か関わってるんですよね？」

「いえ、皐一丁目は町内会は関わってません」

「あら、何で？」

せっかく興味を持ってくれたのにまた警戒が強くなってしまった。どう説明しようかと悩み、結局事実をできるだけ淡々と述べる。

「町内会長さんがご信仰の問題で手伝えないということなので。だから皐一丁目の取りまとめは商店街の実行委員会で代行してます。他の町内は町内会がやってますけど」

「ああ……」

主婦は納得が行った様子で、町内会長の信仰のことは知られているらしい。

「でも、ママ友とちょっと相談したいから、また明日にでも来てもらえます？」

「分かりました、よろしくお願いします。何かご質問があったらチラシの連絡先にどうぞ」

渡したチラシには、康生の携帯番号も連絡先として書いてある。

ママ友と相談という口上は、もしかすると体よく断られたのかもしれないが、とりつく島もなく断られることもあるので、反応としては好意的なほうだ。

回った家は地図にチェックマークを入れ、康生は神社へ戻った。祭りの実行委員会の事務所として社務所を開放してもらっている。

社務所には皐一丁目の別の地区を回っていた商店街の仲間が戻っていた。魚政の跡取り息子の政明である。

「よう、康生。どうだった？」

「今日は十軒集まったよ。それと、友達と相談するからって保留の家が一軒」

「どうせ体のいい断り文句に決まってら。断るなら一発で断れよなぁ、せめて」

「荒れてるなぁ」

康生が苦笑すると、政明は長机にだらしなく俯せた。

「だってあの町内会長の奴が妨害してんだもん」

「妨害って何」

剣呑な話に思わず真顔になる。

「いや、俺も保留にされたところがいくつかあって、今日行ったんだけどさ。町内会長が寄進しなくていいって言ってるって断られたんだ」

「そっか……」

思わず溜息が漏れるような話である。保留にされて町内会長に聞きに行かれたら、町内会長はもちろんそう言うに決まっている。

「残念なことだなぁ」

「なー？」

「でも、そうやって町内会長に聞きに行って断る人は、もともと祭りにはあまり興味がないんだよ。最初から協力してくれない人だったたって思うしかないんじゃないかな」

町内会長に言われたからというより、町内会長が体のいい理由をくれたというだけだろう。

すると政明は不服そうに頬を膨らませた。

「何でそうやって割り切れるんだよ、お前はよー。物分かりよすぎるよ」

「どっちにしろ駄目だったんだって思ったほうが気が楽だろ」

「もっと怒れよ、理不尽に対して！　若さが足りねーぞ！」

「だって、別に町内会長が寄進するなって言って回ってるわけでもないんだからさ」

言いつつ集金の鞄を開けると、アパートの老婦人に持たされた豆菓子が一番上に入っていた。

「ほら、これ」

政明に豆菓子の袋を渡す。

「何、これ」

「お菓子」

「見りゃ分かるよ！　どうしたんだよって話だろ！」

「寄進をくれたおばあちゃんから差し入れ。頑張れってさ」

政明の不平が一旦止まった。豆菓子の袋を開けて口に一つ放り込む。ぼりぼり囓《かじ》りながら「俺もねぎらってくれるような人に当たりたいよ」と不平再開だ。

「グリーンパレスの住人もけんもほろろだったしな」

皐一丁目に一棟だけある大規模マンションだ。全百戸の十階建てで高級志向、十年前に新築で売り出されたときは一戸建てと変わらない値段だった。一体誰が買うのだろうと思っていたら、完売したというから大したものだ。

そのグリーンパレスに寄進を頼みに行くと、玄関のエントランスで管理人に止められた。訪問の趣旨を述べると管理組合に文書で提出するようにと言われ、寄進の協力を文書で申し入れたところ、住人の会議で却下となったという素っ気ない回答が管理人から戻ってきた。

「子供のいる世帯だってあるだろうによ」

世知辛《せちがら》いことだと実行委員会ががっかりした一件である。重雄も家で憤慨しきりだった。

子供のいる家が寄進するってなぁ昔は暗黙の了解だったんだよ！　御神酒所で配るお菓子も寄進の中から買ってんだからよ！　子供が気兼ねなく祭りに参加できるようにしてやるくらいの度量はねえのか！

よその地域でも、寄進を出さないのにお菓子だけもらいに来させる家が増えているらしい。祭りの日だけは町内にやけに子供が増える、とよその祭りの実行委員が苦笑混じりにぼやいていた、という話を聞かせてくれたのは神主の笹谷である。どこの神社も祭りの運営には苦労が絶えないご時世のようだ。

「あんな大きなマンションだと地縁の意識は余計に薄いのかもしれないな」

康生が呟くと、政明が意地悪そうに笑った。

「応対も管理人任せだから断るのも楽だしな」

確かに、管理人を置いていない集合住宅や一戸建てのほうが話だけは聞いてくれる人が多い。

「政明の分も書いといてやろうか」

集まった寄進は、帳簿に必要事項を書き込んでから手提げ金庫に入れるようになっている。帳簿に書くのは金額のほかに日付と寄進者の住所氏名だ。

「もう書いた」

確かに帳簿を開くと政明の字で今日の日付の寄進が書き込んであった。八軒だ。

「そっちだってそこそこ集まったじゃないか」

「回ったのはその五倍だぞ、世知辛いったらありゃしねえ」

町内会長を盾に断られた一件でむしゃくしゃしているらしい。康生は苦笑して自分の集めた分を帳簿に書き込んだ。

その翌日、またママ友と相談するからと保留にされた家を訪ねた。

政明が言っていたように体よく断る口実だったかもしれないと半分諦めたつもりで行ったが、主婦は「ごめんなさいね、二度手間にさせちゃって」と愛想よく玄関に出てきた。

「ちょっと訊きたいんだけど、子供神輿って本当にみんな担げるんですか？　全員は無理じゃないかって心配してるママがいたんだけど」

康生は笑って頷いた。

「順番になりますけど、来た子供さんはみんな担いでもらえます。休憩を何度も入れますから、そのときに交代するんです。僕も小さい頃は担ぎましたが、子供さんが百人以上来ても大丈夫ですよ。どうしても人数が多かったら提灯を持って行列についてもらったりもしますけど、僕が知ってる限りでは提灯を出すほど子供が集まったのは一度か二度くらいですね」

「それなら大丈夫ですよね」

主婦もそこが心配だったらしい。どうやらイベント好きのグループのようだ。

「じゃあこれ、二千円」

「頂戴します。申し訳ありませんが奉加帳《ほうがちょう》にサインを頂けますか」

氏子で回す本式の奉加帳ではなく、祭り用に作ったものだ。

主婦は「縦書きは苦手なのよねぇ」と言いながら住所氏名を書いた。縦書きが苦手だという意見は他でも何度か聞いたので、次から横書きにしたほうがいいかもしれない。

領収書を渡すと「法被はどこで買えます？」と訊かれた。やはり新品を着せたいらしい。

「商店街の布団屋さんで扱ってますよ」

「それとね、お友達もお神輿に参加したいって言ってるから、回ってあげてくれます？」

言いつつ主婦は住所と苗字がいくつか書かれたメモを渡してくれた。

「ありがとうございます、ぜひ回らせていただきます」

深く下げた頭には、どうせ駄目だろうなと思いながら来た詫びも籠めている。

紹介された先への訪問は政明に譲ってやろう、と思いながら、康生はまだ回っていなかった地区を回った。

＊

祭りまでは一ヶ月を切り、二週間と修理期間を見込まれている本神輿を修理に出さなければ間に合わない頃合いだが、寄進の集まりははかばかしくなかった。

商店街の組合員はどこも出せる限度まで寄進を出したが、祭りの運営費を取り置くと修理代は三十万ほど足りない。

「あんたんとこも商店街に軒を連ねてんだろう。組合に入ってないのは今まで大目に見てきたが、こういうときは義理を欠いちゃいけねえよ」

組合に入っていない店舗を説得して回っているのは、重雄たち親父世代だ。若手では舐められる、と腕まくりをして乗り出した。

そして強面《こわもて》の重雄はこの手の交渉にうってつけだった。

「せっかく縁日やって商店街を盛り上げようっていうんだ、祭りの運営を手伝えとは言わないから寄進くらい出したらどうだい。『ブックスいわき』だって三口も出したんだぞ、せっかく縁日で客寄せしてもセールが打てるわけでもないのによ」

井脇はといえば「苦しいけど、商店街全体が盛り上がることを思えばね」と自分の小遣いを減らして寄進を工面したらしい。そして井脇が三口寄進したことが非組合員に強気に出られる金看板にもなった。

非組合員の十六店舗のうち、十店舗までが渋々ながらも一口ずつ寄進を出し、修理代の不足は二十万にまで削れた。

しかし、そこから先がどうにも集まらない。商店街の組合員はもう全員が出せるだけ寄進を出しているし、神社近在の地元企業からの寄進も頭打ちだ。

「神社の予備費はもうないんですか、笹谷さん」

社務所の会議で出た質問に、笹谷は恐縮しきった様子で頭を下げた。

「すみません、うちも最初に出した分だけで精一杯なんです。何しろ、神社は儲からないものですから」

神社からは二十万を出しているが、もちろん予備費だけでは足りずに笹谷は勤めの収入からも持ち出しているという。

「どうして神社はそんなに貧乏なんだい？」

祭りの準備でいいかげん気心が知れてきたせいもあり、組合員から飛び出す質問も無遠慮だ。

「ざっくり言うと、結婚式の収入が減ったんですよ。昔は結婚式と言えば神社の出番でしたが、今はキリスト教や人前式などもありますからね。今どきの若い人は白無垢に角隠しの神式よりウェディングドレスのほうがお好きなようですし」

笹谷はそう言って寂しそうに笑った。

「うちは本当は神式で挙げたかったですよ」

康生は思わず口を挟んだ。

「ただ、和装が高くて手が出なかったんです。結婚式場のパックだとドレスのほうが結局安くついたので」

笹谷にとっては多少の救いになったらしく微笑んだ。そして提案を出す。

「神社としては、あとはお祭りのご祈禱のときにいただいている奉納金を辞退するくらいしかないですねぇ」

「いやいや、それはいけねえよ」

重雄が首を横に振った。

「お祭りで奉納金を出さないなんて罰当たりなことができるもんかい」

そもそも奉納金は結婚式のご祝儀程度の額である。切り詰めたところで解決にはならない。

「いよいよ本神輿は諦めるかぁ」

修理代が工面できなかったら今年は子供神輿だけにして、祭りの運営費を除いて残った予算を修理費の積み立てに回すことになっている。氏子への説明は笹谷が、町の寄進者への説明は実行委員会が行うという分担も最初に決めていた。

「しかし、せっかくの本祭り復活で本神輿が出ないのも締まらない話だな」

「だったらお前が寄進をもっと出すかい」

「バカ言え、うちだってギリギリだ。これ以上出したら縁日の屋台も借りられないよ」

親父世代は軽口を叩きながらも、もう諦める方向へ気持ちを切り替えている。だが、康生は同じように笑い合うことができなかった。

皐一丁目の町内と周辺の町内会の取りまとめは、若い衆が担当している。地道に歩き回って寄進を集めてきただけに、本神輿の修理を据え置きにするという煮え切らない結果はいかにも悔しい。

本神輿が出なかったらがっかりするだろうな、と思い浮かぶのは、豆菓子を持たせてくれた老婦人を始め、ねぎらってくれた年配の寄進者たちである。

「悔しいよなぁ」

康生が呟くと、魚政の政明が「仕方ないだろ」と投げやりに答えた。

「ここに来て二十万も足りないんじゃ絶望的だよ。諦めろ諦めろ」

康生にはそんなことを言っておきながら、政明は自分が諦めきれなかったらしい。

ある日、店の仕込みの最中に電話が入った。

「豊穣祭の実行委員会ですか」

皐一丁目の町内会長の声だった。実行委員会の代表連絡先は『酔いどれ鯨』になっている。

「はい、うちが実行委員会の窓口になっています」

「実行委員会の代表者は誰だね」

その不機嫌な口調に、何かまずいことがあったなとピンと来た。代表者は重雄になっているが、売られた喧嘩は反射で買ってしまう性分の重雄である。この剣幕の町内会長にはいきなりぶつけないほうがいいだろう。

「代表者は店主の立花重雄ですが、不在なので私が承ります」

「祭りの寄進集めでうちに苦情があったぞ！　迷惑行為はしないと言っていたのに、どういうことだ！」

話を聞くと、苦情は大規模マンションのグリーンパレスからだった。一度寄進を断ったのに、また実行委員会が寄進を集めに来たからどうにかしてくれと町内会長に連絡があったという。

「すみません、すぐに事情を調べてご報告します」

商店街の中のことなので電話をあちこちかけるより出向いたほうが早い。いつも政明と一緒に寄進集めをしていたので、その流れで最初に魚政を訪ねた。店に出ていた政明に事情を話すと、見る間に顔が青くなった。

「ごめん。俺、何とか寄進してもらえないかと思って、もう一度グリーンパレスに行ったんだ。子供のいる世帯だけでも寄進してくれたらって……」

「……そっか」

責める気にはなれなかった。もしかしたら自分が思い余ってやったかもしれないことを政明は先にやっただけだ。

すぐに重雄や組合長と相談して、重雄と康生と政明で町内会長を訪ねた。

「分かってるんですか、あんたがたがやったことは信仰の自由の侵害ですよ！」

鬼の首を獲ったように責め立てる町内会長に、重雄は「申し訳ございません」と頭を下げたが、康生がこっそり窺うとこめかみにミミズが這ったような青筋が浮いていた。

「若い組合員の教育が不行き届きでした」

十五分ほども町内会長の説教を聞いて、グリーンパレスに実行委員会から詫び状を出すことでどうにか放免となる。

「おじさん……」

帰り道で詫びようとした政明の気配を「いい」と重雄が制した。

「俺にはお前が悪いことをしたとは思えねえ。俺だけじゃねえ、商店街のおっさんどもだってみんなそうだ」

そこまでは政明に向けて、そこからは独り言のように吐き捨てる。

「グリーンパレスだって町から切り離して建ってるわけじゃねえだろうによ」

政明は一言も言わずに、俯いて歩いていた。——もし自分なら、こんなときに友達に一緒にいてほしくない。

商店街のアーケードに入るとやまと銀行のＡＴＭが目についた。

「親父、俺ちょっと銀行寄るから」

重雄に声だけかけて横にはぐれる。重雄も呼び止めなかった。

二人がＡＴＭのボックスを追い抜いていった背中を窺ってから、ふうっと溜息が漏れる。

本神輿の修理は見送りにするしかないだろう。だが、こんないきさつになると、諦めるのが余計に悔しい。

「どうにかなんねえかなぁ……」

意味もなく残高など確認していて、——ふと思いついたことがあった。

＊

夕方に電話して約束を入れ、康生は九時過ぎに重雄に後を頼んで店を抜け出した。

向かった先は清田家である。子供の頃はよく遊びに来ていたが、二世帯住宅になった清田家はまだ訪ねたことがない。

門柱には二つインターフォンが並んでいる。清田健児と表札のかかったほうを鳴らそうとしたとき、「康生さん」と声がかかった。

振り向くと、ちょうど自転車で帰ってきた祐希である。どうやら予備校の帰りらしい。

「どしたの、珍しいね。ジーサンに何か用？」

「いや、健ちゃんとちょっと約束してるんだ」

へえー、と祐希はますます珍しそうな顔をした。

「上がってよ、親父もう帰ってると思うし」

祐希が門を開けてくれ、そのまま一緒に二階の玄関に向かう。

「ただいまー！　親父、康生さんが来たよ」

祐希が奥に声をかけ、「そんじゃね」と先に上がった。

程なく、入れ替わりで健児が現れた。

「よう、待ってたよ。上がって上がって」

「すみません、夜分に」

リビングのソファを勧められ、座ると貴子がお茶を持ってきてくれた。

「それで、話っていうのは何だい。皐の豊穣祭のことだって言ってたけど」

「実は……」

厚かましい頼みだと自分でも承知しているだけに切り出しにくい。すると健児は「なんてな」と笑った。

「分かってるよ、寄進のことだろ」

「すみません」

健児の勤めるやまと銀行に寄進を頼めないか、という相談である。昔はやまとからの寄進が一番大きかったという。羽振りのいいときは三十万も、子供神輿はやまとのおかげで作れた、と重雄も散々言っていた。

出張所が移転していなければと親父世代は残念がっていたが、——ＡＴＭはまだ残っている。まだ商店街と縁が切れたわけではない。ＡＴＭを商店街の店舗と数えるのは乱暴かもしれないが、藁《わら》にもすがる思いだった。

「あちこち手を尽くしたんだけど、……どうしても本神輿の修理代が足りないんです。今年はもう子供神輿だけにしようってみんな言ってるけど、せっかく本祭りが復活するのに」

手を尽くして無理だったというだけなら諦めがついた。だが、杓子定規な町内会長や、地縁を突っぱねるグリーンパレスの住人に冷たくあしらわれ、祭りを妨害されているような気持ちになった。

まるで、重雄から祭りを継ごうとしていることを否定されているような。

「修理代はいくら足りないの」

「二十万です」

あらぁ、と台所に立っていた貴子が声を上げた。今のご時世では、大企業といえども気軽に出せる金額ではない。健児も「んっ」と唸って黙り込んだ。

「お願いします」

康生は深く頭を下げた。

「俺、まだ親父と同じ神輿を担いでないんです」

　ふと健児が笑う気配がした。

「……祭り仕切ってるシゲさん、カッコよかったよな」

　こういうときはサラリーマンじゃカッコがつかないよ。男はいざというときカッコよかったらいいんだよ。――子供のときに言い聞かせてくれた声が自分の耳に蘇ったかと思った。

「頭上げてくれ、康生」

　健児の声にぴしりと一本筋が通った。

「俺はこの場では何とも言えない。ただ、話は聞いた。今日のところはそれで勘弁してくれ」

「すみません。ありがとうございます」

　ただ昔なじみだというだけで夜分に家まで押しかけて、そう言ってもらえるだけでも上等だ。

「早く店に戻れよ、抜け出して来たんだろ」

　健児は玄関で康生を見送り「商店街には何も言うなよ」と釘を刺した。ぬか喜びになってはがっかりさせるし、やまと銀行の株も落ちる。

　康生は強く頷いて清田家を後にした。


　それから数日して、みどり商店街にやまと銀行から寄進の申し出があった。

　金額は二十万だった。向こう二年分の寄進を先渡しするという名目で、健児は相当頑張って帳尻を合わせてくれたらしい。

祭りの実行委員会は狂喜乱舞し、やまと銀行の寄進が決まったその日のうちに本神輿を修理に出した。

「向こう二年分もらっちまったからな！　来年以降も続けていかねえと」

重雄の発破に誰も異存はない。

店で家族だけになったとき、重雄が康生に尋ねた。

「お前、健児に頼みに行ったのか」

健児には口止めされている。だが、重雄にだけならいいだろう。

「昔から健ちゃんは俺の兄貴分だからね」

そうか、と重雄は頷いた。

よろしく言ってくれと言われたので、次に行き会ったときにそうした。

「親父がありがとうって」

すると健児は「黙ってろって言っただろ」と照れ隠しのように康生を小突いた。

＊

豊穣祭の当日は見事な秋晴れだった。

修理が終わった本神輿は、子供神輿と一緒に御神酒所となった清田家の道場に運び込まれており、神主の笹谷が祝詞《のりと》を上げるのを待つばかりだ。

振る舞いは庭で行われることになり、催事用のテントが張られた。

「こりゃあ豪勢だねえ！」

手伝いに来た則夫が長机に並んだご馳走に目を丸くした。おにぎりやいなり寿司などご飯物はもちろん、揚げ物や煮物、サラダなどが大皿や大鍋で並んでいる。

「シゲちゃん、予算が足りないってキリキリしてたのに張り込んだねえ」

「いや、うちだけじゃこんな豪勢には行かねえよ」

笑って手を振った重雄に、「そうよ」と胸を張ったのは芳江である。

「半分はあたしの人脈の賜物よ」

「どういうことだい、芳江ちゃん」

「お友達に声をかけたのよ、もし気が向いたらお祭りに差し入れをしてあげてくれないかしらって」

よし来たとばかりに芳江の主婦友ネットワークから次々とご馳走が届いた次第である。

「あたしたちの年代になると子供も独立して暇でしょう。料理上手な人も多いし、久しぶりに腕が振るえるってみんな張り切っちゃって」

煮物だけでも筑前煮から肉じゃがから数鍋ずつ何種類も並んでいる。

「お友達から口コミでどんどん広まって、あたしが直接知らない人からも差し入れが来たのよ。打ち合わせはしてないから、メニューがダブっちゃうのはご愛敬だけど」

おでんなどは五つも鍋があった。鍋ごとに個性が違うのが面白い。

「さすが芳江ちゃんだね。一品ずつならそんなに負担にならないものな」

そして則夫が清一の背中を叩いた。

「キレ者の奥さんがいると頼りになるねえ」

「まあ、顔だけは広いからな」

清一はといえば芳江の指図であちこち雑用に駆け回るだけで、少々肩身が狭い。

「お義父《とう》さん、すみません」

二階から下りてきたのは貴子だ。

「永田《ながた》精肉店におつかいをお願いできます？　肉じゃがコロッケを二百個差し入れてくれるって電話があって」

有無を言わさぬ気配に清一は素直に頷いた。台所を手伝えないおっさんは大人しく女どもに使いっ走られておくに限る。

「たくさんだから車で行ったほうがいいですよ」

当たり前だろう、と言い返すのも我慢した。


祝詞が上がり、神輿巡行は子供神輿が先である。

出発を見送ってから、町内の子供にお菓子の振る舞いがあった。

十年ぶりの祭りで一体どれほど子供が集まるかと思っていたが、振る舞いの時間よりも少し前からぽつぽつと子供が道場に訪ねてきて、庭には子供の声が絶え間なく響いた。

目を細めてその様子を眺めている清一に、康生は声をかけに行った。

「おじさん、道場を貸してくださってありがとうございます」

「いや、こちらこそ」

康生が首を傾げると、清一は笑った。

「この道場にこんなに子供が集まるなんて、親父が生きてた頃以来だよ」

朝からずっと肩身が狭そうに立ち働いていた清一だが、思いがけず楽しんでいるようで康生としてもほっとした。

お菓子をもらう子供たちが列になりはじめたので康生も整理についた。ビニール袋に詰めたお菓子の袋を次から次へと配る。

明らかに寄進をくれた軒数より押しかけてきた子供の数のほうが多いが、こうしたイベントにただ乗りする家は少なからずあるものだ。それを見越して、振る舞いのお菓子は少し多目に用意してある。

次から次にお菓子を配っているうちに、お菓子待ちの列もそろそろ捌けてきた。時計を見ると、振る舞いの時間ももう終わりかけである。

列の最後の子供たちにお菓子を渡し、康生は一緒に配っていた政明と空になった段ボールを片付けはじめた。

「いやー、危なかったな。もうちょっとで足りなくなるところだった」

振る舞い用に用意しておいたお菓子はあと五、六個しか残っていない。大盛況である。

そこへ新たに十数人の子供たちが連れ立って訪れた。

「まだお菓子もらえますかー!?」

うっ、と政明の笑顔が強《こわ》ばる。

「ど、どうする？」

政明に小声で窺われ、康生も迷った。

「神輿に参加する子供たちの分を出そうか」

神輿を担ぐ子供たちの分は別に取り置いてあり、御神酒所に戻ってきたとき配って解散する段取りになっている。

「でも足りなくなっちゃうぜ。神輿のほうは数ぴったりしか取り置いてないのに」

「神輿が町内を回ってる間に買い足せば間に合うよ。おかみさんたちに出してもらおう」

そして康生は子供たちのほうを振り向いた。

「お菓子を取ってくるからちょっと待っててね」

資材用のテントのほうへ向かい、備品を管理している商店街のおかみ連中に事情を話す。

「思ったよりも子供が来ちゃって振る舞いの分が足りないんです。神輿分からちょっと出してもらえますか、俺たち後で買ってきますから」

「あら、何人くらい？」

酒屋のおかみが子供たちのほうを振り向き、そして眉をひそめた。

「――ねえ。あれ、グリーンパレスの子よ。配達に行ったとき何人か見たわ」

グリーンパレスとの一件は組合中に知れ渡っている。政明の表情が頑なになり、おかみたちも一斉に渋い顔になった。

「あげることないんじゃないの」

「そうよねえ。お祭りをあんなに無下にしといて」

子供たちの親のやりようが祭りに関わる者たちの気持ちを頑なにさせる。それは康生も同じだ。町内会長のところへ謝りに行ったときは、腹が煮えた。こめかみにぶっとい青筋を浮かせながらも何一つ抗弁せずに頭を下げた重雄。すっかり萎《しお》れてしまった政明。

何もこんなやり方で突っぱねなくても、とグリーンパレスの住人が憎らしかった。

――だが。

「おう、どうした。不景気な面して」

不穏な気配を読み取ったのか、重雄ががに股で小走りに駆けてきた。

「グリーンパレスの子供がお菓子をもらいに来たんだ」

康生の返事に重雄がむっと難しい顔になった。そして、待っている子供たちのほうを見る。

――子供たちは心配そうにこちらを見ている。どうしたんだろ、お菓子ないのかな、やっぱりもう終わっちゃったのかな――

重雄は無言で神輿分の取り置きのお菓子の箱を開けた。

「シゲさん」

そんなことしてやらなくても。おかみさんたちは言外にそう言っている。

重雄はおかみさんたちではなく、康生をじろりと睨《にら》んだ。

「晴れの日じゃねえか、男が小せえこと言うな」

ああ、──やっぱりうちの親父は最高だ。

「お前も水に流せ」

政明の頭をぐりっとなでて、重雄はお菓子を両手に抱えた。

子供たちのほうへ戻りながらだみ声を張る。

「よく来たな、みんな！」

そして子供たちに抱えたお菓子を押しつけて回る。

「どっから来たんだ」

「グリーンパレス！」

「そうか。じゃあ、お父さんお母さんにもよろしくな。来年はぜひお祭りを手伝ってくださいって言っといてくれ」

「うん！」

子供たちは次々にいいお返事でお菓子を受け取る。

「商店街に縁日も出てるからな！　みんなで遊んでけ！」

「金魚すくいある⁉」

「残念ながら金魚はねえなぁ、でもスーパーボールすくいとヨーヨー釣りがあるぞ」

昔も重雄はこんなふうに子供たちの相手をしていた。明らかに寄進の軒数より多い子供たちが押しかけてきても、嫌な顔ひとつせず。

唇を噛んで俯いている政明に声をかけた。

「買い物に行こう。お菓子買ってこなきゃ」

政明は、怒ったような顔でこくりと頷いた。まるで、泣くのを我慢している腕白坊主のようだった。

おかみさんたちにお菓子の内訳を聞き、商店街に買いに出かける。

アーケードには祭りの華やかな提灯が飾られ、縁日も屋台がずらりだ。

商店街の中に入っている小さなディスカウントストアでお菓子を買い込む。——帰る途中で、因縁の深い人物を見かけた。

町内会長が孫娘と一緒にヨーヨーを釣っていた。

じっと見つめると、町内会長が釣りかけのヨーヨーを落とした拍子に目が合った。町内会長の面に気まずそうな表情が閃《ひらめ》く。

康生は黙って頭を下げた。

御神酒所でお菓子の振る舞いもありますよ——などと声をかけても、きっと来ないだろう。

歩きながら政明が小さく吹き出した。

「——縁日には来るんじゃねえか」

「なあ」

康生も頷きながら笑った。

屋台が出ているので隙間が狭まっただけかもしれないが、いつもよりも人が多いような気がするアーケードをのんびり歩いた。

「お」

政明が嬉しそうに声を上げた。

ちょうどアーケードの入り口から子供神輿がわっしょいと入ってくるところだった。

「祐希くん、タコ焼き食べない？　あとお好み焼きも」

はしゃぐ早苗に祐希は思わず吹き出した。いつもカロリーがどうこう騒いでいるのに、縁日の前では分別が吹っ飛んだらしい。

「いいの？　家帰ったらすぐ晩ごはんじゃねえ？」

「だから半分」

「タコ焼き半分とお好み焼き半分だったら足して一人前じゃん」

「だって縁日なんて久しぶりだもん。今年は花火大会も行けなかったし」

市内で一番大きな花火大会は受験生として慎んだ。今日も予備校の帰りだが、少しはお祭りの気分を味わいたいと縁日だけ冷やかしていくことになったのである。

「金魚すくいとかねーのかな。俺、子供の頃けっこう上手かったんだよね」

「あー、金魚ねえ。生き物、仕入れが難しいからやめたってシゲさんが言ってたよ」

「身の丈に合った運営だなー」

「代わりにスーパーボールとヨーヨーあるって」

「何でこの年になってスーパーボールすくうんだよ」

タコ焼きを一舟買って、アーケードの端で一緒につつく。

と、早苗が「見て見て」と声を上げた。

「ほら、提灯。この辺ずらっと祐希くんのお父さんの銀行だよ」

「あ、ホントだ」

やまと銀行の名前が入った提灯が向かい側に二十個ばかり続いている。

「やまと銀行、すごいたくさん寄進してくれたんだって。おかげで本神輿が直せたんだ、って
うちのお父さんが言ってた」

則夫は提灯を取り付けるための工事を実費だけで請け負ったという。運営の話もいろいろと
聞いているのだろう。

「へえー。けっこうやるな、親父んとこも」

相槌を打ちながら、ふと思い出す。――先日、康生が珍しく健児を訪ねてきたことがあった。

ああ、そっか。じゃあ訂正。

「やるじゃん、うちの親父も」

「ねー。地元のこと考えててえらいよねー」

そして早苗が「あっ」と歓声を上げる。

「ねえ、本神輿来た！」

スピーカーで割れたお囃子の音色がアーケードの中に満ちる。

「お囃子が録音ってのもチープな話だよなー」

「仕方がないよ、山車《だし》高いもん」

わっしょいわっしょいと力強い掛け声が近づいてくる。

「あ、康生さん」

「えっ、どこ？」

「ほら、右側の前から二番目……」

「ホントだ！」

早苗が喧噪《けんそう》の中で「康生さーん！」と手を振る。すると、奇跡的に聞こえたらしく、康生が軽く会釈だけして笑った。

そのままお神輿が通り過ぎる。

「やっぱりカッコいいねえ、お神輿担いでる男の人って」

ちょっと意識に留めておきたい発言が飛び出した。

「ね、次の本祭りのときは祐希くんも担ぐの？」

「どうしようかな」

「担ごうよ、あたし写真撮ったげる」

次の本祭りまで、付き合いが続いている前提の発言である。それがくすぐったいやら嬉しいやらで思わず顔がにやけた。

「あっ、どうしよう、広島焼きもある！」

悩ましい選択肢が増えて長考に入ってしまった早苗に「お好み焼きと両方食べたら」と言うと、「一・五人前になっちゃうでしょ！」と怒られた。

第六話

＊

年が明け、センター試験が終わった。

祐希《ゆうき》はどうにか足切りをクリアし、早苗《さなえ》と同じ志望校を受験する資格は獲得した。早苗よりギリギリなので、ここからがまた正念場だ。

予備校の講義も毎日詰まっている。学校が終わってから予備校に直行して、講義が終わった頃にはすっかり月が中天だ。

マフラーを鼻先までぐるぐる巻いて、祐希はＭＴＢを漕ぎ出した。キンと冷え切った空気の中に切り込んでいくときが冬場の自転車で一番勇気の要る瞬間だ。

「うー、畜生っ」

寒さに自然と悪態が漏れる。何度か冬を罵倒しながら有村《ありむら》家の近所まで帰ってくると、二階の部屋に灯《とも》りが点っていた。早苗の部屋だ。

向こうも頑張ってんだろうな。冷たい風に切りつけられながら、胸だけふっと温かくなった。

早苗とは初詣に行ったきり会っていない。この冬最初の寒波が到来した頃から、学校の帰りに落ち合って買い物をするようなこともなくなった。

受験が終わるまでお父さんが家事全部やってくれるって。自分の分の洗濯と部屋の掃除しかしなくてよくなっちゃった。

最後にスーパーで買い物をしたとき、早苗がそう切り出した。

「そっか、じゃあ。」

買い物ついでの寄り道は胸が弾む息抜きだったが、それもしばらくお預けだ。お互いが自然にそのことを受け入れていた。

春になったら一体どんな自分たちになっているのだろう。制服でスーパーに落ち合い買い物をする習慣ももう終わりだ。大学に通うようになってもやっぱり早苗は帰りがけに家の買い物をするのだろうか、そしてやっぱり自分はそれに付き合っているのだろうか。

「……ていうか、」

同じ大学に通えているかどうか——とマイナス思考が頭をもたげそうになり、あわてて追い払う。受験生にネガティブなビジョンは禁物だ。

と、急に漕いでいたペダルが突っかかった。

「うわっ！」

とっさに片足を突いてこらえる。見ると、スニーカーの紐がほどけてペダルに絡まっていた。

不吉な、と思わず眉間《みけん》にシワが寄る。

「勘弁してくれよ、もう……」

ＭＴＢを降りてしゃがみ込み、紐を結び直していたときだった。

「!?」

突然、眩しい光が目を刺した。

手で庇《かば》って眇《すがめ》に窺うと、黒い人影がこちらに懐中電灯を向けている。

「こらっ！　何をしてるんだ！」

頭ごなしの怒鳴り声に応戦するようにこちらの声も荒立った。

「何してんだはそっちだろ！　何でいきなり人の顔に懐中電灯向けてんだよ！」

「明るくされたら困るようなことでもしてたのか！」

噛みつきながら近づいてきたのは、三人連れのおっさんである。ちょうど三匹と同じくらいの年の頃で、痩せと堅太りとチビという取り合わせだ。

「明るくされて怒るなんて怪しいぞ！」

「一体何をしてたんだ！」

相手が責め立てる理屈に、祐希は一瞬言葉を失った。明らかにおかしな理屈をぶつけられると何と返していいか分からなくなる。

「ていうか、いきなりライトで顔照らされたら怒るだろ、普通！」

「疚《やま》しいことがなかったら怒る理由なんかないはずだ！」

「怒るっての！　眩しくてむかつくだろ！　しかも出会い頭に怒鳴られて、怒んねぇ奴のほうがおかしいだろ！　何で通りすがりのおっさんに詰問されなきゃならないんだよ！」

「疚しいことがないなら答えられるはずだ！」

こうなってくると答えるのが業腹だが、答えないと長引きそうだ。意地と面倒を秤に乗せて、面倒のほうが勝った。

「靴紐ほどけたから結んでただけだよ！」

「それだけなら何ですぐに答えなかったんだ！　ちょっと荷物見せてみろ！」

「はぁ⁉」

今度こそ堪忍袋の緒が切れた。

「ふざけんなよおっさん！　警察じゃあるまいし荷物見せろとか何様のつもりだ！」

「疚しいことがないなら見せられるはずだろう！」

「アホか！　何で赤の他人に自分の荷物見せるんだよ！　頭おかしいんじゃねえの⁉」

気色ばんで詰め寄ると、三人の中から痩せが進み出た。

「そうやってキレたら何でも押し通せると思ったら大間違いだ！　最近の若い者はまったく！　大人を舐めるなよ！」

「そういう問題じゃねーだろ！」

駄目だ、相手にしてらんねー。祐希は見切りをつけてMTBのハンドルに手を掛けた。

「どけよ！」

「まだ話は終わってないぞ！」

おっさんどもがMTBの前に立ち塞がり、行く手を阻んだ。

「どうしろってんだよ！」

「疚しいところがないなら荷物を見せろと言ってるんだ！」

「疚しいところはないけどあんたらに荷物を見せる義務もねえよ！」

まったくの堂々巡りだ。三対一というのが分が悪い。畜生、いっそ誰か来てくれりゃあな、と祐希は顔をしかめた。第三者がいればこのおっさんどものほうがおかしいって一発で分かるのに。ギャラリーなしでおかしな言い分のほうが多数派だと常識が引っくり返る。

ちょうどそんなことを思っていたタイミングで、

「もしもし、どうしました」

待望の第三者出現である。祐希とおっさんどもが一斉に振り返ると、そこに立っていたのは竹刀袋を提げたやけに姿勢のいい――

「ジーサン！」

ちょうど『鯨』に行くところだったのだろう。清一《きよかず》のほうも声をかけたら揉めている片割れが祐希だったので面食らっているようだ。

「どうしたんだ、お前」

「どうしたもこうしたもねえよ、何とかしてくれよ、このおっさんども！　いきなり人に懐中電灯向けて怒鳴りつけた挙句、荷物見せろとか言うんだぜ！　頭おかしいだろちょっと！」

「年配の方に失礼な口を利くんじゃない」

清一はしかめ面で祐希をたしなめてから、三人連れのおっさんのほうへ向き直った。

「これは私の孫ですが、何かありましたか」

清一の顔を見た痩せのおっさんが、あっと声を上げた。

「あんた……」

しかし清一のほうには覚えがないらしい。

「どこかでお会いしましたか」

清一が問い返すと、痩せは「いや」と言葉を濁した。

「確かこの近所で剣道の道場をやっている方だったなと……」

「残念ながら先年閉めましたが、確かにその剣道教室をやっておりました清田《きよた》です」

「そうそう、そうだ。清田さんだ」

道場は閉めたが、長年町内で「剣道の先生」だった清一は、未だに町内でよく顔を知られている。清一に覚えがなくても、相手は清一を知っているということはそれほど珍しくない。

「うちの孫が何か」

「いや……道端でうずくまってごそごそやってるもんだから」

答えたのは痩せのおっさんだ。

「だから靴紐結び直してただけだっての！」

「お前は黙ってろ」

清一に小突かれ、祐希は不承不承口をつぐんだ。清一がおっさんどもに向き直る。

「一般市民が他人に荷物を開けて見せろというのはあまり穏やかじゃない話だと思いますが、どういう理由で？」

「ライターやマッチを隠し持ってやせんかと確認しようとしただけですよ」

ふて腐れたように答えた痩せに、堅太りとチビが口を添えた。

「最近、この界隈で不審火が増えておるでしょう」

「ニュースで見ませんでしたかね」

　確かに年末からボヤ騒ぎが立て続き、地元新聞やローカルニュースで何度か取り上げられた。警察は放火魔の仕業ではないかという見解を発表しており、住民に注意を呼びかけている。

「うちの近所でも一回ボヤが出たもんですからな」

　口を開く順番が痩せに戻った。

「有志で火の用心がてら夜回りをしてるんですよ」

「じゃあ俺を放火魔って疑ってたのかよ⁉」

　祐希が噛みつくと、痩せのおっさんは顎を突き出した。

「こんな夜更けに素行の悪そうな若者が暗がりでうずくまってたら疑われても仕方ないだろう！　髪だって染めてるし、そんな鎖をジャラジャラ提げて粋がって」

「人を一方的に疑っといて何だよその言い草は！」

「大体、まだ疑いが解けたわけじゃないぞ！　何でこんな夜遅くに出歩いてるんだ！」

「静かに！」

　叱りつけた声は清一だ。祐希も痩せのおっさんも同時に言葉を飲み込んだ。そして、清一が痩せのおっさんのほうを向く。

「孫は受験生でして、予備校で夜間の授業に通っています。帰りはいつも大体この時間です」

　叱られたのが利いたのか、痩せが気まずそうに「そうですか」と頷く。

「髪もまあ、私は似合っているとは思いませんが、学校で注意されない程度にやっているようです。鎖はウォレット・チェーンと言いまして財布に繋いで財布が落ちるのを防ぐための道具だそうです」

何だよ。孫が謂《いわ》れのない疑いかけられたんだから肩くらい持ってくれても——と祐希が不満に思ったときだった。

「別にただ粋がってジャラジャラさせてるわけでもないようですよ」

口調はあくまで淡々としているが、少しはむっとしているらしい。それに気づくと少し痩せのおっさんに対する溜飲が下がった。

「孫も短気なのでカッとして乱暴な口をきいたようですが、どうやらそちらの問い質《ただ》し方にも少々荒っぽいところがあったようだ。お互い謝るということで手打ちとしませんか」

おっさんどもは不満そうだが、不満なのは祐希も同じである。お互い渋々歯切れの悪い謝罪を交わす。

「まあ、何だ。君もあまり疑われそうな行いは慎みなさい」

「はぁ⁉」

捨て台詞を聞き流せずに祐希が食ってかかろうとすると、清一が肘で祐希をぐっと押さえた。

「言い聞かせておきましょう。——そちらも、他人にあまり色眼鏡でかかると揉め事の元ですから、気をつけて」

おっさんどもは清一には強く出られず、はあ、まあ、と曖昧に頷きながら立ち去った。

「……ンだよ、あれ」

祐希が吐き捨てると、清一も渋い顔だ。

「しかしまあ、お前も目上の人にあんな口のきき方はないだろう」

「目上ー⁉」

こればかりは聞き捨てならない。

「年が上ってだけで目上かよ！　冗談じゃねー、人として敬ってほしかったら人として敬えるような行いをしろよな！　年寄りだってだけで威張られちゃたまったもんじゃねーよ！」

「それはまあ——確かにな」

清一がすんなり頷いたので少し拍子抜けした。

「だが、だからといって相手と同じレベルでやり合っても仕方ないだろう」

言い聞かせるような口調に、ふと思い当たった。にやりと笑みがこみ上げる。

「……あのさぁ。もしかして、俺のほうに大人になれって言ってる？」

すると清一が溜息をついた。

「昨今は年を取ってるからって道理が通じる大人ばかりでもなくなってきたからな」

お互い謝らされて、何で俺が謝らなくちゃならないんだよと不満たらたらだったが、自分のほうが話が通じると見込まれたのだったら悪い気はしない。

「ありがとな、ジーサン来てくれて助かったよ」

言いつつMTBにまたがると、清一は少し面食らったように目をしばたたいた。

「うん、まあ、気をつけて帰れ」

MTBを漕ぎ出してからふと振り向くと、清一はいつもまっすぐ行く道を途中で折れていた。まっすぐ行くとさっきのおっさんどもと同じ道になるので、避けたのだろう。できれば関わり合いになりたくないタイプではある。

ジーサンにも弱気なところがあるんだなと笑いがこみ上げ、妙な因縁をつけられた腹立ちが少し軽くなった。


清一が『鯨』に着くと、重雄《しげお》と則夫《のりお》が先に軽く一杯始めていた。

「どうした、遅かったな」

重雄に水を向けられ、つい先ほどの揉め事を披露する。

「うちの近所でかい？」

則夫が板わさをつまみながら眉間にシワを立てた。

「よもや祐希くん、親がいない間に早苗の部屋に上がり込んだんじゃないだろうね」

「そっちかよ、気にするのは」

重雄が苦笑しながら手振りで突っ込んだ。

「いやまあ、いつも予備校から帰ってくる時間帯だったしな。寄り道してたらそんなおっさんたちにも巻き込まれなかっただろうよ」

清一も孫の肩を持って弁明した。

「それに、受験が終わるまでは二人で遊びに行ったりするのも控えてるようだしな……身内が言うのも何だが、なかなか真面目にやってると思うぞ」

「早苗ちゃんと同じ大学に行きたくて必死なんだろうよ。健気じゃねえか」

重雄も擁護に加わって、則夫は「それならいいけど」と納得した様子である。

本題に戻って重雄が顔をしかめた。

「しかし、いくら祐希が小生意気に見えるからって、いきなり怒鳴りつけるってぇのは穏やかじゃねえな」

「それより、荷物を見せろってほうが問題だよ」

則夫も渋い顔をする。

「夜回りをしてるって話だったけど、一般人に職務質問の権限なんかないからね。そんな調子で他人に突っかかってちゃ、祐希くんじゃなくても揉めると思うよ」

ともあれ、と重雄が熱燗をすすった。

「そのおっさんたちが熱心に見回ってるんなら、今日はそれほど張り切らなくてもいいかもな。ゆるゆる出るか」

結局その日は、日付が変わる前に近所をぐるりと一巡りするだけで終わった。

＊

冬の朝稽古は道場の中でも吐く息が白い。板敷きの床はまるで氷を踏むようだ。祐希などは去年「床暖房くらい入れようぜ」とぶつぶつ言っていた。今年は受験勉強で稽古は秋口から休止しているが、来年も寒くなったらまた文句を言うのだろう。

心頭滅却すれば火もまた涼し——逆もまた真なりである。無心に竹刀を振っていると、そのうち体が火照《ほて》るほどになって汗をかく。

最後に道場を軽く掃除して母屋に戻った。途中で郵便受けを覗いて新聞を取る。いつもより分厚い手応えで、そういえば日曜日だったなと思い出した。清田家で取っている地元紙は日曜に日曜版を別紙で入れるので平日よりも新聞が膨れている。

家に入ると芳江《よしえ》がちょうど玄関に出てきたところだった。

「あら、新聞取ってきてくださったの」

「ああ」

稽古着を着替えてから居間で新聞をめくっていると、芳江が台所からやってきた。

「もうすぐごはんが炊けますから」

そう言いながら座り、清一が後回しにしていた日曜版を読みはじめる。生活面や地元情報が充実している日曜版は、主婦にとって本紙よりも読みでがあるらしい。

やがて芳江が「あらっ」と声を上げた。

「これ、あたしの知ってる人だわ」

「どれ」

見せられたのは生活面の中の囲み記事だ。小さいが写真が載っている。被写体は初老の三人の男性だ。並んで緊張した笑みを浮かべている。

おや、と思わず呟きが漏れた。

見覚えのある顔だった。――先日、祐希を摑まえて揉めていた三人組のおっさんだ。

リードには『お手柄老人、放火に喝！』とある。

記事を斜め読みすると事情が知れた。

友人同士で夜回りをしていたところ、民家の物置から火の手が上がっているのを発見して、消防に通報したという。発見が早かったので火は燃え広がらないうちに鎮火し、被害は物置の半焼のみだった。警察の調べでは自然出火は考えにくい状態で、放火の疑いが濃厚らしい。

発見者の三人は警察に表彰され、写真はそのときに撮ったようだ。それぞれ、氏名と年齢が紹介されている。

口数の多かった痩せのおっさんは松木《まつき》邦久《くにひさ》、堅太りが大野《おおの》満男《みつお》、チビが菅原《すがわら》紀久夫《きくお》。年齢は全員揃って六十歳で、三匹や芳江と同年代である。

不審火を警戒して見回っているとのことだったが、早くも効果があったらしい。

「知ってるってお前、どういう知り合いだ？」

「真ん中に写ってる松木さんて人が高校のときの部活の先輩なのよ」

清一と芳江は幼なじみだが、通っていた高校が違う。芳江は祐希と同じ緑ヶ丘高校に通っていたが、清一は当時剣道の名門だった私立の男子校に通っていた。

「先日ばったりスーパーで行き会ってね。何十年ぶりだったかしら。ずっと転勤で県外だったんだけど、定年を機にこっちに戻ってきたんですって。仕事をやめてから暇を持て余し気味で、時間を有意義に使えることはないかなぁと仰るから、夜回りでもしたらいかが？　って勧めたの。うちの亭主もお友達と気が向いたときにご町内を回ってますのよって」

「お前、そんなことを勧めたのか」

まさかこんなところに火付け役がいたとは思いも寄らないことである。

「困るよ、勝手に俺たちの夜回りのことを言いふらされちゃ」

「だって別に悪いことじゃないでしょう」

芳江はまったく悪びれない。

「それにあなたは面識のない方だもの、あちらにはあたしの亭主が誰だか分かりゃしませんよ」

「向こうは俺のことを知ってたぞ」

「あら、そうなの？　どこでお会いになったんですか」

「つい何日か前だよ、『鯨』に行く途中で行き会って……」

祐希が見咎《みとが》められて揉めていた一件を離すと、芳江は「あらまあ」と目を丸くした。

「先方、あたしのことは何か仰ってた？」

訊かれて思い返すと、芳江のことは言われた覚えがない。剣道の道場のことを言われただけだ。

「それなら剣道の先生だから知ってただけじゃないの？　別に剣道の先生があたしの亭主だとは思ってないでしょうよ、向こうはあたしの今の苗字も知らない筈だし。剣道の先生が夜回りをやってるなんて立ち回りの現場を見なきゃ分かるわけないでしょうよ」

文句をつけてやろうと思っていたら、くるくるっと言いくるめられてしまった。不完全燃焼で清一としては面白くない。

「……だが、あまりこういうことに熱を入れないほうがいい人たちのような気がするけどな」

「あら、どうして？」

真っ向問い返されるとこれもまた返事に困る。則夫が言っていたように、不審と見えた相手にあの調子で突っかかっていくと揉める元だ。

誰に頼まれたわけでもなく、何らか権限があるわけでもない。暇つぶしでケチな悪さが少しでも減るなら、その程度の夜回りである。

まるで自分が何かを担《にな》っているかのように振る舞ったら僭越《せんえつ》なばかりだ。要するにあの三人は分をわきまえていない。

だが、引っくり返すと自分たちは分をわきまえているという主張のようで、清一としては甚《はなは》だ口に出しづらい。

「……まあ、ちょっと、祐希にも喧嘩腰だったしな」

ぼやかすと、芳江も思い当たる節があったようだ。

「まあ、確かに学生時代から正義感の強い人ではあったわね。のめり込みすぎると揉めることもあるかもしれないわ」

　学生の時分からああいう感じだったのか、と思ったとき、芳江がふふっと笑った。

「責任感が強すぎるのね。あたしが入学したとき二年生で部長だったんだけど、ふざける部員とよく言い合いになってたわ」

　昔を懐かしむような芳江の表情に、訳もなく面白くない思いが湧いた。

「どうしたんですか、あなた。急に仏頂面になっちゃって」

「何でもない」

　この松木というおっさんが詰め襟を着ていた頃を芳江が思い出して笑っているように、松木も芳江がセーラー服を着ていた頃を思い出せるのだろう。日頃の学校で、芳江がどんな女生徒だったかも。

　制服姿の芳江を見たことはあるが、学年が三つ違う清一は学校の中の芳江は見たことがない。そもそも通っていた高校も違う。さぞや生意気でこまっしゃくれた女生徒だったのだろう、という想像くらいはつくが、それは想像の中のことだ。

「それよりお前、他の二人も知ってるのか」

　写真の中で堅太りの大野とチビの菅原を指差して尋ねたところ、芳江は「いいえ」と首を横に振った。

「あたしが知ってるのは松木さんだけですよ。でも夜回りを勧めたとき、一人じゃ心細いから幼なじみを誘おうかなって言ってたから……あなたたちと似たような感じじゃないの？」

こちらの言い出しっぺの重雄は、心細いから清一や則夫を誘ったわけではない。一緒にするな、と言いたくなったが、あまりに大人げないように思われたので我慢した。

と、そこへ中庭から祐希がバタバタ駆け込んできた。

「ジーサン！」

片手に摑んでいるのは新聞の日曜版だ。用件は知れた。

「見たかよ、これ！」

「お前が新聞を読んでるとは感心だな」

「小論文対策で読めって言われてんだよ！　そんなことより！」

祐希が開いて見せたのは案の定、松木たちの夜回りの記事である。

「これ、こないだのおっさんたちだよな⁉」

「そうだな。芳江の昔の知り合いだそうだ」

「マジで⁉」

祐希はまるで咎めるように芳江に向かって顔をしかめた。

「じゃあバーサンからも言っといてくれよ、こいつらこないだひどかったんだぜ！」

「はいはい、お父さんから聞きました。でもそれほど親しい相手じゃないしねえ」

軽くいなされ、気勢を削がれた祐希がぶつぶつ言いつつ縁側に上がり込む。芳江は入れ違いに台所へ立った。

「どういう知り合いなんだよ」

「高校時代の先輩だそうだ」

「高校！」

祐希が目玉をひん剝いた。

「あったんだなー、バーサンにも高校時代」

「あるに決まってるだろう。芳江はお前と同じ高校だったんだぞ」

ひえー、と祐希は大袈裟に仰《の》け反《ぞ》った。

「それ、石器時代より前？　後？」

「お年玉を返せと言われるぞ」

「やべ」

受験勉強でバイトをしていないので、お年玉の没収はこたえるらしい。それ以上は茶化すのをやめ、祐希は夜回りの記事を眺めながら顔をしかめた。

「何か、偽三匹現るって感じだよなーコレ。三人の体型もちょっと似てるしさ」

それでいうなら、清一に似ているのは三人の中で一番背丈がある痩せぎすの松木ということになる。だが他の二人との比較で似ているというのも乱暴な話だし、日々鍛錬を怠っていない身としては不本意だ。

あの松木とかいう男はひょろっとしてるだけで、棒っきれみたいだったじゃないか。

「全然似とらん。この大野という男も、ちゃんと鍛えてるシゲとは大違いだ。ちょっと身幅が広いからって一緒にするな」

「大雑把な印象の話じゃん、カリカリすんなよ」

あっさりいなした祐希は再び新聞記事に目を落とした。

「何かお手柄扱いになってるけど、これで調子に乗らなきゃいいけどな」

その懸念は、自分が言うと相手の手柄をやっかんでいるようで憚《はばか》られたが、祐希があっさり言ってのけたので胸がすいた。

そうなんだ、素人は手柄を立てると調子に乗るんだ。趣味の夜回りというのもなかなか分別がいるものなのに。

「お前最近、小遣いは困ってないのか」

「何だよ、急に」

「いや、バイトしてないから小遣いが足りないんじゃないかと思ってな」

札入れは上着のポケットだったかなと腰を上げると、祐希が吹き出した。

「なーに珍しく孫の機嫌取ってんだよ。いいって。今もらったって、予備校の帰りにコンビニ寄るくらいしか使い道ないし。それより合格したらお祝い弾んでくれよ」

「おう」

清一が再び腰を落ち着けると、芳江が居間に戻ってきた。

「祐希、朝ごはんは食べてくの」

「いいや、どうせめざしとか漬け物だろ」

二階の息子夫婦の世帯は朝はパン食が主らしい。

祐希が帰ってから芳江がくすくす笑った。

「偽三匹っていうのは上手いこと言ったわね、あの子」

やり取りは台所まで聞こえていたらしい。

自分がむきになっているところも筒抜けだったと思うと少し気まずかったが、芳江も夜回り本家は清一たち三匹だと認めていると思うと溜飲が下がった。

「おや、おでんの玉子があるじゃないか」

朝食のお膳立ての中に、ゆうべの残りのおでんがあった。どうせめざしだろ、と帰った祐希はおでんの具は玉子が好物である。

「言ってやればよかったのに」

「一つしか残ってないのよ、玉子はあなたもお好きでしょ」

孫とおかずを取り合いするほど大人げなくないぞと思ったが、古女房の気遣いが思いがけず嬉しかったので、そうかと頷くにとどめた。

＊

祐希が言い出した偽三匹という呼び名は、三匹の中ですぐ定着した。夜回りをしていてその三人の存在は再々意識に引っかかるようになっていたが、これぞという呼び方が見つからないので、いつも「ほら、例の」「あの三人組の」などとまどろっこしいことになっていた。

偽呼ばわりは先方には不本意だろうが、別に本人たちの耳に入れるわけでもない符丁である。

「まあ、いいんじゃねえか？　カリカリ見回ってる奴らが一組いりゃあ、不埒な奴らも悪さをしにくいだろうし」

犯罪抑止という意味で偽三匹に鷹揚《おうよう》に構えていた重雄だが、その日の夜回りで宗旨を変えることになった。

三匹がそれぞれ受け持ちの方向へ分かれてしばらくのことである。コンビニの裏手の路地で、うずくまっている数人の影があった。

夜目にも白い煙が彼らの周りにたゆたっており、最近の不審火騒ぎも収まっていない折から、すわ放火魔かと全身にぴりりと緊張が走った。

だが風の方向が変わって流れてきた煙の臭いで、煙草の煙であることが知れた。問題は煙草を吸っている彼らが未成年と見えたことだ。

夏に清一が『エレクトリック・ゾーン』で煙草を吸っていた中学生に注意して逆恨みされていたことが頭をよぎる。面倒くさいかな、と一瞬思ったが、通りすがりのおっさんが注意する分には後腐れはないだろうと踏ん切りをつけて歩み寄った。

「よう、兄ちゃんたち」

声をかけると、地べたにしゃがみ込んでいた少年たちがびくっと振り向いた。驚いたことが決まり悪いのか、すぐさま人相を悪くして睨《にら》みつけてくる。近くで見ると、やはり祐希よりも年が行っているとは思えなかった。

「年はいくつだ？」

「……関係ねーだろ！」

　こういう突っかかり方をしてくることが、何よりも未成年者であることを雄弁に語っている。

　重雄は苦笑しながら話しかけた。

「まだ煙草を吸っていい年じゃねえだろ。おっちゃんも見つけちまったら素通りできねえからもうやめとけ」

「うっせえな、警察かよお前！」

　食ってかかりながらもどこか腰が退けているのは、重雄の強面《こわもて》のせいだろう。

「おっちゃんは警察じゃねえけど、このままお前たちが煙草を吸うならこの足で交番に行くぞ。お巡りさんに来てもらう」

　少年たちの表情が剣呑になった。お、来るか、と重雄も姿勢をやや半身にする。

「力尽くで止めてみるかよ？」

　ずい、と一歩前に出ると、一番手前の少年がぐっと言葉に詰まって肩を引いた。そのわずかな仕草で趨勢《すうせい》は決まった。

「うぜーんだよ、おっさん！」

　口々に吐き捨てながら少年たちが腰を上げる。

「こら、吸い殻くらい片付けていけ」

「うっせえ、バーカ！」

全員が一斉に走って逃げ出した。こうなると重雄には追いかけようがない。

「ったく、仕方ねえなぁ」

せめて片付けをせずに逃げるのが彼らにとっては最後の見栄の張りどころなのだろう。重雄は街灯の明かりを頼りに見える範囲の吸い殻を拾いはじめた。美味《うま》いと思って吸っているわけではないのだろう、根本まで吸っている吸い殻はほとんどなかった。

「あーあ、ライターまで忘れて行きやがって」

後何年かすりゃどこでも大手を振って吸えるようになるのに、我慢できねえもんかなぁ――とぶつぶつ言いながら拾っていると、

「おい、あんた！」

いきなりの誰何《すいか》に振り向くと、ピカッと眩しい光が目を刺した。思わず目を庇う。手庇《てびさし》にすかすと、偽三匹がこちらに懐中電灯を向けている。夜回りをしているとあちこちで見かけるので、背格好は見覚えている。同じ年代で三人組で夜回りをしているなんて特徴は、そうそう他にあるものではない。新聞記事によれば痩せ型が松木で堅太りが大野、チビは菅原と言ったか。

「一体そこで何をやってるんだ！」

なるほどこれはとっさに苛立つな、と重雄は突っかかられたという祐希のことを思い出した。一方的に懐中電灯で顔を照らされ嫌疑をかけるような物言いをされたら、不愉快に思わない者のほうが珍しい。

「何って、吸い殻拾ってんだよ。煙草を吸ってるガキどもを注意したらそのままにして逃げたんでな」

実際に拾っていた吸い殻を見せると、問い質してきた痩せの松木は重雄の逆の手を見咎めた。

「そっちの手に持ってるのはライターじゃないのか？」

「だから何だよ」

「どうしてそんなものを持ってるんだ」

ライター＝放火魔という見事な短絡が目に見えるような詰問である。

「そのガキどもが忘れて行ったんだよ」

「本当に子供の忘れ物かね？　あんたの持ち物じゃないのかね？」

堅太りの大野が尻馬に乗り、それが甚だ重雄の気に障った。

「もし、俺の持ち物だとしても何だってんだ？　大人なんだからライターくらい持ってたって不思議じゃねえだろう」

奈々《なな》が生まれてから煙草はやめているが、別にそんな事情を説明する必要もない。大の大人がライターを持っていたというだけでどうして邪推されなくてはならないのか、という反発が言わせた言葉だったが、チビの菅原がすかさず揚げ足を取った。

「自分の持ち物だったら、どうして子供のせいにするんだ。おかしいじゃないか」

「『もし』って前置きしたの聞いてたか、おっさん！」

ジジイと呼ぶのは同年代なので勘弁してやったが、腹立ち任せにそう呼ばわりたいくらいだ。

「もし俺の持ち物だとしても、何か文句があんのかって言ってんだ！　警察じゃあるめえし、大の大人が何で他人から持ち物に文句つけられなきゃならねえんだ！」

言い放ってから、さっきの悪ガキどもと同じことを言っている自分に気がついた。

もしかして同じ穴のムジナだったかと一瞬心配したが、いやいや子供の喫煙を注意するのはまた話が違う、と思い直す。

俺がガキどもを注意したことと、こいつらが俺を問い質していることは、同じ箱に入らないはずだ。——というか、入ってたまるか。

「わ——私たちは、」

松木の声が裏返った。さすがに祐希のときと違って、強面かつ同年代の大人と本格的な争いになることには腰が退けたらしい。

「この前、警察に表彰されたんだ！　みんなで放火の現場を見つけて夜回りを奨励されたんだ！　何ならこのまま一緒に交番に行ったっていいんだぞ！」

懸命に張り上げる声を聞きながら、重雄は思わず顔をしかめた。

表彰されたことで調子に乗らなきゃいいけどな——と祐希は新聞記事を見て言ったという。高校生に見透かされる程度でどうするよ、といっそ痛々しくなった。

「……まあ、行ったっていいけどよ」

重雄があっさりそう言ったので、偽三匹は拍子抜けしたらしい。

「あんたたちも説教されることは覚悟しとくんだな。一般市民が職質まがいのことをしてるって知ったら、さすがに一言あるだろうぜ」

　するとそれぞれに想像力が働いたのか、偽三匹はもじもじ尻込みした。じゃあ行くか、と前に出る者はない。

「俺はみどり商店街のところの『酔いどれ鯨』って店の者だ。何か不審なことがあったらいつでも来な、出るとこに出たってかまわねえよ」

　こんなことで警察を煩わせても迷惑なだけだろうけどな、ということは言わずに済ませる。交番に言い立てていっそ軽く注意でもされたらいい。

　重雄がそのまま歩き去ると、偽三匹は後を追って来なかった。面倒なことにならずに済んでほっとしたが、代わりに苦笑がこみ上げた。

「芳江ちゃんもまあ、融通の利かねえ奴らにまずい遊びを入れ知恵してくれたもんだ」

　さっさと飽きてくれりゃいいんだが――と重雄は近くのコンビニに立ち寄り、拾った吸い殻を表の灰皿に捨てさせてもらった。

　その後、念のために近所を一回りしたが、注意した悪ガキどもが河岸《かし》を変えて喫煙している様子はなかった。

＊

　冷え込みはきついが、空気はからりと乾いた晩のことだった。

そういえば天気予報で乾燥注意報が出ていたな、と清一は寒さに肩を震わせた。

こういう陽気で火でも出たらあっというまに燃え広がるから注意しなくちゃね——と夜回りに出る前に則夫も言っていた。

市内では未だに不審火騒ぎが収まっておらず、放火魔に注意する呼びかけを再三見かける。

「おやおや」

清一は思わず顔をしかめた。民家の勝手口に括った新聞紙の束が置いてあった。行きずりに火を点けやすいものが放置してあると放火を誘発する、というのは則夫に教えられている。

敷地の中なので躊躇《ためら》うものはあったが、一歩だけ踏み入らせてもらって、新聞紙の束を往来から見えないように奥へ押し込む。本当なら屋内に片付けたほうが安全なのだが、通りすがりに見えなくなるだけでも少しは効果があるだろう。

こうして見回る視点で町内を歩いていると、意外と不用心な家が多いことに気づく。特に表に紙ゴミを無造作に出している家は多い。臭いがしないし、外に出してもカラスや猫に荒らされることがないので大丈夫という判断だろうが、防犯の視点から見ると話は別だ。

放火魔になったつもりで歩くのがコツだよ、と則夫は言っていた。見咎められないうちに火を点けて立ち去りたい、すると焚付けを用意して火を点けるのではいかにもまどろっこしい。焚付けになるものがある場所へ寄っていくのが早い。放火魔は焚付けを探して歩いているのだ、と。——確かに道理である。

歩いているうちに、今度は畳んだ段ボールを玄関に出している家を見かけた。これは火付け心をそそるに違いない。これも陰へ避けておくかと歩み寄ると、ぱっと玄関の灯りが点いて、往来を照らした。センサー式のライトらしい。

これはどうやら大丈夫かな、と退散する。近づくと明るくなるというのは、単純だが効果的な不審者避けだ。この灯りの中で火を点けるのはちょっと腰が退ける――と合点して、苦笑がこみ上げた。

則夫のレクチャーのおかげですっかり放火魔の視点が身についてしまった。

そのとき、行く手で人影がすっと脇に逸《そ》れるのが目に入った。こみ入った住宅街で、この奥はごちゃごちゃと家が建て込んだ行き止まりになっている。住宅街から出るにはこの道をそのまま来るのが一番早いはずだ。近所を訪ねるような時間帯でもなく、行き止まりから出てきてまた住宅街の中に分け入っていくという動線に違和感を覚えた。

清一は携帯を取り出し、重雄に電話をかけた。この近くを回っているはずだ。

「どうした」

夜回り中は無意味な用件で電話を鳴らすことなどないので、重雄の声も気が張っている。

「思い過ごしかもしれないがちょっと気になる奴を見かけた。念のためにこっちに来ておいてくれるか。則夫にも連絡してくれ」

場所を説明してから電話を切って、人影が脇に折れたほうへ向かう。細い路地が入り組んでいるので、どこで折れたのかはっきりと分からない。だが、多分ここだと見当がついた。街灯に植木の枝がかかり、入り口が他より暗がりになっている路地があった。

足音を殺して奥へ入っていく。

すると果たして——黒っぽい服装の男が民家の軒先を窺いながら歩いていた。行き先があるふうの歩き方ではない。

どうしたものか対応に迷う。いつもならわざとこちらの気配を悟らせ、その場から追い払うだけにとどめる。しかし、市内に放火魔が出没しているこの頃だ。もしこの男が犯人だったら、何とか現場を押さえて警察に引き渡したいところである。

清一は物陰に身を寄せ、携帯のメールを打った。重雄と則夫に同送で正確な場所を知らせる。その間に男と距離が離れたので、気づかれないようにそっと後をつける。

放火魔になったつもりで——という則夫の教えを胸の中で繰り返す。俺が放火魔だとしたら、この家じゃない。あの家でもない。——あそこだ。

果たして先を行く男は、清一が目星をつけた家の辺りで立ち止まった。勝手口の脇に束ねた雑誌がいくつも積んである。

さて、重雄と則夫は間に合うか。清一は路地の入り口のほうを気にしながら男を見張った。

男はしばらく周囲をちらちら気にしていたが、やがて、上着のポケットに手を突っ込んだ。すわ、ライターでも取り出すか——と思ったら、出てきたのはチューブ状の容器である。物陰で見張りながら、清一の眉間には自然と鋭い皺が刻まれた。

おそらく着火剤だ。昨今はホームセンターやスーパーでもゼリー状のものが簡単に手に入る。わざわざ着火剤まで持参している辺り、悪質な放火の意志が感じられた。

これ以上は待っていられない。清一は竹刀袋から竹刀を取り出した。

「おい」

物陰から出て声をかけると、チューブを開けようとしていた男がびくりとこちら振り向いた。

「何をやってるんだ」

「……！」

男は物も言わずにこちらに向かってタックルしてきた。迎え撃って面を一発。かぶった帽子に音が吸われるが、かなりの痛手になったはずだ。

男はよろめいたが立て直した。清一の脇をすり抜け、逃げようとする。走る勝負になったらとても勝ち目はない。清一はとっさに男の足元に竹刀を挟んだ。足の間に棒を挟まれて、男が思い切りよく転倒する。しかし、こちらも得物を手放した。

重雄が来るまで保《も》たせられるか。清一は、倒れた男を取り押さえた。組み伏せた男はかなり若い。力任せに清一を引っくり返そうとしてくる。関節でも極《き》めてしまえばいいのだが、清一も体術はあまり得手ではない。それこそ重雄に遊び半分で稽古をつけてもらうくらいだ。

腕力では若い者には敵わない。まともに摑まれたら引き剝がされる。のらりくらりと男の腕をかわして地べたに押さえ込み続けていると——

ぴかりと目の中に光が刺した。うっと思わず目を庇う。男を押さえ込んでいた片手が外れ、男はその一瞬の隙を見逃さなかった。力任せに清一を振りほどく。

「くそっ、待て！」

どうにか男の上着の裾を摑まえるが、もう相手は立ち上がりかけており、振り払われた。

「一体何をしてるんだ、あんたら！」

間の抜けた詰問、声に覚えがあった。懐中電灯をこちらに向けているのは件《くだん》の偽三匹、松木である。

「こっちの台詞だ！　今のが放火魔だったんだぞ！」

一体何だって邪魔するんだ、と食ってかかりたいところだが相手にしている暇はない。清一は立ち上がりながら駆け出し、逃げた男を追った。しかし引き離されるばかりだ。

路地を出たところで完全に見失った。こみ入った地形は追手を撒くには最適だ。

「くそっ……」

肩で息をしていると、「おい！」と重雄の声がかかった。

「逃げられた」

訊かれる前に結果を答える。

「そうか、くそ」

重雄も歯がみしてやはり肩で息をする。どうやら走り詰めで来たらしい。

「一体何をヘマしたんだよ」

「いや、それが……」

そこへばたばたと駆けてきたのは偽三匹である。清一と則夫が二人揃っているところを見て、松木があっと声を上げた。

「あんた！」

呼ばわった相手は重雄である。そして忙しく清一と重雄を見比べる。

「分かったぞ！　さてはあんたら、我々の手柄を横取りしようとしてるんだな⁉」

予想外のアクロバットを見せた論理展開に、清一も重雄もあんぐり開いた口が塞がらない。一体何を言い出したのかこいつらは。

「て……手柄？」

ようやく清一が呟くと、松木はますますヒートアップした。

「放火魔は我々が見回って捕まえようとしてるのに、あんたたちが横取りして捕まえるつもりなんだろう！　剣道ができて腕っぷしが立つからっていい気になって……！」

「横取りするとかされるとかいうもんじゃないだろうが！　それにせっかく取り押さえられるところだったのに邪魔をして、また他で放火をしたらどうするつもりだ！」

松木は一瞬怯んだが、そのまま引き下がるようなかわいげはない。

「あんな暗がりで取っ組み合ってたら喧嘩だと思うだろう！」

そして松木の矛先は重雄にスライドした。

「あんたも！　この先生とグルだったんだな！」

「グルってなぁ何だよ」

「やりすぎたら警察に注意されるぞと牽制したじゃないか！　こっちを牽制してる隙に、自分たちが放火魔を捕まえるつもりだったんだろう！」

は、と重雄は鼻で笑って横を向いてしまった。気が短いようでいて、話にならないと思うとさっさと相手にしなくなることもある。自分が矢面ではないので余計に投げるのが早い。

薄情者、と重雄をちらりと横目で睨む。

「おいおい、どうしたんだい」

のんびり声をかけたのは、遅れてやってきた則夫である。偽三匹と友人に一斉に振り返られ、則夫は苦笑した。

「……大方のいきさつは分かったような気がするけどね」

「そっちも三人か」

松木は真似するなと言わんばかりの口振りだが、三匹にしてみたら真似しているのはむしろ偽三匹のほうである。

「一応、遅れてきた者に事情を聞かせてくれないかね」

則夫は清一と松木から代わる代わる話を聞き、「よし分かった」と最後に頷いた。

「取り敢えずここで揉めてるより警察に通報したほうがいいんじゃないかね。一応キヨちゃんとそちらの三人は犯人を見てるわけだから」

「それもそうだな！」

勢い込んで電話を取り出したのは松木である。

「じゃあ、俺たちは帰るとしようかね」

則夫が重雄に声をかけた。意外そうに二人を眺める偽三匹に、則夫はにこにこ答えた。

「目撃者でもないのに立ち会ったって、邪魔になるだけだからね。当事者だけで話をしたほうが警察も混乱しなくて済むよ」

「あんたは慎ましいんだな」

松木の尊大な賞賛に、清一は吹き出しそうになるのをこらえた。重雄も同じくである。

上着の中に多数の暗器を持ち歩いている則夫は、うっかり持ち物検査をされたら困るというだけだ。清一のように散歩がてら竹刀を振るのが日課だという言い訳は立たない。

結果、清一と偽三匹でやってきた警察に事情を説明することになった。やってきた警官は例によって清一のことを「清田道場の先生」と認識していたので、話は早かった。

公園で竹刀を振った帰りに、不審な人物を見た。民家を物色しながら歩いている風情なので少し様子を見ていたら、どうやら放火をするつもりだったらしい――という説明は、何の疑いもなく聞き入れられた。

「チューブ状の容器を出して中身を雑誌に振りかけようとしてましてね。どうも着火剤のようだったので『何をやってるんだ』と問い質したらいきなりこっちに向かってきまして」

「危ないなぁ、そういうときは警察を呼んでくださいよ。大丈夫だったんですか」

「まあ、こっちも竹刀を持ってましたからね。面を一発入れると怯んで転んでくれましたので、取り押さえようとしたんですが、こちらの方々が……」

ちらりと偽三匹を見る目つきが皮肉っぽくなったのは致し方ないところである。実際、彼らが現れなかったら重雄と一緒に取り押さえられただろう。

「暗がりで取っ組み合いをしてるもんだから一体何事かと思って、懐中電灯で照らしたんですよ。だって、事情が分からないし、巻き込まれたら危ないし。そうしたら、結果的にこの人の目つぶしをしてしまったらしくて……」

弁解口調の松木に、清一はここぞとばかり重ねた。

「驚いて手が鈍ってしまいましてね。振りほどかれて逃げられてしまいました」

邪魔をした偽三匹に苦言くらいはあるだろうと、半ばざまあ見ろという心持ちで警官の反応を待つ。しかし、警官は「なるほど」と頷き、思いも寄らない台詞を続けた。

「よかったですね、清田さん」

「は？」

「長引いていたら、不審者の抵抗がエスカレートしていたかもしれませんからね。相手が途中で逃げてくれて幸いでした」

不満がこみ上げたが、よく考えてみれば道理である。警察としては放火魔に逃げられることよりもまず市民の安全を考えるのが当たり前だ。そして、清一も警察にとっては守るべき市民の一人でしかない。

「そうでしょう、この人が危ないと思ったから懐中電灯を当てて威嚇したんです！」

松木はさっそく我田引水で鼻高々である。清一としては面白くない。が、重雄が来ていたら余裕で取り押さえられたなどと言っても負け惜しみだ。

「松木さんたちは夜回り中でしたっけ」

「はい！」

松木は意気揚々と胸を張った。

「表彰いただいてからも怠《おこた》らず見回っております！」

「ご苦労様です。これからも安全に充分留意したうえで頑張ってください」

ああ、また調子に乗せるようなことを——と清一は顔をしかめた。見回り中の強引な態度の数々を警官に耳打ちしたいくらいだったが、それも告げ口のようで気が退ける。

事情聴取が終わった警官は、明日にも巡回して近隣の住民に警戒を呼びかけると請け合って引き揚げた。

「まあ、あんたも腕に覚えがあるからって年寄りの冷や水にならないように注意することだな。今回は私たちが来たからよかったが」

松木はさっそく得意げに恩を着せ、清一としては苦虫を嚙みつぶすばかりだ。

「放火魔はどちらが捕まえても恨みっこなしということでな」

一体何の宣戦布告だ、とますます苦る。

「別に俺たちは手柄を立てたいわけじゃないから好きにしたらいい。別に誰が捕まえても放火魔が捕まることに変わりはないからな」

「早くも負け惜しみかね？」

相手にする気力もなくして清一はその場を立ち去った。歩く途中で携帯が鳴る。重雄だった。

「おう、もうそっちは終わったかい。『鯨』を開けといたから、帰る前に一杯どうだ」

「ああ」

『酔いどれ鯨』に着くと奥の明かりだけ点けてあった。重雄と則夫が指定席で先に始めている。

「お疲れ、キヨちゃん」

「疲れたよ」

素直に吐いて座敷に座り込む。事情を説明すると、重雄がなるほどと頷いた。

「警察にとってみりゃ、全員何事もなくてよかったってことになるんだな。まあ、当たり前っちゃ当たり前か」

うん、と清一も頷いた。

「俺たちもちと自分の腕に胡座《あぐら》をかいていたかもしれん」

「しかしまあ、惜しかったことは事実だがな。俺が着くまで後一歩だったんだし」

重雄が自信たっぷりに胸を張る。そのあっけらかんとした威張り方に、清一もつい釣られて笑った。

「でも、そのやり取りだと偽三匹がますます勘違いしそうで恐いねえ」

則夫が気がかりそうに首を傾げる。警官が偽三匹を誉めたいきさつを聞いたときから渋い顔をしていた。

「もう関わらずに済めばいいけどねえ」

則夫の願いは全員にとってひっそりと切実なものだった。

＊

あらまあ、松木さんじゃないの？

駅前のスーパーで朗らかにそう声をかけてきた相手は、高校時代から四十年以上経っていても一目で分かった。

長沢《ながさわ》芳江。松木邦久の初恋の相手だった。

芳江ちゃん……

高校時代の呼び方のまま呼ぶと、肘にレジかごを提げた芳江はころころ笑った。

芳江ちゃんなんて呼ばれるの、何十年ぶりかしら。

部活が同じ合唱部で、朗らかな姐御《あねご》肌だった芳江は、部員たちから男女問わず芳江ちゃんと呼ばれていた。一学年上で部長を務めていた松木よりもよほどしっかりしていて、松木と他の部員が部の方針で対立したようなときにも芳江が上手く仲裁してくれた。芳江ちゃんが松木の女房役だな、などと言われてひどく照れくさかったことが昨日のことのように思い出される。

お久しぶりねえ、今はどちらに？

青葉町のほうに……

年甲斐もなくどぎまぎして、上手く言葉が出てこない。このままだと、挨拶だけでさっさと会話が終わってしまう。焦って松木はむりやり話題を続けた。

実は、ずっと単身赴任をしてましてね。定年でやっとこっちに帰ってきたんです。

訊かれたわけでもないのにちょっと唐突かなと思ったが、芳江はにこにこ笑って話を聞いてくれた。

それはたいへんだったわねえ。

いやあ、お陰様で家事もある程度できるようになったから。それほど不便は感じなかったよ。

まあ、それは羨ましいわ。奥さんも大助かりよねぇ。うちのお父さんなんか、言われたことしかしなくって。

夫の愚痴をこぼされて、訳もなく優越感が湧いた。

いや、言われたことをするだけでも僕らの年代からしたら充分ですよ。

鷹揚に彼女の夫をフォローしつつ、まだもう少しと会話を続ける。

しかし、定年すると毎日暇でたまらないですね。

何か趣味のことをなさるとか。

いやぁ、仕事にかまけてどうも無趣味で……せっかく時間があるんだから何か人の役に立つようなことをしたいんですが。ボランティアとか……

少しは格好をつけたが、あながち格好だけというわけでもない。

還暦過ぎといえば、まだまだ体力もあるし充分働ける。そんな時期に仕事を失うのは、男にとってかなり苦痛だ。何か生産性のあることをしたいという意欲がボランティアに向かう年配男性も多い。――と、テレビの特集でも言っていた。観ながら共感したのは事実だ。

あらっ、それじゃあ！

芳江が胸の前でぱちんと両手を合わせた。ああ、彼女ももう六十近いというのにこの可憐さはいかなるものか。松木はほとんど見とれるように芳江の笑顔を眺めた。

地域パトロールなんかいかが？　今はいろいろ物騒だし学校でもＰＴＡが手分けして見回りをしたりしてるそうよ。

なるほど、と頷いたが、芳江の話は松木の面白くない方向に進んだ。

実は、うちのお父さんもお友達と暇なときに夜回りをしてるのよ。自警団の真似事みたいなことだけど、けっこうご機嫌でやってるわ。正義感の強い人だから、そういうことに向いてるのね。

何が面白くないといって、軽くのろけが入った口調が面白くない。

そうですか。夜回りというのは僕も興味があるな、手軽な地域ボランティアということにもなるしね。僕もこう見えて正義感は強いほうだし。

そうね、それに松木さんは学生時代から真面目だったたし。

よしよし、関心がこちらに戻ってきたぞ――と満足する。

一人だと心細いから友達を誘おうかな。近所に幼なじみが住んでるし……

そうなさいよ、やっぱり一人じゃ何かあったとき心配だもの。最近放火が続いたりして物騒だしねぇ。

まだまだ芳江の声を聞いていたかったが、立ち話を引っ張るのはもう限界だった。そうかと言ってお茶に誘うほどの度胸はない。

それじゃあまた、と挨拶を交わして別れる。また、と挨拶できただけでも充分だった。

それからすぐ友人の大野と菅原を誘い、夜回りを始めた。これといって何を見回ろうという当てがあったわけではないが、別れ際に芳江が言っていた放火のことが意識に残っていた。

放火しそうな奴に気をつけようと話し合い、そして実際火事の現場に行き会った。松木たちが見つけたとき火の手はまだ広がっておらず、松木たちの通報で駆けつけた消防車が無事鎮火した。

警察にも表彰され、新聞にも載った。新聞を見たご近所から、口々に頼もしいと誉められた。大野も菅原も同じく誉めそやされたらしい。——三人そろってすっかりはまった。

定年してから成果の出る仕事などとんとやっていなかった。そこへ賞賛の嵐である。

これほどやり甲斐のある趣味は他にない。

惜しむらくは、その新聞記事が載ってから、まだ芳江に一度も会っていないことだ。住んでいる町が少し離れているので仕方がないが。

よし、次は放火魔を捕まえるぞ。張り切っていたところへ清田の登場である。そして向こうも張り合うように三人組だ。

「負けるもんか」

暮れた街中を歩きながら思わず漏れた呟きに、

「そうだとも、まっちゃん」

大野が応じた。

「放火を見つけたのは俺たちが先なんだからね」

「また新聞に載ろうぜ！」

ガッツポーズをしたのは菅原である。

「おーちゃん。すがちゃん」

友人の励ましにほろりと来た。

「よし、頑張ろうな！」

三人で円陣を組んで気合いを入れる。そしてまた歩き出してしばらくだ。

「まっちゃん」

菅原に促されて見てみると、みどり公園の中にたむろしている若者がいた。歩道から窺える入り口のベンチである。未成年のように見えるが、煙草を吸っているようだ。

放火に比べたら小さな悪さだが、ふと先日のいきさつを思い出した。清田の連れのいかつい男が未成年者の喫煙を注意していたという一件だ。

向こうがやっていたことならこっちだって、という単純な対抗意識が湧いた。

「どれ、ちょっと注意してやろうか」

未成年の喫煙を注意するくらい放火魔を捕まえることに比べたら何ほどのものでもない——そう思って公園の中に足を踏み入れた。

髪を明るく染めて、いかにも素行が悪そうな若者たちだ。前に注意した清田の孫も、これほどではないが髪を染めていて、こちらに食ってかかってきた。

この悪ガキどもも素直に言うことは聞くまいが、なぁにこちらは大人が三人だ。言い負かされることはないだろう。

「おい、お前ら！　駄目じゃないか、煙草なんか吸っちゃ！」

舐められてはいけないと腹から声を出す。すると——

「何だよ、おっさん」

たむろしていた五、六人ほどがじろりとこちらをねめつけた。その目つきでひやりと体の芯が冷たくなった。まずい、ととっさに思った。言い負かされるとか言い合いになるという以前に、まったく会話を成立させる気がなさそうな凶暴な気配がした。

声をかけてはいけないものに声をかけたことは既に察していたが、どうやって退いたらいいか分からなかった。大野と菅原もいきなり剣呑な気配になっておろおろしている。

清田の連れのあの男は、たった一人で一体どうやってこんな悪ガキどもを追い散らしたのか。さっぱり見当がつかない。

しかし、とにかく舐められたら終わりだ。強気で押さなくては——こっちは大人だ、大人の迫力で勝つんだ。

「未成年だろう、君たち！」

最初お前らと呼ばわったのが、いきなり君たちと弱腰になった。しかし、松木は自分でそれに気づくことさえできなかった。

「うるせえよ」

若者たちはもはやいたぶる口調になって既に全員腰を上げている。

この状況からどうやって逃れたらいいのか、松木にはもうまったく分からなかった。

「ま、まっちゃん」

大野がうわずった声を上げた。

「警察を呼ぼう」

その言葉に、連中の気配が一気に殺気立った。

＊

気がついたのは重雄が先だった。夜回りに出て則夫とは別れ、残った二人もそろそろ行く先を変えようかと言っていたところである。

「おい」

重雄が見るように促したのはみどり公園の中だ。清一が夜闇を透かすと、入り口のそばに松木たち偽三匹がいた。派手ななりをした若者五、六人と睨み合いになっている。

事情は一見しただけで容易に知れた。小さな悪さをしていた若者たちを、また高飛車な態度でとっちめたのだろう。

以前、道端で靴紐を結び直していただけの祐希でさえ頭ごなしにやっつけていた。だが、あれで大した揉め事にならなかったのは相手が祐希だったからだ。何だかんだと気がいい。

しかし、今回の若者たちは見るからに質《たち》が悪い。

偽三匹が一体何を言ったのか、若者たちが一斉にぐいと詰め寄った。

「いかん」

清一と重雄は公園の中に駆け込んだ。できれば関わり合いになりたくないと数日前に言ったばかりだが、そんな場合ではない。

「ちょいと待った！」

声を張ったのは地声が太い重雄だ。松木たちがこちらを振り返り、実に複雑怪奇な顔をした。助かった、というような、ばつが悪いというような。

「一体どうしたんだね」

清一が問いかけると、若者の一人がじろりと物騒な眼差しを向けてきた。

「お前らもこのジジイの仲間かよ」

「仲間じゃないが、まあ知り合いだ」

「このジジイが一方的に因縁つけてきたんだよ。知り合いだったら責任取れよ」

すると松木が声を裏返らせた。

「こ、この人たちに責任を取ってもらうようなことは何もない！　だってお前ら、喫煙してたじゃないか！」

この期に及んで一体何をむきになっているのかと清一は顔をしかめた。重雄も同じくだ。

「煙草吸ってて何が悪いんだよ」

「未成年だろうが！」

これはまずいな、と清一は重雄と目配せを交わした。そりが合わないとはいえ現場に知った顔が増えたことで松木は強気になっている。

「未成年かどうかなんてどうして分かるんだよ」

見りゃ分かる、と一蹴できる年頃ではなかった。成人していると言い張られたら引き下がるしかない程度にはとうが立っている。

「じゃあ身分証を見せてみろ！」

「おい！」

重雄が苛立った声で止めに入ったが、松木には何を咎められているのか伝わらなかったようだ。

「成人してるんなら身分証を見せられるはずだ！」

相手が見るからに子供だったらそう追い打ってみることにも効果があるだろう。実際、清一も夏場に『エレクトリック・ゾーン』で喫煙していた中学生にそう言ったことがある。

だが、しらを切れる相手では居直られるだけだし、そもそもそんなものを見せる義務はないと突っぱねられたらそれまでだ。逆に、一体何の権限があってと言い返されたら面倒なことにもなりかねない。

趣味の夜回りは、あくまで趣味の夜回りだ。振りかざせる権限など何もない。見咎めるべきことがあって注意しても、通るか通らないかはむしろ駆け引きの範疇《はんちゅう》だ。

「じゃあ免許証を見せてやるよ」

まずい。清一と重雄は同時に渋面になった。一番厄介なパターンだ。

若者の一人が尻ポケットから財布を抜き出した。中から免許を引き抜き、見せびらかす。

「ほら、俺は二十歳だぞ」

全員が成人しているとは思われない。しかし、一人成人が混じっていれば、喫煙も成人した者だけだったという言い訳が立つ。

「すまんな」

重雄が若者たちに頭を下げた。

「このおっさんどもには俺たちから言い聞かせとくから、勘弁してやってくれ」

松木が不満そうに食ってかかろうとしたが清一は睨みつけて制した。大野と菅原はきな臭いいきさつにすっかり怯えているらしく、黙りこくっている。

「何で勘弁してやらなきゃならねーんだよ、一方的に因縁つけられて」

「落とし前をつけてもらわないとな」

若者たちが嵩《かさ》にかかりはじめた。清一は偽三匹を手振りで後ろに下がらせ、重雄に並んだ。

「落とし前とはどういう意味だね」

「金出せよ。精神的慰謝料だ」

——よし。

清一が重雄のほうを窺うと、重雄もにやりと口元に笑みを浮かべていた。

「バカバカしい！」

清一は一言で切って捨てた。

「確かにこの人たちは早合点をしたが、金を出せというのは言語道断だ。話にならん」

「何だと！」

若者たちが気色ばむ。

「やっちまうぞ、コラ！」

口々に張り上げる胴間声《どうまごえ》には取り合わず、重雄が偽三匹のほうを向く。

「行こうぜ。いくら何でも恐喝されて言いなりになるこたぁねえ」

偽三匹を促して踵《きびす》を返そうとしたとき、

「話は終わってねえぞ！」

若者たちが清一と重雄に殴りかかってきた。ひぃっ、と偽三匹がかすれた悲鳴を上げる。

と、振り向きざまに殴りかかるその拳を摑まえた重雄がにっと笑った。

「こっから先は正当防衛ってこったな」

そして――重雄が摑まえた若者がぶんと宙に翻《ひるがえ》った。ドォンと地面が鳴り響く。若者は背中から地べたに叩きつけられていた。背負いだ。

息を飲んだ仲間たちの目が瞬時に据わった。その間に清一も竹刀袋から竹刀を抜いている。

殴りかかってきた若者に振りかぶり、正眼一閃！　真正面から面を入れると、若者がぎゃっと叫んで転がった。脳天を押さえてのたうち回っている。

「ジジイ！」

もう一人飛びかかってきた胴を一薙ぎ。若者はほとんど横っ飛びに吹っ飛んだ。体をくの字に折って苦鳴を上げる。

そしてまた重雄が摑みかかる若者をぶん投げる。今度は大外刈りだ。相手を怯ませるために、わざと派手に投げている。

重雄の投げ技で三人目が宙に吹っ飛び、ついに若者たちは戦意喪失した。

「くそっ、覚えてろ！」

代わり映えしない捨て台詞を吐き、お互い支え合いながら退散する。誰も見捨てて行かない辺り、彼らなりに友情は育まれているのだろう。

立ち回りを終えて、清一と重雄が偽三匹を振り向くと、くぅっと喉で呻き声を上げた松木が俯き、ぼろぼろ涙をこぼした。

「畜生っ……あんたたちに助けられるなんて」

「おいおい、とんだご挨拶だな。あの不良どもに袋叩きにされてたほうがよかったのかよ」

重雄がむっと言い返すと、松木が激しく顔を上げた。だが、顔を向けたのは清一のほうだ。

「何だ、剣道なんかやってるのがそんなに偉いのか！」

いきなり詰《なじ》られた清一としては目を白黒させるしかない。松木は一方的にまくし立てた。

「昔からそうだよ、あんたみたいにすかした奴が最後にみんないいところを持っていくんだ！高校の頃だって、彼女と俺が合唱部で一番仲が良かったのに、周りにも彼女が俺の女房役だな、なんて言われてたのに、彼女は俺なんかには見向きもせずに三つも年上のあんたなんかのことを……！」

「ちょっと待て、あんた一体何の話をしてるんだ？」

清一が目を白黒させると、松木が嚙みついた。

「芳江ちゃんだよ！」

「は⁉」

「長沢芳江ちゃんだよ！　俺は高校の頃に部活が同じだったんだ！　芳江ちゃんは俺の初恋の人だったんだ！」

知るかそんなの、と口に出したら松木が逆上しそうなので、清一はやっと言葉を飲み込んだ。

助けを求めて重雄を見ると、重雄は完全に野次馬モードでにやにやしている。

「あんなに可憐で気立てのいい女の子に好かれていたくせに、あんたは棒振りなんかのためにわざわざ県外の大学に進学したそうじゃないか！　当時、寂しいってこぼしてたぞ！」

「人の進路のことはほっといてもらおう！」

反駁が見当違いになったことは清一自身も自覚していたが、それに対する松木はさらに見当違いだった。

「ほーら見ろ、すかした奴はそれなんだ！　女の子よりも武道のほうが大事とかカッコつけたことを吐《ぬ》かして、でも女の子はそんなすかした奴にコロッと行っちゃうんだよ！」

「そうだそうだ、ちょっと男前で腕が立つからって」

横から茶々を入れたのは、チビの菅原だ。堅太りの大野は「分かるぞぉ」とうんうん頷いている。

「女ってそういうカッコつけた奴に騙されちゃうんだよなぁ」

友人たちの加勢を得て、松木はますます気炎を上げた。

「そんなに剣道のほうが大事なら女なんか見向きもしなきゃいいのに、ちゃっかり遠距離恋愛で付き合いはじめたじゃないか！」

「別に俺から付き合ってくれと言ったわけじゃない！」

幼なじみだったので家の行き来は親しくあった。二人で話をしたり遊びに行ったりする機会も多かった。そうした折りに芳江が言ったのだ。

あなた、あたしのこと好きなんでしょう。もういいかげん白状したらどう？　素直になったら付き合ってあげなくもないわよ。どうせ大学でも剣道漬けで恋人なんかできないでしょう。

甚だ強気な言い草に毒気を抜かれ、はあ、それならお願いしますと交際が始まった次第だ。

付き合ってやるがどうだ、と言われ、ありがたき幸せと頭を下げたのであって、断じて自分からスマートに口説いたわけではない。

しかし、偽三匹は一斉に目を吊り上げた。

「何だぞれは！　黙ってても女が寄ってきますっていう自慢か！」

「いけすかないな、まったく！」「感じ悪いねえ！」

口々に責め立てる勢いに呑まれ、清一が目で重雄に助けを求めると「今のはお前が悪い」と突っ放された。

「あまつさえそのまま順風に付き合いが続いて、あんな可憐な彼女をそのまま嫁さんに……！　俺がその話を昔の部活仲間から聞いて、どれだけ悔しかったか分かるか！」

何だかよく分からないが、芳江が悪い。清一は内心でそう断じた。

芳江は、ただの部活の先輩でお互いの近況も知らないと言っていたが、ただの先輩なんかであるものか。これほど暑苦しく思いを寄せられて気づかなかった芳江が一番悪い。

きちんと気づいてきっぱり振っておいてくれたらよかったのに。

その間にも松木の恨み言はとどまることを知らない。

「前にスーパーで会ったときもそうだ！　俺は何十年ぶりに会って、変わらぬ彼女の可憐さに胸をときめかせているのに、彼女ときたらあんたの話ばっかりだ！　夜回りを勧めたのだって、結局はあんたがやってるからだったんだ！　うちのお父さんはあれで正義感が強いからなんてのろけて……！」

「それなら夜回りなんか始めなきゃよかったろうがよ」

重雄がやっと加勢してくれた。だが、状況はあまり好転しなかった。

「せっかく芳江ちゃんが勧めてくれたのに断るなんてできるもんか！　次に会ったときに話題がなくなるじゃないか！」

いじらしいというかいじましいというか、判断に困る純情である。その純情の行き先が芳江と思うと、清一としては困惑するばかりだ。

日頃の毒舌を聞かせてやりたいと思ったが、それはそれでまたとち狂うかもしれない。可憐な彼女をこんなふうにしやがって、とねじ込まれてもことだ。

「だから、夜回りでせめてあんたに負けるもんかと……」

「分かる、分かるぞまっちゃん！」

「それなのに助けられるなんて屈辱だよなぁ……」

友人たちに慰められ、松木はついに男泣きである。

「ていうか、あんただって嫁さんがいるだろう。自分の嫁さんに不満なのか」

清一がやっと切り返すと、松木がきっと目を怒らせた。

「ばかなことを言うな！　妻に不満などあるものか！」

「じゃあ芳江のことなんかどうだっていいだろう、もう」

「何を言う！　これはこれ、それはそれだ！」

堂々たる開き直りに二の句が継げない。

「初恋は特別なんだ、そんなことも分からないのか！　これだから武道バカは……」

誰か助けてくれ、と思ったとき、清一の携帯に着信があった。見ると則夫だ。ほとんど助けを求めるように電話を取る。

するとと則夫は開口一番用件を告げた。

「青葉町で火事だ。来られるかい？　もしかしたら野次馬の中にキヨちゃんが見た犯人がいるかもしれない」

放火魔は自分が仕掛けた火事の現場を野次馬に混じって見ていることが多い——という話は則夫から事前に聞いている。

青葉町はここから数分の距離である。

「分かった、重雄もいるから一緒に向かう」

折しも、消防車のサイレンが遠く聞こえはじめた。偽三匹もはっとして辺りを見回す。電話を切って清一は重雄を振り向いた。

「則夫からだ、青葉町で火事だそうだ」

「大変だ！」

——と、先に駆け出したのは偽三匹のほうである。

「おい、何であんたらが……」

咎めた重雄に松木が嚙みつく。

「俺たちの町内なんだ！　ついてこい、近道で行くから！」

そういうことならと松木たちに道案内を頼んでついていく。空き地や私道を抜けながら現場には消防車よりも先にたどり着いた。

炎を上げて夜空を焦がしているのは古いアパートだ。周りには既に野次馬が溢れ返っている。寝間着のまま焼け出された住人たちが、悲鳴を上げながら風にはためき夜空を焦がす炎を為す術《すべ》もなく見つめる。

則夫が人混みをするすると近づいてきて合流した。

「おや、そちらの方々も一緒かい」

偽三匹は則夫に会釈するのもそこそこに「畜生、俺たちの地元で」と悔しそうに燃え上がるアパートを睨む。

「放火かね⁉」

尋ねた松木に則夫は「いや」と首を横に振った。

「見物人から話を聞いて回ってみたが、どうやら出火は二階らしい」

清一と重雄はなるほどと頷いたが、偽三匹は要領を得ない様子だ。則夫が重ねて説明する。

「建物の構造からして、放火ならわざわざ人目に付く二階で火を点けるのは不自然だ。多分、この火事は火の不始末の線が濃いんじゃないかね」

アパートの二階の階段と通路はかなり交通量のある道路に面しており、誰かに見咎められる可能性が高い。

「そうか……」

放心したように呟いた松木の背中を、則夫が活を入れるように叩いた。

「安心するのはまだ早いよ、二次被害の心配をせにゃあ」

「二次被害ってなぁ何だ？」

重雄と清一も思い当たらなくて首を傾げる。すると則夫は「火事には火事場泥棒が付きものだろうがね」と答えた。

「すぐそこだからって戸締まりせずに飛び出してきた見物人も多いはずだ。空き巣にとっては格好の隙だよ」

そして則夫が偽三匹に向き直る。

「地元のあんたたちが注意を呼びかけるのが一番効果的だよ。私らは外れのほうの見物人に声をかけて回るから、あんたたちが注目を集めてくれ」

偽三匹が「よしきた」と目を輝かせた。

「皆さーん！　戸締まりはしてきましたかー！」

松木が喉も裂けよとばかりに叫び、見物人が一斉に振り向いた。大野と菅原も声を上げる。

「火事場泥棒に注意してくださーい！」

「戸締まりをしてない人は気をつけてくださーい！」

思い当たる節がある見物人は思いがけず多かったらしい。かなりの人数が慌てたように火事の現場から立ち去りはじめる。

三匹も見物の外れのほうを巡り、見物に向かう人々に声をかけて回った。

「戸締まりは大丈夫ですか」

「こういうときは火事場泥棒に気をつけないと」

するとけっこうな割合の人が「あっいけない」と踵を返す。非日常の事件が起こると、意外と人間の注意力は散漫になるようだ。

戸締まりの注意を呼びかけた結果、野次馬がぎゅう詰めになっていた火事現場から人が減って消防車が入りやすくなったという余禄もあり、火事は早々に消し止められた。

現場で呼びかけをしていた松木たちは、その後町内でまた評判を上げたという。

*

放火魔はしばらくして警察が捕まえたという報道があった。

清一が事情聴取で話した人相風体なども多少は捜査の助けになったらしい。

「やれやれ、これで一安心だね」

三匹が『酔いどれ鯨』でささやかな祝杯を挙げていたときである。

「いらっしゃいませ」

康生《こうせい》の挨拶でふと入り口を見ると、入ってきた客は偽三匹である。

ばつが悪そうに入ってきた偽三匹は、奥の座敷に三匹を見つけてやってきた。

「前、そっちのジャージの人がこの店のことを言ってたから……」

そう説明した松木に、清一は思わず腰を浮かせた。

「何だね！　放火魔ならもう警察が捕まえたじゃないか。どっちが勝ったでもないしそもそも競うようなものでもないだろう」

それに対して松木の返事は意外なものだった。

「いや……いろいろ迷惑をかけたからな」

そして松木はふて腐れたように頭を下げた。

いる。


「すまなかった」

清一が拍子抜けして松木をまじまじと見つめると、松木は口の中でまだうにゃうにゃ言っている。

「だからその……奥さんにはこの前のことは」

なるほど、芳江にみっともない話が伝わってほしくないらしい。

「別に話しやしないよ」

わざわざあんたの話なんか、と付け加えるのは自重した。重雄と則夫が声を殺してくつくつと笑っているのが業腹だ。

ほっと安心した様子の松木に代わり、次に口を開いたのは大野だ。

「この前の火事、戸締まりの注意を呼びかけたことで町内会からもお礼を言われてね。あんたのおかげだから……」

三人揃ってぺこりと頭を下げたのは、則夫に向かってである。松木も清一に頭を下げるより気分が楽らしい。

「そりゃあよかったねえ。実際に呼びかけたのはあんたたちなんだから、別にこっちに気兼ねすることはないよ」

鷹揚に答えた則夫に、三人は目を伏せた。

「でも、夜回りはもうやめようかと思ってるんだ」

言い出したのは松木だ。

「そりゃあ一体どうしてだい」

則夫が問いかけると、松木は肩を落とした。

「やっぱり夜回りみたいなことはあんたたちのように腕っぷしのある奴じゃないと無理なんだと思って。まさか、子供の喫煙を注意しただけであんな……」

暴行されそうになったことはかなりショックだったらしい。

「いやいや、ちょっとお待ちよ」

そう引き止めた則夫に、清一と重雄は無言で目を剝いた。何でこんな面倒くさい連中のことをわざわざ引き止めるんだ。

「腕っぷしがあるのはこの二人だから。俺はこのとおり、チビでやせっぽちの非力なおっさんだよ」

どの口が言う、と清一は突っ込みかけた。重雄がわざとらしい咳をしているのは、やはり声に出しかけたのをごまかしたらしい。

腕っぷしがないのを機械技術で補っている電脳親父の台詞ではない。

「あんたがたもあんたがたの身の丈に合ったやり方ってもんがあるんじゃないかね」

実情はともかく見てくれは確かに非力に見える則夫の言葉は、松木たちには響いたらしい。

「身の丈に合ったやり方というのは……」

「たとえば火の用心とか」

ごくアナクロな提案に松木たちは目をしばたたいた。清一も重雄も意表を衝《つ》かれたのは同じである。

「今のあんたがたが町内会に掛け合ったら実現するんじゃないかね？　声かけというのは古典的なようだが、あれでなかなか効果があるものだよ。火の用心のかけ声は見回りをしてますよという分かりやすいアピールだからね。放火だけじゃなく、不心得者に対しても効果がある。悪さをする奴は人目を憚るから、わざわざ見回りの声が響いてるところには近寄らないよ」

則夫の話は確かに道理で、松木たちも聞き入った。

「要するに地域社会がちゃんと防犯に関心を持ってますよって意思表示なんだ。それによって未然に防げる犯罪というのもあると思うよ。地域住民に防犯意識を養うことにもなるし」

「なるほど」

松木たちの相槌にも熱が籠もってきた。

「昨今の地域パトロールなんかもそういう取り組みだろうけど、あれは昼間がメインだからね。夜の部があっても悪くないんじゃないか」

児童向け地域パトロールの札をつけた自転車は清一もよく見かけるが、駆っているのはママさんたちが多く、ママさんが夜中に自転車を乗り回すことはない。

夜の部を引き受けるとしたら、定年した暇なおっさんどもは適任だ。

「分かった、さっそく町内会に掛け合ってみるよ」

松木たちは勇んで帰っていった。

「何でえ、飲み屋に来て一杯も飲まずに帰っちまった」

重雄が呆れて見送ったが、清一としてはうっかり一緒に飲む羽目にならなくてほっとした。則夫が熱燗をきゅっと傾けてくすくす笑う。

「逸《はや》ってるんだろうよ」

「しかしまあ……焚きつけるのが上手《うめ》ぇなあ、お前は」

「せっかくのやる気をここで萎《しぼ》ませるのも惜しいじゃないか、実際あの人たちの見回りで火事が一件ボヤで済んだんだし。町内会の行事に組み込んじまえば、三人だけで跳ねっ返ることもないだろうしね」

猫の首に同時に鈴もつけたということらしい。

「青葉町のほうは俺たちが見回らなくてもよくなるかもしれんな」

重雄の予言は、遠からず現実になりそうな気配だった。

＊

三月の上旬のある日、清一と芳江はまるで息を潜めるように二階の気配を窺っていた。

祐希の合格発表の日である。祐希は志望の緑川市立商科大へ発表を見に行っている。

どうやら待ち合わせをしている気配だったので、早苗と一緒に行ったのだろう。

二人で見に行って、どちらかが落ちていたらどうするのか。落ちているとしたらまず間違いなく祐希のほうだろうし、気まずくならないように別々に見に行ったほうがいいのじゃないか、などと心配したが、口に出したら祐希に本気でぶん殴られそうなので我慢した。

結果報告は二階の電話に来ることになっている。

二階の電話が鳴る音は、ごく静かにしていたら階下にも聞こえる。そのため祐希が出かけてから一階世帯はテレビを消し、抜き足差し足で物音を立てないように動いていた。

電車で出かけたから家を出て大学へ着くまで三十分と少し。早苗と落ち合う時間を考えても一時間はかかるまい。だとすれば、そろそろ着いているはずだ。

掲示板に向かって受験番号を探して……まだか。まだか。

「お父さんっ」

芳江が鋭く囁く声に、口から心臓が飛び出るかと思った。二階で電話が鳴ったようだ。

ややあって、――貴子《たかこ》の歓声が響き渡った。電話のベルより数倍大きい。

ほっと清一と芳江は溜息をついた。その後、貴子が二階から駆け下りてきて鳴らした呼び鈴には、落ち着き払って出ることができた。

貴子は舞い上がった様子で祐希の合格を告げ、職場の健児《けんじ》に連絡するためにまた二階へ駆け上がった。

「芳江、祝儀袋はあったか」

「はいはい」

芳江が出してきた祝儀袋に、「これくらいでどうだろうな」と片手を立てる。

「あらまぁ、奮発するのねえ」

「いや、まあ、かなり高望みなのに随分頑張ったしな」

それに、前に小遣いをやろうとしたときに、合格したらお祝いを弾んでくれと言っていた。祝儀袋を整え、何の気なしに——正確には何の気なしを装って芳江に声をかける。

「おい」

「何ですか」

「よかったら今度、温泉にでも行くか」

芳江が目をぱちくりさせた。

「何ですよ、急に」

「いや、孫にだけ奮発するのもどうかと思ってな。たまには女房孝行もしとこうかと……重雄が前に登美子《とみこ》さんと行った旅館がかなりよかったらしいんだ」

「あらあら、どうした風の吹き回しかしら」

何しろ俺の女房さまは、高校時代の部活の先輩から未だにマドンナ扱いされるほどおモテになるらしいからな——とは内心呟くにとどめた。

マドンナを嫁さんにしておきながら扱いがなってない、と松木に怒鳴り込まれたら面倒だ。

その松木は、例の友人たちと三人でたまに『酔いどれ鯨』にやってくる。火の用心の夜回りを始めてからその自慢がもっぱらだが、芳江の近況も頻繁に聞かれる。

あんまりうるさいので、いっそうちに来て本人に最近ご機嫌いかがと訊いたらどうなんだと言ったら、そんな大胆なことができるかと逆ギレされた。

「シゲさんご夫婦が誉めるんなら、お料理もおいしいんでしょうねえ」

芳江は心が動いたようである。

「泉質は？」

「冷え性と神経痛だそうだ」

「あらぁ。そこは美肌がよかったわ」

年季の入った年増がどの面下げて美肌か、と吹き出しそうになったが、百倍になって返ってくるのが分かっているので嚙み殺した。

夕方、祐希が一階に顔を出した。

「一応合格したから」

何でもないことのように報告するが、朝一番で出かけて帰りが今頃ということは、浮かれて早苗と遊び回っていたに違いない。しかしその澄ました様子がかわいげと言えばかわいげだ。

「じゃあ、これも一応な。おめでとう」

祝儀袋を渡すと、祐希は「何、ずいぶん大袈裟じゃん」と軽口を叩きながら受け取った。

「大袈裟なことがあるか。よく頑張ったんだから相応だ」

すると祐希は照れたように頭を掻いた。

「あんがとな」

そして「また稽古も再開するから」と言い残してまた腰を上げる。

「ちょっと、祐希！」

芳江が玄関に向かった祐希を呼び止める。

「ひとっ走りしてイクラを買ってきてちょうだい」

「は⁉　合格したって日にいきなり使いっ走りかよ！」

「何言ってんの、あんたの合格祝いの準備をしてるんでしょう。ちらし寿司にイクラを入れてあげるって言ってるのよ」

「意味分かんねえ、俺が祝われる日に俺が使いっ走られる意味が分かんねえ！」

「貴子さんも買い忘れたものがあるみたいだから聞いていきなさいよ」

「ああもううちの女どもはっ！」

ぶつぶつ文句を言いながらも「イクラの他には⁉」と訊いてしまうところがやはりかわいげだ。

なかなかいい子に育ったもんだなぁ、と清一は足音荒く出ていく祐希を見送って目を細めた。

＊

卒業式を待つばかりとなった頃、有村家に届け物があった。

早苗宛にフラワーアレンジメントである。則夫が不在だったので、早苗が直接受け取った。

「満佐子《まさこ》さん……」

今は実家の花屋を手伝っていると言っていた。きっと、満佐子が手ずから生けたのだろう。

手鞠のようなかわいらしい花籠だった。

花にはメッセージカードがついていた。

『合格したと風の便りで聞きました。おめでとう！　花の青春を謳歌してくださいね』

ロマンチストな満佐子らしい、時代がかった言い方だった。

アレンジメントを居間に飾り、早苗は携帯で祐希に電話をかけた。

「もしもし、祐希くん？　よかったら、午後からお買い物に行かない？　急に買いたいものができたの」

二人で買い物に行って、レターセットを買おう。

お花をありがとうございますと手紙を書こう。

お父さんにも近況を書かせて一緒に送ろう。

二人が見合いで出会ったときは大人になれなかったが、もうあと数日で高校も卒業だ。

春からは大学生だ。

お礼の手紙を書けるくらいには大人になった自分を、則夫にも満佐子にも知らせたかった。

＊

「……っと、こんなもんかな」

清一は走らせていたマジックに蓋をして、書き上げたばかりの画用紙を眺めた。

文面を散々悩んで書き上げた力作だ。


【生徒募集】

剣道をやってみたい人、剣道をやっていた人、お子さんから大人までお一人から丁寧に指導します。

まずは無料体験教室から、お気軽にお問い合わせください。

大人の方の運動不足解消、健康増進にもお薦め致します。


「芳江、画鋲はどこだ」

「あら、書き上がったんですか」

エプロンで手を拭きながら芳江がやってきて、戸棚から画鋲を出してくれた。

「来るかしらねえ、生徒さん」

「別に急いで募集してるわけじゃないからかまわんさ」

ただ、心構えの問題である。

道場の門に貼り紙をしておけば、ここで剣道を教えてくれると道行く人に分かる。

それで充分だ。

一昨年、最後の生徒がいなくなってから僻《ひが》んで道場を閉めていた。

どうせ剣道教室なんて当節の流行《はや》りじゃないんだといじけていた。

だが、ここに道場があって教えられる人間がいると分かれば、もしかしたら興味を持つ誰かがいるかもしれない。

子供だけの教室が立ちゆかなくなったのなら、大人も募集すればいい。

いつか興味を持ってくれる誰かのために、自分は日々鍛錬していればいいのだ。

いつ誰が来たとしても教えられるように。

僻んで門を閉ざしていても何も始まらない。閉じた輪は何も生み出さない。

暇潰しの夜回りは、ただの暇つぶしだが常に何かと触れ合っている。触れ合った結果、少しだけ変わったものがいくつかある。

当てもなく夜を歩いて何かが変わるのなら、道場だって当てもなく開いてみたら何かが変わるかもしれない。

「ま、老後の張り合いになるならいいことですよ」

芳江はそう言って笑い、貼り紙を読んだ。

「これ、道具の貸出しがあると問い合わせを気軽にしやすいんじゃないの。あるんでしょう、少しは」

「お、それはいい考えだな」

清一はもう一度マジックを取り、余白に「道具の貸出しもあります」と書きつけた。

「よし、じゃあ貼ってくる」

画用紙を引っ提げて意気揚々と玄関に向かうと、芳江の声が「あなた、画鋲を忘れてますよ」と追いかけてきた。

〈了〉

好きだよと言えずに初恋は、

＊

銀行員の娘に生まれたら、転校は宿命のようなものである。

一つの土地に五年とはいない。だが、そこには珍しく少し長く——三年ほどいただろうか。小学校の四年生から卒業前まで。中学に上がる前に引っ越した。

取り立てて珍しくもない、程々に発展した地方都市。その土地を今でもよく覚えているのは、あの子のせいだろうか。

利発そうな顔立ちで、実際利発だった。あまり前に出ないタイプだったが、不思議な存在感があった。

女の子にも人気があったと思う。昼休みや放課後、みんなが見ないふりをする暗黙のルールがある場所で、女の子を前に困ったような顔をしているところを何度も見た。

そんなとき、目が合ったことがある。

彼はぎくりとして、何だか物言いたげな様子になった。前に立っている女子が振り返りそうになったので、潤子《じゅんこ》はくるりと背を向けてその場を離れた。

「富永《とみなが》潤子さんが転校することになりました」

担任が朝のＨＲでそう発表したのは、六年生の三学期だ。

ＨＲが終わるなり、女子に机を囲まれた。

「ホントに？　ホントに転校しちゃうの？」

「何にも言ってなかったじゃない」

「潤ちゃんと一緒の中学行けると思ってたのにぃ」

中には泣き出す女子もいた。

「ごめんね、あたしもこないだ親に聞いたばっかりで。びっくりして今まで言えなかったの」

しおらしくそう答えながら冷めていた。

泣いている女子は、潤子のほうからはそれほど親しいと思っていなかった相手だ。

別に彼女たちは潤子との別れが寂しくて泣いているわけではない。クラスメイトが転校するというドラマチックなイベントに一枚嚙んでおきたいだけだ。

別れの涙を真に受けて転校先から手紙やメールを出しても、こんなふうにベタベタ泣く女子に限って返事が来たことはない。

クラスメイトとの別れに涙するあたし、どう？　心優しくてステキでしょ？　ほら、見て。

小道具に使われる潤子はいい面の皮だ。

別にいいけど。ここに来るまでは毎年転校しているような状態だったので、自然と周囲の人に入れ込みすぎないスタンスは身についていた。

どうせ転校で寂しい思いをすることになるのだから、好きになりすぎないほうがいい。その場だけ浮かないように、楽しく調子を合わせていたらそれで充分だ。

ちょっとした祭りのように賑わった自分の席から、ふと人垣の隙間に窺うと――彼が何とも言えない複雑微妙な表情でこちらを見ていた。

「ほら、寂しいのは分かるけどもうチャイムが鳴るぞー。みんな席につけー」

担任の号令で、まるで学芸会のお遊戯が終了するように女子の群れはさぁっと引いた。

次の休み時間には、いつも話している友達以外は完全に平常営業だった。


転校が発表されてから、彼と目が合う回数が増えた――ような気がした。

休み時間の教室で。移動教室の行き帰りで。体育の移動で。

視線が交わった瞬間に潤子のほうからかわしていた。

お互い目で探しているような気がするなんて、自意識過剰な感じがして嫌だった。

気のせいだ。偶然だ。のぼせるな。

だが、――その日、偶然ではなかったことが判明した。


「富永さん」

給食の終わった昼休み、彼が潤子の席に来た。

声が前より少し低くなっていた。もう声変わりが始まっていたのだろう。接点があまりないのでそれまで気がつかなかった。騒がしいタイプでもないので、彼の声を聞くのは授業で先生に指名されたときくらいだ。

あれから随分時間が経ったんだな、とその少し嗄《しゃが》れた声を聞きながら思った。

「外に行かない？」

別段断る理由もなかった。

「うん、いいよ」

頷くと、彼は先に立って教室を出た。賑やかな空気の中を誰にも見咎められることなく自然に抜け出した。

きりりと寒い空気の中を彼は中庭へ向かった。理科の授業で使う畑があって、四年生のときに潤子も植物観察の授業でヘチマを育てたことがある。

みんなが見ないふりをする場所ではなかったので、少しがっかりしたのは秘密だ。

彼は黙って先を歩いていく。潤子も黙ってついていく。

何の用だろう。

やがて彼は、桜の木の下で立ち止まった。枝にはまだつぼみも吹いていなくて、丸裸だ。

「これ」

彼がしゃがみ込んだ足元に、淡いピンクが群れていた。

モミの木のようなフォルムの草だった。てっぺんの葉がほんのりと桃色で、裾には深い緑色がスカートのように広がる。生地はビロード。

段が重なったスカートの隙間から、ところどころにピンク色の小さな鈴が顔を覗かせている。

それが花だった。だが、花よりも葉の桃色のほうが愛らしい。

彼はその草を見ながら言った。

「ヒメオドリコソウっていうんだ」

踊り子。植物の名前を聞いて、これほど腑に落ちたことは今までない。それは、確かに髪を飾った小さな踊り子たちのようだった。

着物の踊り子だろうか、ドレスの踊り子だろうか。

「見たことある？」

訊きながら、彼はやはり潤子を振り返らない。

「初めて見た。見たことあるかもしれないけど覚えてなかった」

答えながら、潤子は彼の隣にしゃがんだ。可憐な踊り子たちが近くなる。

「でも、かわいいね。名前も似合ってる」

「うん」

そこで会話は止まってしまった。

外で遊ぶ生徒たちは校庭に行くので、中庭を通りがかる人はめったにいない。ドッジボールか何かではしゃぐ声が風に乗って聞こえてくる。その遠い声が、中庭で二人きりだということを却って意識させた。

「ヒメオドリコソウのヒメって、お姫さまの姫？」

沈黙に耐えかねて潤子がそう訊くと、彼は初めて潤子のほうを向いた。思いのほか顔が近く、反射で俯きそうになったがこらえる。

だってそんなのまるで意識してるみたいだから。

「漢字で書くとお姫さまの姫なんだけど、意味は『小さい』ってこと」

「だって姫なのに」

「そういう意味で使うこともあるんだよ。姫って王様と女王様がいて、その子供だし」

子供＝小さい。そういうことなら分かる。

「じゃあ、小さいオドリコソウ？」

「うん」

「大きいオドリコソウもあるの？」

「うん」

頷いた彼は、また踊り子の群れに目を落とした。

「オドリコソウっていう花がある」

「へえ」

どんな花だろう。やはり似ているのだろうか——と思ったとき、彼が言った。

「見たい？」

少し考えてから頷いた。植物にそれほど興味はなかったが、この踊り子たちがかわいかったので興味が湧いた。——嘘ではない。

理由の全部ではない、というだけだ。

「じゃあ、明日見せてあげる」

言いつつ彼は立ち上がった。昼休みが終わる予鈴が鳴る。

また先に立って歩きはじめた彼を、少し間を空けて追いながら、その問いは口をついて出た。

「ねえ。もしかして、最近あたしのこと見てなかった？」

「うん」

「どうして？」

彼は立ち止まって、肩越しに潤子を振り向いた。

「見せたかったから」

あの小さな踊り子たちを？　——どうして。

首を傾げた潤子が見えなかったかのように、彼はまた歩き出した。


「富永さん」

翌日の昼休みも、彼は迎えに来た。

用件は述べなかった彼に、潤子も心得たように席を立った。

「潤ちゃん、どこ行くの？」

そう訊いた女子の声が微妙に尖っていたのは、——多分、

「ごめん、ちょっと約束してるんだ」

彼がそう詫びて、その女子は微妙な不満を飲み込むように押し黙った。

そして彼はまた先に立って中庭へ向かった。

今日は桜の木の下ではなく、授業で使う小さなビニールハウスの裏だ。

「これ」

彼が立ち止まった足元に咲いていたのは——昨日のヒメオドリコソウとは似ても似つかない。

「これ、オドリコソウ?」

「うん」

「全然似てないよ」

群生しているのは同じだが、うす桃色の笠をかぶった踊り子たちとはまったく違う。

まず、大きい。ヒメオドリコソウの倍からあるだろう。そして、上から互い違いに重なっている葉の隙間も大雑把に空いており、スカートのように重なってはいない。薄紅色から緑への特徴的なグラデーションもなく、代わりにあけすけなほどに大ぶりな桃色の花が葉と葉の間に挟まっている。

「全体のイメージは似てないんだけど、部分で見たら似てるんだよ」

そう言って彼はしゃがみ込んだ。潤子もその隣に。

「パーツに分けて考えて。まず、茎がすぅっと一本伸びて枝分かれしてない。花と葉の付き方や形も似てるだろ」

そう言われてみると確かに花と葉の形そのものは似ていた。葉は葉脈の走り方まで。各部位で見ると確かに相似はあるのだが、全体の印象としてはまったく違う植物だ。

「両方ともシソ科の植物なんだ」

「あ、ホントだ。シソだ」

フチのギザギザの切れ込みは、母親が台所で刻むシソの葉にそっくりだった。

「でも、あたしはヒメオドリコソウのほうが好き」

ヒメオドリコソウが楚々《そそ》としたバレリーナとしたら、オドリコソウはあけっぴろげなラインダンスのダンサーだ。

「ちまっとしててかわいい」

「よかった」

よかったって、何が？　彼のほうを見ると、彼も潤子のほうを見て小さく笑った。

「僕もヒメオドリコソウのほうが好きなんだ」

胸の奥がくすぐったくなった。

どうして潤子がヒメオドリコソウのほうを好きになったのが「よかった」なのか。——それは最後まで訊けなかった。


次の日も彼は潤子の席にきた。

「行く？」

そう尋ねた彼に、潤子は立ち上がった。

そろそろ女子たちから窺われはじめていた。いつもならこんなふうに周囲から浮いて見える真似はしない。

ごめん、今日はいいや。そんなことを言って無難に濁す。

だって彼を見てる子はたくさんいるから。誰か一人が彼と距離を縮めていないか、クラスの中で小さな女たちが牽制し合っている。

そんなしがらみに囚われるのはごめんだ。

しかし、どうせ中学に上がるときにはこの町にいない。それなら先のことなんか気にしても仕方がない。小さな世界の小さなしがらみのことなんか。

昼休みのガヤガヤした空気の中、二人で昇降口へ向かう。

一緒に歩いているのか向かう方向がたまたま同じなのか微妙なくらいの距離感を、多分二人とも意識しながら保っていた。

彼が向かった先はやはり中庭で、今度は畑の畝《うね》。冬なので何も植わっていない。だが、黒い土にちょろちょろと細かな緑が蔓延《はびこ》っている。

彼と一緒にしゃがみ込み、彼と一緒の場所を見る。ただそれだけのことに胸が早くなる。

「わぁ」

思わず声が出た。

普通に歩いていたら見過ごしてしまいそうなくらい小さな——淡いスカイブルーの星が転々と飛び散っている。しなやかな曲線を描く細い茎がもつれ合いながら伸びて、その先に小さな花が二つ三つとついていた。

「すごいね」

呟くと、彼が首を傾げた。

「どうして？」

「だって」

これほど小さいのにちゃんと花の形をしているなんて。どの花もどの花も間違わずにきちんと同じ形をしているなんて。

「小さいのに、ちゃんとお花だからすごい」

巧く説明できないのがもどかしい。

「こんなの、あたしだったら作ろうと思っても作れない」

うん、と頷いた彼の表情が優しくて、また胸の中心がくすぐったくなる。伝わった――そのことがやけに嬉しい。頬が火照《ほて》ってきたが、風が冷たいせいだということにする。

「名前、何ていうの？」

きっとまた名前を教えるために見せたのだろう。

と、彼はいたずらっぽく笑った。教室ではあまり見せない表情だった。――きっと、クラスの誰もそれほど見たことはない。

「キュウリグサ」

その名前に潤子は目をしばたたいた。キュウリって――

「あのキュウリ？」

「そう。野菜のキュウリ。――似てるから」

似てるって、どこが?

潤子がよほど怪訝《けげん》な顔をしたのだろう、彼は面白そうにまた笑った。

「どこが似てるでしょう」

謎々のレベルは高すぎた。目の前にもつれ合って群生している草は、何を取ってもキュウリの連想につながらない。

そもそもキュウリと言われても、潤子は緑色の細長い瓜しか知らない。

そういえばキュウリにも茎や葉っぱがあるんだな、と今さらのように思い出した。キュウリの草ってどんなだろう。

「……花が似てるの?」

「違います。キュウリの花はヘチマみたいな感じだよ」

植物観察で育てたヘチマの黄色い花が思い出された。ヘチマの花なら青いスプレーシュガーのようなこの花とは似ても似つかない。

「葉っぱ?」

「葉っぱもヘチマだね」

どうやらキュウリはヘチマの路線で考えたほうがいいらしい。だとしたら茎も蔓《つる》で——ああ、でもゆるやかな曲線の感じは似ていると言えないこともない?

「……茎?」

上目遣いに窺うと、彼は小さく吹き出した。

「気持ちは分かんなくもないけど、残念でした。ちょっと蔓っぽいだけでキュウリと似てるっていうのは無理があるよね。それならヘチマグサでもカボチャグサでもいいよ」

カボチャもヘチマに似てるんだ、と豆知識を拾う。

「うーん、じゃあ……」

他に残ってる部位はあまりない。実か根か。でも、土の中で根が似ているなんてネーミングの必然性としては弱いだろう。

ヒメオドリコソウとオドリコソウはどちらも踊り子だった。バレエかラインダンスかの違いだ。すとんと納得できるネーミング。彼がこんなに思わせぶりに『キュウリグサ』と言うからには、きっとこれもすとんと納得できる名前に違いない。

「花が終わってから実がちっちゃいキュウリみたいになるとか」

「それちょっと楽しいね」

にっこりしたその笑顔でハズレと分かる。——そうだったらちょっと楽しいね。

だんだん悔しくなってきた。楽しいことが悔しい。

何気なく手を伸ばして草に触れる。あ、と彼がわずかに反応した。

ここか！

「手触り！」

食いついたが、返答は「惜しい」だ。

「あーもう、分かんない！」

潤子が天を仰ぐと、彼は小首を傾げた。

「ギブ？」

「ギブ」

「そっか。でもホントにけっこう惜しかったよ」

言いつつ彼は、キュウリグサの葉を数枚ちぎった。そしてそれを指先で揉み潰す。人差し指と親指の先が緑に染まった。

一体何をしてるんだろう。——器用に動く指先を見つめていたら、その緑色に染まった指先が潤子の鼻先へ伸ばされた。

驚いて仰《の》け反《ぞ》った潤子に、彼は当たり前のように言った。

「嗅《か》いで」

え、そんなこと言われても。戸惑ったが彼の指先は引っ込まない。男の子の指を嗅ぐなんて、何だかすごく——すごく、恥ずかしい。

指先に顔を寄せる。耳元で自分の心臓の音が聞こえる。

すうっと息を吸うと、すとんと落ちた。

「——キュウリだ」

彼の指先からは、切ったばかりのキュウリの匂いがした。

一体誰が見つけたんだろう、草を揉んで嗅いだらキュウリみたいな匂いがするなんて！

「惜しかっただろ？」

「惜しいっていうか、すごい。こんなの気がつくなんて」

こんな地味な草に注目して特徴を探そうなんて普通は思わない。

「頭おかしい、いい意味で」

彼は大きく吹き出した。

「そうだね、いい意味で頭おかしい。——いいこと言うなぁ」

「そうかな」

「そうだよ」

昼休みが終わる予鈴が鳴った。

「帰ろうか」

言いつつ立った彼が、潤子のほうへ手を伸ばす。

えっ、と潤子は思わず固まった。その手は——取ってもいいのだろうか。手を伸ばされて手を取るのは、特別なカンケイでないと許されないと思っていた。

すると彼は「ごめん」と手を引っ込めた。何の気なしに伸ばしてしまったらしい。

少し気まずそうに歩き出す。後ろから窺える耳がかすかに赤い。

——もし、その手を取っていたらどうなっていたのだろうか。

温かいのか冷たいのか。肌の感触は。あたしが手を握ったらどう思っただろう。どんな反応をしただろう。——もう確かめることはできない。

素知らぬ顔で手を取っておけばよかった。

歩いていく彼の手を物欲しげに眺めている自分に気がついて、潤子は強く頭を振った。

「何してんのよ」

午前中の休み時間に女子トイレで問い質《ただ》された。

トイレは学校の密室だ。穏やかならぬやり取りをしていても居合わせた者が口を拭えばそれはなかったことになる。第三者だってわざわざ関わって面倒なことになりたくないから見ない振りをする。——潤子だって今までそうだった。剣呑なやり取りは見過ごすに限る。

だから、潤子が見て見ぬ振りをされるのは、当たり前のことなのだ。自分は見過ごしてきたのに自分は見過ごされたくないなんて、そんな勝手な話はない。

クラスの女子数人に囲まれて、潤子は正面の女子の眉間《みけん》を漠然と眺めていた。

彼と女子の誰かが距離を縮めていないかどうか牽制し合っている女子の筆頭だ。潤子の転校が発表されたとき、盛大に寂しがった。

素敵な私、クラスメイトの転校を寂しがる心優しい私、——ねえ。

彼に見てほしかったんでしょう?

でも心優しい彼が転校していく女子を構うのは我慢ならなかったのよね。

「昼休み、彼と毎日何してるのよ」

「理科のこと、教えてもらってただけだよ」

嘘ではない。

花の名前を教えてもらいながら密やかな甘さを感じているのは、潤子の勝手な思い込みだ。

「そんなの先生に教えてもらいなさいよ」

先生はそんなことを教えてくれない。教科書にも載らない、テストにも出ない、地味な雑草のことなんか。

踊り子の花や、指で揉んだらほのかにキュウリの匂いがする草——きっと今まで見過ごしていて、彼に教えてもらわなかったらこれからもずっと見過ごしていた。

やっかまれることは分かっていたしそんなもの無視しようと思っていた。立つ鳥跡を濁さず、そんなの知ったことか。

だが。

「転校するからっていい気になって同情引いてんじゃないわよ」

女はどこを刺されると一番痛いかよく知っている。釘を打つならここだと的確に打ってくる。

「——バカじゃないの、あんたら」

吐き捨てた潤子は、女子の壁を割って追い詰められた角から強引に出た。

どういう展開に持っていきたかったのか、とにかく、脅した相手からバカと一蹴されることなど予定に入っていなかったらしい。

「ただじゃ済まさないからね、あんた！」

ヒステリックな金切り声を背中に聞いて、潤子はトイレを出た。

昼休み、また彼が誘いに来た。

台詞はもう用意してあった。

「ごめん、行けない」

周囲の女子たちがはっきりと窺っている。遠く近く、視線が刺さるようだ。

「何か用事？」

「用事はないけど行かない。転校するまでずっと」

ただじゃ済まさない、そう言われたことが恐いのではない。

同情引いてんじゃないわよ。

やっかまれるのはいい。今さら転校するまで仲間外れにされることなど気にしない。

だが、同情を引いて構ってもらっていると思われることは我慢できない。

「……迷惑だった？」

彼の顔を見て答えることができない。机の木目を見ながら首を横に振った。

楽しかったけど、とそれだけ声を絞り出す。

くだらないことなの。くだらない女子同士の妬《ねた》みやそねみで、あたしもくだらないプライドを捨てられないだけなの。

「分かった、ごめん」

そう言い置かれたとき、顔が上がりそうになった。離れる彼の背中を目で追いそうになった。

力尽くでそれをこらえる。

未練がましい様子など見せるものか。くだらない女たちに嘲笑《あざわら》われるようなことは。

あたしって何てバカなんだろう。

どうせ、中学校に上がるときにはこの町にいないのに。

離れていく彼の気配に胸は痛んでいるのに、自分がいなくなってから何を言われても知ったことではないと割り切ることもできない。自分がいなくなってから嘲笑われることを我慢することができない。

あたしはバカだけど、あたしがバカなんじゃない。——女だからバカなんだ。

女はとても周到で賢くて、そして同時に絶望的なほど愚かだ。子供は大人が思っているよりもずっと真理を知るのが早い。

湧き上がったバカな期待はバカな女ならではのもので、もちろん現実にはならなかったので、潤子は泡のようなその期待をゲップのように喉の奥でひねり潰した。

苦い味がした。


「しないでください」

そう訴えたのは、担任が日時を打診してきたお別れ会である。

「遠慮することないんだぞ、富永」

男もときに絶望的なほど愚かだ。明朗快活にして公明正大、そのうえ夢と希望に溢れた若い熱血漢である担任は、保護者からも生徒からも人気が高かったが、それでもやはり愚かなときは救いようがない。

「遠慮してません。してほしくないんです」

「確かに卒業前でバタバタしてるけどな、みんなお別れ会くらいはしたいはずだぞ」

それはもちろんしたいだろう。――先生、あなたが思っているのと別の理由で。

「特別なことをされたら逆に悲しくなるのでイヤです。静かに普通にさせてください」

無駄だろうな、とどこかで冷めた判断をしながら、この熱血漢の担任が気に入りそうな理屈を主張してみる。

やはり無駄だった。

せめて日取りは卒業式の前日にしてもらった。担任にお仕着せられたお別れ会で何が起こるか分かる以上、無駄な恥を凌《しの》ぐ時間を長くしたくはなかった。

お別れ会の様式なんてどこでも大抵同じだ。

ジュースとお菓子が配られて、転校していく生徒が挨拶をする。そしてクラスから寄せ書きが贈られて、個別に手紙やプレゼントを渡す時間が最後に用意されている。

潤子が挨拶したとき、拍手はおざなりだった。

担任から渡された寄せ書きを見て、潤子は間抜けなほど快活な担任の顔をまじまじ見つめた。

これを見てお別れ会を取り止めにしようと思わなかったの、あんた。

寄せ書きに書かれた言葉は半分近くが同じだった。およそ半分、すなわち女子のほとんどだ。

さようなら、どうぞお元気で。

判で押して示し合わせたように同じ言葉。フォーマットから外れた女子はとても勇気がある。中学に上がってから大丈夫かな、と心配になった。

「じゃあみんな、お別れの品を持って順番に並べー」

能天気な担任は、本当に最後の最後まで何が起こるか理解していなかったらしい。

お別れの品は班ごとに順番に渡す。親しい生徒はプレゼント、親しくない生徒は手紙、それが様式だ。

担任は、その様式を当然のものとして信じたのだろう。このクラスで、教育の理想に燃える自分のクラスで、そんなことが起こるわけはない――

最初の班は、女子が誰も何も渡さなかった。

「バイバイ、元気でね」

そう言ってにっこり笑う。潤子の手には男子の数だけ手紙が残った。男子はごく普通に様式を守った。

次の班も同じだった。男子は手紙を、女子は何も渡さず。そろそろ教室がざわつきはじめた。担任も目に見えて動揺している。

――バカね、だから言ったのに。

子供がイヤだと言うからには、それ相応の理由がある。ちゃんと聞いておけば、自分の担当した学級をすばらしいと信じたままで卒業させることができたのに。

きっとこのことは担任にとってちょっとしたトラウマになるだろう。

「お前たち、お別れ会の日を間違えちゃったのか？　仕方がないなあ」

フォローにならないフォロー、上ずった声が痛々しい。

次からは根回しを忘れずにね、先生。上辺だけでもキレイに取り繕ったほうがあなたのために幸せよ、きっと。

やがて様式を守って手紙を用意していたであろう男子も手ぶらで並びはじめた。異様な空気を読んだのだ。

「ごめんね」

あまり親しくなかった女子に、小さくそう囁かれた。

彼女は寄せ書きで示し合わせたフォーマットを外したのだろうと分かった。寄せ書きの言葉はうっかりした振りができても、様式どおりお別れの品を渡すことまではできなかったらしい。

覚悟していたが、さらし者になっている時間は長かった。

「これ」

何も渡されないことが当然の光景になった頃、手紙を渡された。

彼だった。

怒ったような顔で潤子を見ている。いたたまれなくて床に目を落とした。

こんなくだらないことをしているあたしたちは、一体どれほどみっともなく見えていることだろう。彼はこんなくだらないあたしたちをどれほど軽蔑するだろう。

お別れ会さえなければ、せめてこんな薄汚いところを見せずに済んだのに。

そのときだけ涙がこみ上げたが、全力で飲み込んだ。

家に帰って開けた彼の手紙は短かった。

さようなら。もっと花の名前を教えたかったです。

全力で飲み込んだお別れ会の涙が、時間差でこぼれ落ちた。


翌日の卒業式はいっそ気が楽だった。今日で全部終わる。中学校からはくだらないゴタゴタもさよならだ。

誰も話しかけてこないその日を、潤子は淡々と過ごした。

気がつくと卒業式が終わって、教室で卒業証書をもらっていた。

大失敗に終わったお別れ会の翌日、卒業証書を配る担任は精彩に欠けた。

日頃の闊達《かったつ》さはなく、ただ機械的に生徒の名前を読み上げて証書を渡す。最後の挨拶も平静を保とうとするあまり抑揚が削げ落ちていた。

新学期からキャラ変わらないといいけど。別に心配する義理もないが、そんな心配をした。

そして最後のＨＲは、波風を立てないことを最優先にしてあっさりと終わった。昨日のことを仕組んだ女子たちが、聞こえよがしに卒業パーティーの計画を話している。

羨ましがるとでも思ってるのか。

手提げ鞄を持って席を立とうとすると、

「富永さん」

声をかけたのは彼だった。

「一緒に帰ろう、昨日、渡し忘れたものがあるから」

大きな声でそう言った。

女子たちの気配が露骨に尖った。彼は潤子の手を摑み、引っ張るように立たせる。

この前、喉の奥で苦くひねりつぶした期待。――あたしが断っても、彼が強引に連れ出してくれたらいいのに。

九回裏、逆転サヨナラホームラン。

教室を出る間際に、女子たちの忌々しげな顔が視界の端をかすめた。

ごめんね。彼が連れ出してくれたから、あたしがいなくなってから嘲笑われても、もう恐くも何ともないの。

彼に手を引かれて、騒がしい校舎内を早足に抜けた。足元がふわふわしてまるで雲を踏んでいるようだった。


「これ」

彼は帰り道の途中で歩道の端にしゃがみ込んだ。

アスファルトの隙間に人工芝のような葉っぱが生えている。花はハコベに似ていた。つるりとした質感の濃い緑の葉は、まるでプラスチックの造花のようだ。

「ツメクサっていうんだ」

「ツメクサって、シロツメクサの仲間？」

「音で聞くとその系統に聞こえるかもしれないけど、科が違うんだ。ツメクサはハコベの仲間のナデシコ科で、シロツメクサはマメ科。意味も違うよ」

「どんな？」

「シロツメクサは、『詰める草』なんだ」

言いつつ彼は手元に何かを詰め込む仕草をした。

「昔ガラスを輸送するときにクッション材に使ったから。それで花が白いから『白い詰め草』。同じ種類で花が赤いアカツメクサもあるよ」

「じゃあ、このツメクサは何でツメクサっていうの？」

「何でだと思う？」

また謎々だ。

「ヒントは葉っぱの形」

言われて潤子はツメクサを見つめた。鋭い弧を描く細い葉っぱ。手触りは固い。ツメクサ。

「——あ」

潤子が声を上げると、彼が目顔で促した。

「……切った爪？」

「正解」

これもすとんと腑に落ちた。確かにツメクサの葉は、切った爪にそっくりだった。

「次、こっち」

彼は躊躇《ちゅうちょ》なく潤子の手を摑んで駆け出した。裏道に逸れたところに広がった畑に入り込む。

「怒られない？」

「知ってる人の畑だから大丈夫」

それより、と彼はまた地面にしゃがみ込んだ。

「覚えて」

これはノボロギク。この黄色いつぼみみたいなのが花で、ところどころについてる綿帽子が花が終わった後の種。この綿帽子がぼろくずみたいでキク科だから『野ぼろ菊』。

これはカキドオシ。垣根を通り越すほど生い茂るから。

これはホトケノザ。葉っぱの形が、仏様の座る蓮の台に似てるから。春の七草のホトケノザとは違うんだよ。七草のほうは今ではコオニタビラコって名前になってる。

彼は一つ教えるごとに潤子にも名前を復唱させた。そして「覚えた？」と念を押す。

潤子が頷くと、重ねて念を押した。

「忘れない？」

「覚えてると思う……いくつかは。ねえ、」

今度は潤子が訊く番だ。

「どうして、花の名前を教えるの？　それと、渡し忘れたものって何？」

「渡し忘れたっていうより、教え損ねた。花の名前。何で教えたかったかっていうと……」

彼は少し言い淀んでから顔を上げた。

「うちのお母さんが、お別れする人には花の名前を教えておきなさいって。花は毎年必ず咲くからって」

まっすぐに静かな眼差しを向けられて、心臓が早鐘のように鳴った。

割れそうだ。

「四年生のとき、覚えてる？」

そう訊かれて、彼も覚えていたのだと分かった。

彼の声が変わる前。今よりも高くて子供っぽかった声。

「富永さんが当番だったときは楽しかった」

四年生の初夏に、班で一本ずつ苗を植えたヘチマの観察だ。夏休み中も交替で世話をして、記録をつけなくてはいけない。

だが、一班五人、五日ローテーションで夏休みに登校するのは正直かなり面倒だった。

ごめん、明日行けないから代わって。

電話で押し付け合うようになり、やがてそれは「うちの班もやっといて」となって、最後は男子と女子から一人ずつしか登校しなくなった。

その最後にお鉢が回ってきたのが、家が学校から近かった彼と潤子だった。潤子はその学年の春に転校してきたばかりで、頼まれると微妙に断りにくかった。

彼はその頃から植物の世話に慣れていて、潤子は教えてもらう一方だった。じりじりと暑い日射し、地面には麦わら帽子の影がくっきり落ちる。

毎日ぐいぐい伸びていくヘチマの蔓。繁る葉。太る実。口数の少ない彼の解説を聞きながら見守る。

不思議と楽しかった。近所で用がわずか数十分とはいえ、夏休みに毎日登校する面倒が苦にならないほど。

だが、それは夏休み中の登校日を迎えてぱたりと終わった。

彼が男子側の当番を引き受けたことをクラスの女子が知ったからだ。お鉢を回されたはずが、潤子が当番を独り占めしていることになった。

目立ってキャーキャー騒がれている男子はほかにいた。彼は静かで目立たないタイプだった。

それでも彼は「触れてはいけない」男の子だったのだ。

決して誰か一人が「抜け駆け」してはいけない男の子だったのだ。

女子の力学に逆らっていいことなんか一つもない。潤子は当番を明け渡した。

夏休みが終わって、彼に一度話しかけられたことがある。

休みの後半、来なくなっちゃったね。どうかしたの？

ほかの女子も観察したかったんだって。

そう答えると、彼はちょっと不審そうに首を傾げた。

あんまり、興味がありそうじゃなかったけど。

それはそうだろう。彼女たちの興味はヘチマではなく彼だ。

富永さんみたいにちゃんと観察してなかったよ。

――あたしも、それほど真面目だったわけじゃないよ。あなたの話を聞くのが楽しかった、ただそれだけ。

みんな、関係ないことばっかり喋るからちょっと困った。

彼はそう呟いて頭を掻いた。

最後まで富永さんだったらよかったな。

気持ちが浮いたが、ほかの女子に聞かれていなくてよかったと思った。

彼は「触れてはいけない」男の子だと分かったので、その後はそれなりの立ち位置を守った。彼はたまに物言いたげで、だが潤子はずっと気づかない振りをしていた。

「帰ろうか」

言われて気づくと、もう下校する生徒の姿がまばらになっている。

そのまま、特にこれといった言葉は交わさずに帰り道が分かれるところで別れた。

最後の最後で乱高下した小学校生活。その後はたまに思い出す苦くて甘い思い出になった。

「あ、ヒメオドリコソウ」

「えー、何それ」

「ほら、あそこの駐車場。ピンクっぽい草がぶわーって生えてるっしょ。踊り子に似てんの」

「何で姫なのー」

「えーと、何だっけなぁ。何かお姫さまっぽいから？　よく覚えてないや」

高校に入学するときの転校も急に決まって、親が持ってきた願書のままにぶっつけで女子高の入試を受けた。

女子高ー!?　カレシ作りにくいじゃん、せめて共学にしてよー！

親は大学受験のことなどを考えて、地区で偏差値が一番高いところを無条件に選んだらしいが、潤子には潤子の選択条件がある。

一くさり文句を言いつつ試験には受かった。転勤族の娘としてあれこれ面倒くさくない程度の偏差値は保っておかなくてはならなかったので、必然的に成績は良かった。

高校入学と転校のタイミングが重なったのはラッキーだった。高校は学区がばらけるので、新顔が入り込みやすい。潤子は後天的に獲得した軽いノリで新しいクラスにすんなり馴染んだ。

ヒメオドリコソウの話をしたのは、その新しい顔ぶれの中である。

「潤子、意外と風流なこと知ってんねー。ギャップ萌え狙えるよー」

春先、ちょっとした路地や空き地に群生するヒメオドリコソウは、度重なる引越しで暮らす場所が変わっても、毎年どこかで見かけていた。

現国の教科書に、川端康成の『雪国』が一部抜粋で載っていた。

教師はウンチク好きで、筆者の略歴を説明するとき小話をあれこれ付け足した。

その小ネタの中に、川端康成の言葉があった。

別れる男に花の名前を一つ教えておきなさい。花は必ず毎年咲きます。

不意に苦くて甘い思い出が蘇った。

小学校の卒業間際、転校が決まっていた潤子にちっぽけな花の名前をいくつも教えた男の子。

教科書の文字が滲《にじ》んだ。ページの上でぱたぱたと水が弾けた。

「センセー！　コンタクトがずれたのでトイレに行ってもいいですか！」

言うなり潤子は席を立った。潤子がそんなふうにして席を立つことは、もう珍しいことではなくなっていたので、教師は咎めなかった。

いかにも痛そうに目を押さえながら教室を出る。授業中のトイレには誰もいなかった。個室を一つ占領する。

嗚咽《おえつ》が漏れた。

それは随分遠い記憶になっていた。あの頃とはキャラも変わった。生きやすいように変えた。

今ならもっと巧くやる、だがあの頃は巧くやれなかった。

それでも、あのとき「覚えて」と教えられた花は毎年。

彼のお母さんが言ったという。

お別れする人には花の名前を教えておきなさい。花は毎年必ず咲くから。

きっと「お別れする人」じゃなかった。本家本元の言葉はいじましい。

だが、彼はいじましくなかった。きっと、言えなかった言葉を花の名前に載せた。

日下部《くさかべ》くん。


忘れてないよ。

毎年、花を見る度に思い出すよ。

あなたが花の名前を教えてくれたことを。

*

「……結局さぁ」

潤子は新しい部屋に寝転がり、天井を見上げた。午前中に見送ってくれた友達二人と別れたばかりだ。例によって例のごとくの慌しい引越し。部屋の中にはまだほどいていない段ボールが積み上がっている。

「男運そんな悪くないじゃん、あたし」

積み上げたと思ったら一からやり直しの人間関係にいつかどこかで僻《ひが》んでいた。どうせ長くは続かないんだし。それなら今だけ楽しかったらいいし。

利那的な恋愛、利那的な関係。軽いノリでその場だけ華やかに。

——でも。

「やめよっかな、もう」

彼に花の名前を教えてもらったあたしは、そんなに安くないかもしれない。

今回の引越しでは、友達が二人見送りに来てくれた。一人は男友達で、これもいい男だった。

——最後に小さくいやがらせをしてしまったが、いい男にいやがらせをするのは礼儀だ。

「よし決めた！　転校ってキャラ変えるいい機会だしね！」

潤子は勢いをつけて起き上がった。今度の社宅は中古のマンションだ。リビングで荷ほどきをしている母親のところに顔を出す。

「お母さん、美容院のお金ちょうだい！」

「ちょっと、この忙しいのに！　明日には引越し屋さんが段ボールを取りに来るのよ！」

「後でやるもん。髪色、ちょっと地味にしてくる」

今のカラーリングは日射しに透けると金色になるほど明るい茶色だ。その色に常から渋い顔をしていた母親は、仕方ないわねという風情を保ちながらあっさり財布を開けた。

お釣りは返しなさいよ、と釘を刺されながら一万円。受け取った潤子は玄関に向かった。

至るところに溢れ返った段ボールの山。これが片付いて落ち着くころには、きっと今までと違う自分に落ち着いているだろう。

その自分は今までの自分よりもしっくりくるような気がしている。

fin.

あとがき（単行本時収録）

続編をやらせてもらえるとしたら貴子の話から始めようと思っていました。

だから『三匹のおっさん　ふたたび』の第一話だけは最初から決まっていました。

第一作では甘ったれた奥様だった貴子が、一歩踏み出せたところを見届けていただけたら、と思います。

じーばー世代と孫世代は第一作でクローズアップし、パパママ世代は宿題だったので、やっと宿題を片付けられてほっとしています。


個人的には第二話も思い入れが深いです。

東北の震災の何年か前、仙台に書店回りに行きました。ある書店さんで、中学生が社会勉強の一環としてアルバイトをしていました。

何か話をしてほしいと店長さんに頼まれ、アルバイトの中学生たちに私の本を一冊見せました。定価千六百円の本です。

「この本は一冊千六百円です。さて、この中で著者の私がもらえる印税はいくらでしょう」

出版業界に詳しい方はご存じかもしれません。十%、百六十円也です。

「店長さん、書店さんはこの本を一冊売って、いくらの収入になりますか？」

店長さんは淀みなく二話と同じ理屈を説明してくださいました。

出版社が取りすぎ、と思われるでしょうか。しかし、出版社は本を売るために宣伝しなくてはいけません。宣伝にはお金がかかります。次の本を作るための資金も必要です。

ベストセラー作家の本はたくさん売れてるからもういいじゃん、と思われるかもしれません。ですが、そういう作家さんの売上げで新人作家の本を出し、育てるのです。あるいは、それほどたくさんは売れないかもしれないけど、必要とされている分野の本を出せます。ベストセラーが売れるおかげで出版社は皆さんにいろんな本を届けられるのです。

私も新人の頃は、同じ出版社の売れている作家さんの売上げで本を出させていただきました。いつか、その投資から、あなたの大好きな作家さんが生まれるかもしれません。

一冊の本にはいろんな経費が載っています。未来への投資も載っています。

皆さんが新刊書店で買ってくださる本は、未来の本への投資でもあります。本を一冊買うごとに、どうか誇ってください。「私は未来の本に、未来の作家に投資したのだ」と。

いつも未来の本への投資をありがとうございます。この本は借りて読んだという方も、きっと他の作家さんの本で、あるいは他のジャンルの本で投資をしてくださっていると思います。

読者さんが買い支えてくださるおかげで、出版業界の私たちは本を出せています。ありがとうございます。

それではまた、次の本で会えることを祈りつつ。

有川　浩

解説

北大路欣也

「三匹のおっさん」という響きがいい。どこにでもいそうで、なんとも言えない親しみが湧《わ》いてくる。いいタイトルだ。

私の少年時代、まわりには「おっさん」が――私が育った関西では「おっちゃん」だったけれど――たくさんいた。人の良いおっちゃんもいれば、怖いおっちゃんもいる。そういうおっちゃんたちが、ヤンチャする私たちを叱《しか》ってくれた。それをかいくぐって、またヤンチャするんだけど。

おっちゃんたちは、怒るのではなくて、叱るのだ。そこに暖かみがあった。そんな少年時代に感じたぬくもり、親しみが、このタイトルには凝縮されている。


二〇一四年のはじめに放送された連続ドラマで、「三匹」のひとり、清田清一を演じた。原作を読んで、新たな人生の一歩を踏み出す活力をいただいたと感じた。役の上では六十歳だけれども、私の実際の年齢は七十歳を越えている。でも、まだまだこれから、と思わされた。そんな魅力がこの作品にはある。魔力と言ってもいい。読んだ人にそう思わせる、魂が入っている。読まれた方はきっと自分もまだまだボケッとしていられないと「三匹」の活躍に触発されたのではないだろうか。

キヨを演じていて、少年時代が甦《よみがえ》ってきた。私だけではなく、立花重雄を演じた泉谷しげるさんも、有村則夫を演じた志賀廣太郎さんも、「役を演じている」という感覚ではなかっただろう。昔、自分が見た風景を思い出し、そこに戻っていたと思う。

あの頃は、日本が戦争に負けて、何も無かった時代である。子供の遊びだって、テレビゲームも無ければ何も無かった。それから日本はどんどん発展して豊かになった。今は恵まれていて何でもあるけれど、あの頃を懐《なつ》かしく思い、何も無かった頃の精神を大切にしなければいけないと感じている人は多いはずだ。贅沢《ぜいたく》を求めず、人との触れ合い、労《いた》わりあいを大事にする。そういう思いが多くの人たちに共有されているから、この作品は大きな支持を集めているのだろう。

キヨ役の話をいただいて、はじめは戸惑った。これまでの俳優のキャリアと、この「おっさん」をどう重ね合わせればいいのか、ちょっと分からなかったのだ。シゲは泉谷さんだと、すぐに納得したけれど。

スタッフの皆さんともいろいろと話し合い、発見したのが少年時代のおっさん、おっちゃんたちだった。あの頃の風景にふっと戻った瞬間、できると思った。当たり前のことだが、私もおっさんなのである。自分を隠す必要はない、己を出せばいいんだと思えばキヨができる気がした。だからドラマで演じたキヨは自分そのものである。

現場で一番考えたのは、三人の武器をどう見せるかということだった。剣道、柔道、それからエレクトリカル・アタック（小説では「エレクトリカルパレード」）。これをどう見せるのか、その塩梅《あんばい》が難しい。泉谷さん、志賀さん、それから殺陣師《たてし》の人たちと、たくさん話し合った。

物足りなくてもダメ、かといって行き過ぎてもダメなのである。物足りないとドラマとしては面白くない。でもやりすぎると、それはただの危険な行為だ。本当は、柔道家が投げたり剣道家が竹刀《しない》で叩《たた》いたりしてはいけないのである。だからこちらは、あくまでもヤンチャ、お茶目に留めておかなければならない。やられたほうも「あいたたた」というぐらいにしておく。大怪我《けが》をさせてはいけないけれど、反省するぐらいにはこらしめなければいけない。このバランスが大事だ。

真冬の撮影だったので、現場はとにかく寒かった。しかし誰が何を言ったって、冬を暖かくすることはできないのだ。人間は自然を受け入れなければいけないのだから、役者もスタッフも工夫し合って寒さをしのぎ、乗り越えていく。それでも役者に表れる本当に寒そうな表情によって、生きている人間としての登場人物が、見ている人たちに伝わるのである。

支えてくれたスタッフの方々にはもちろん感謝しているが、何より相棒の泉谷さんと志賀さんに感謝している。誰か一人が欠けても、この作品はできなかった。お二人とも、これまで互いに知らない世界で活躍してきた人たちである。音楽であり、舞台であり――私はいろいろなことをやらせてもらってきたけれど――それぞれの世界で一歩一歩積み上げてきたものを、この作品ではぶつけ合うことができた。いい時期に、この三人が出会えたなと思った。ご覧になった方々にとってもラッキーなタイミングだったのではないだろうか。

キヨ、シゲ、ノリ、各々《おのおの》に魅力があるけれど、奥さんや息子や娘、それから孫たちも、みんな性格が違っていて面白い。それぞれの世代の理想像がこの作品には描かれている。格式ばったものではなくて、こんな人が隣にいたらいいな、一緒にごはんを食べたら楽しいだろうなという日常にある理想である。原作者の有川浩さんは、生活の機微に触れた様々の理想を描いている。


さて、その有川浩さんだ。彼女は土佐の人である。はじめてお会いしたとき、「乙女姉さんだ」と一目で直感した。坂本龍馬の姉、坂本乙女である。私は二十五歳のときに龍馬を演じた。だから乙女姉さんのことはよく知っている。文武両道、なんでもできた。男勝りな性格で、土佐の言葉ではこういう女性を「はちきんさん」という。

坂本龍馬は、洟《はな》垂れ小僧で寝小便はするし、身体《からだ》は小さくて弱い、そんな少年だった。乙女姉さんは、そんな龍馬を勇気付け、励まし続けた。寝小便をしても、「あなたは勘が鋭いからよ」となぐさめてみたり。乙女姉さんが龍馬をあれだけの人物に育て上げたのだ。

だからこの作品は、有川浩という乙女姉さんが、出てくる野郎どもを優しく包み込んで、いいわよと煽《おだ》てたり、ダメよと叱ったりしながら出来上がった世界なのである。私よりずっと若いが、有川さんは「姉さん」である。

ドラマも続編が作られることになった。「またやります」と言ってもらえることほど嬉《うれ》しいことはない。シリーズ一作目は、みんな探り探りだったが、今度は前作で勉強、体感したことを掘り下げていきたい。ぬくもりはより温かく、思いやりはもっと深く。でもそれをさりげなく、明るく、ユーモアたっぷりに見せたい。何より自分自身が楽しんで、思い切りヤンチャしてやりたい。それが「三匹のおっさん」の魅力だと思うからです。

（二〇一四年十月、俳優）

謝 辞
第二話取材にあたっては有隣堂 小岩ポポ店の皆様、往来堂書店の皆様に、
第五話取材にあたっては宿町商興会の皆様に、ご協力をいただきました。
誠にありがとうございました。 有川 浩

この作品は平成二十四年三月文藝春秋より刊行された。

新潮文庫最新刊

有川　浩著
三匹のおっさん　ふたたび
万引き、不法投棄、連続不審火……。町内のトラブルに、ふたたび〝三匹〟が立ち上がる。おまけに〝偽三匹〟まで登場して大騒動！

林　真理子著
アスクレピオスの愛人
島清恋愛文学賞受賞
マリコ文学史上、最強のヒロイン！　エボラ出血熱、デング熱と闘う医師であり、数多の男を狂わせる妖艶な女神が、本当に愛したのは。

越谷オサム著
いとみち　二の糸
高二も三味線片手にメイド喫茶で奮闘。友達と初ケンカ、まさかの初恋？　ヘタレ主人公ゆるりと成長中。純情青春小説第二弾☆

綿矢りさ著
ひらいて
華やかな女子高生が、哀しい眼をした地味な男子に恋をした。でも彼には恋人がいた。傷つけて傷ついて、身勝手なはじめての恋。

矢作俊彦著
引擎／ENGINE
高級外車窃盗団を追う刑事・游二の眼前に、その女は立ち塞がった。女を追う先に起こる凶事。銃弾が切り裂く狂恋を描く渾身の長編。

松浦理英子著
奇貨
孤独な中年男の心をとらえたのは、レズビアンの親友が追いかけた恋そして友情だった。女と男、女と女の繊細な交歓を描く友愛小説。

三匹《さんびき》のおっさん　ふたたび

新潮文庫　あ－62－52

平成二十七年二月一日発行

著者　有《あり》川《かわ》浩《ひろ》

発行者　佐藤隆信

発行所　株式会社新潮社

郵便番号　一六二―八七一一
東京都新宿区矢来町七一
電話　編集部（〇三）三二六六―五四四〇
　　　読者係（〇三）三二六六―五一一一
http://www.shinchosha.co.jp

価格はカバーに表示してあります。

乱丁・落丁本は、ご面倒ですが小社読者係宛ご送付ください。送料小社負担にてお取替えいたします。

印刷・錦明印刷株式会社　製本・錦明印刷株式会社

ISBN978-4-10-127635-9　C0193